長鏡頭下的張愛玲

影像
書信
出版

蘇偉貞

REYHER
P.O. BOX 36467
LOS ANGELES, CA 90036-0467
USA
LOS ANGELES
16 OCT
1991
Red Cloud
10 USA
USA
40c
Airmail
MISS W.T. SU
EDITOR
UNITED DAILY NEWS
555 CHUNGHSIAO EAST RD.
SEC. 4
TAIPEI(10516)
TAIWAN, R.O.C.
副刊
蘇偉貞小姐

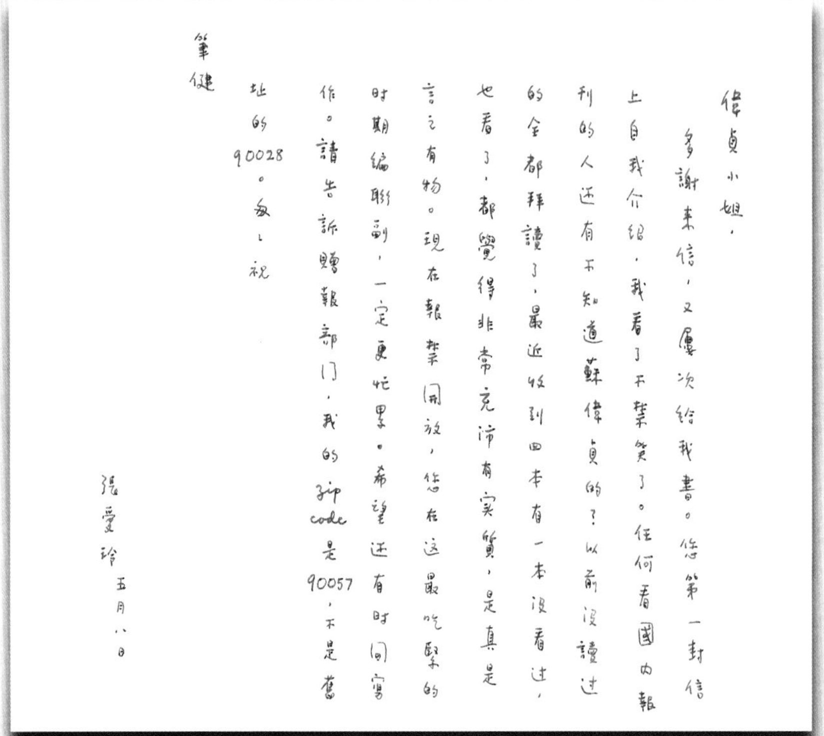
偉貞小姐，
多謝來信，又屢次給我書。您第一封信上自我介紹，我看了不禁笑了。任何看國內報刊的人还有不知道蘇偉貞的？以前沒讀过的全都拜讀了，最近收到四本有一本沒看过，也看了，都覺得非常充沛有实質，是真是言之有物。現在報禁開放，您在这最吃緊的时期編聯副，一定更忙累。希望还有时间寫作。請告訴贈報部门，我的zip code是90057，不是舊址的90028。匆匆祝
筆健
張愛玲 五月八日

一九八八年五月八日，張愛玲給蘇偉貞的信：您第一封信上自我介紹，我看了不禁笑了。

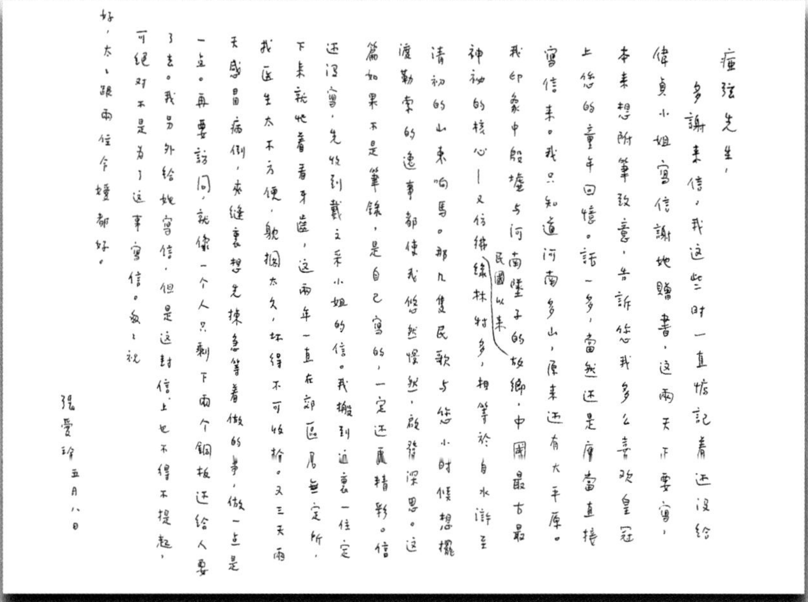
瘂弦先生，
多謝來信。我這些时一直惦記着还没給偉貞小姐寫信謝她贈書，這兩天正要寫，本來想附筆致意，告訴您我多么喜欢皇冠上您的童年回憶。話一多，當然还是應當直接寫信來。我只知道河南多山，原來还有大平原。我印象中殷墟与河南墜子的故鄉，中國最古最神秘的核心——又彷彿民國以來綠林特多，相等於自水滸至清初的山東响馬。那几隻民歌与您小时候想攏渡勤索的逸事都使我悠然憬然，啟發深思。這篇如果不是筆錄，是自己寫的，一定还更精彩。信还没寫，先收到戴文采小姐的信。我搬到這裏一住定下來就忙着看牙齒，這兩年一直在郊區居無定所，找医生太不方便，耽擱太久，壞得不可收拾。又三天兩天感冒病倒，夾縫裏想先揀急等着做的事，做一点是一点。再要訪問，就像一个人只剩下兩个銅板还給人要了去。我另外給她寫信，但是這封信上也不得不提起，可絕对不是为了這事寫信。匆匆祝
好，太太跟兩位令嬡都好。
張愛玲 五月八日

一九八八年五月八日，張愛玲致信聯副主編瘂弦，談到聯副有意訪問她；這兩年一直在郊區居無定所，……夾縫裡想先揀急等著做的事。

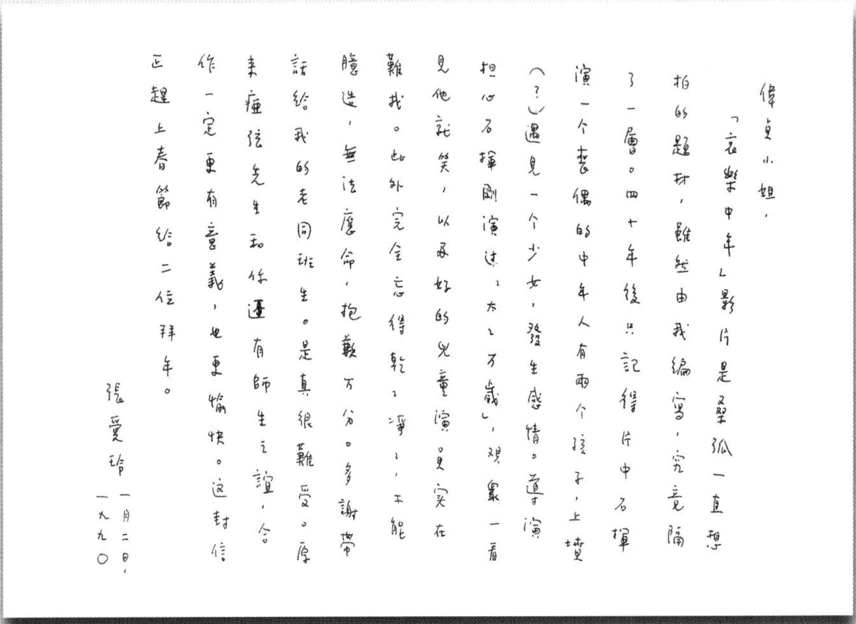

偉貞小姐，

「哀樂中年」影片是桑弧一直想拍的題材，雖然由我編寫，究竟隔了一層。四十年後只記得片中石揮演一个喪偶的中年人有兩个孩子，上墳（？）遇見一个少女，發生感情。導演担心石揮剛演過「太太万歲」，觀眾一看見他就笑，以及好的兒童演員實在難找。此外完全忘得乾乾淨淨，不能臆造，無法應命，抱歉万分。多謝帶話給我的老同班生。是真很難受。原來瘂弦先生和你還有師生之誼，合作一定更有意義，也更愉快。這封信正趕上春節，給二位拜年。

張愛玲 一月二日，一九九〇

聯副有意刊登《哀樂中年》劇本，去信張愛玲徵詢，一九九〇年一月二日張愛玲回憶起：是桑弧一直想拍的題材，……此外完全忘得乾乾淨淨。

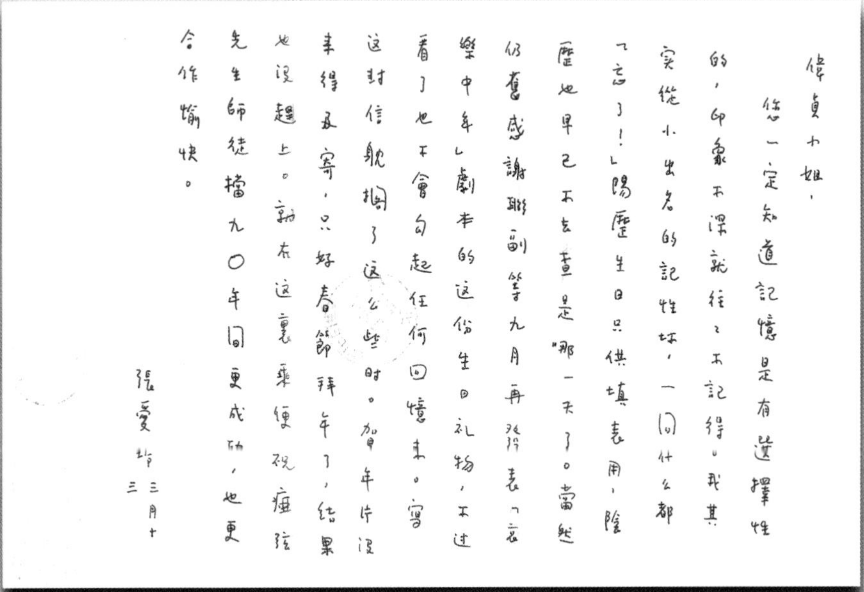

偉貞小姐：

您一定知道記憶是有選擇性的，印象不深就往往不記得。我其實從小出名的記性壞，一向什么都「忘了！」陽曆生日只供填表用，陰曆也早已不去查是哪一天了。當然仍舊感謝聯副等九月再發表「哀樂中年」劇本的這份生日禮物，不過看了也不會勾起任何回憶來。寫這封信就擱了這么些时。賀年片沒來得及寄，只好春節拜年了，結果也沒趕上。就在這裏乘便祝瘂弦先生師徒擋九〇年間更成功，也更合作愉快。

張愛玲 三月十三

一九九〇年三月十三日，聯副有意在張愛玲七十歲生日時刊登《哀樂中年》祝壽，張愛玲對自己生日確切日期也不記得：從小出名的記性壞，一向什麼都「忘了！」

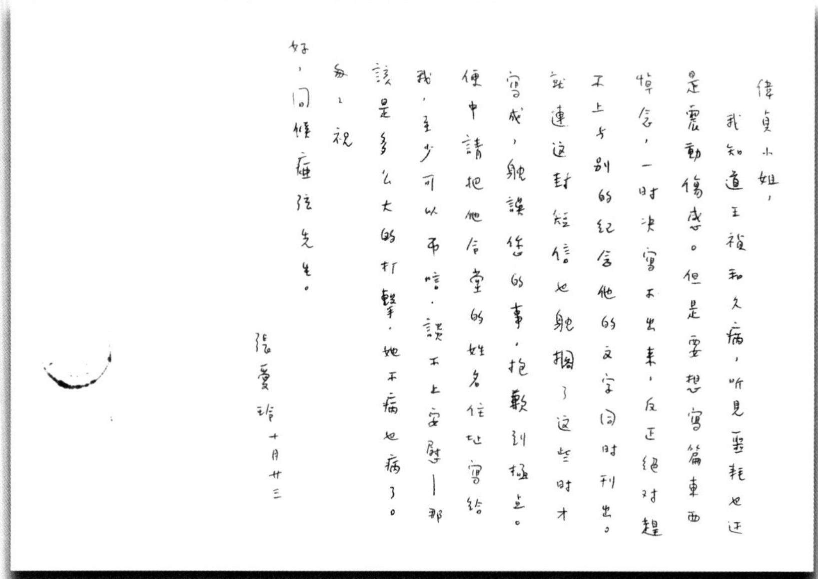

偉貞小姐，

我知道王禎和久病，听見噩耗也还是震動傷感。但是要想寫篇東西悼念，一时决寫不出来，反正絕对趕不上特別的紀念他的文字同时刊出。就連這封短信也耽擱了這些时才寫成，耽誤您的事，抱歉到極点。便中請把他令堂的姓名住址寫給我，至少可以弔唁。談不上安慰——那該是多么大的打擊，她不病也病了。

匆匆祝

好，同候瘂弦先生。

張愛玲 十月廿三

一九九〇年九月三日，王禎和病逝，聯副邀張愛玲寫悼念文章，十月二十三日張愛玲回覆：我知道王禎和久病，聽見噩耗也還是震動傷感。

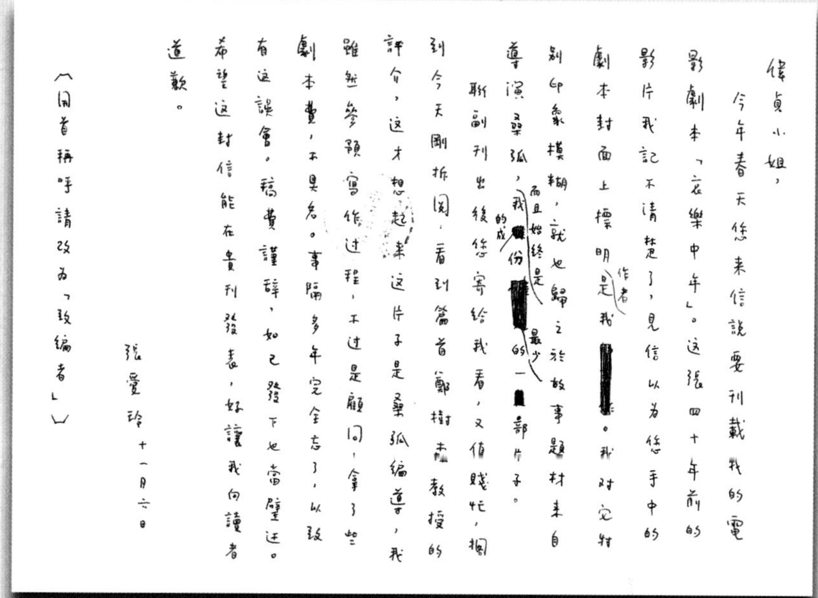

偉貞小姐，

今年春天您来信說要刊載我的電影劇本「哀樂中年」。這張四十年前的影片我記不清楚了，見信以為您手中的劇本封面上標明作者是我[redacted]。我对它的印象模糊，就也歸之於故事題材来自導演桑弧，而且始終是我的成[redacted]份[redacted]最少的一[redacted]部片子。

聯副刊出後您寄給我看，又值賤忙，擱到今天剛拆閱，看到篇首鄭樹森教授的評介，這才想起来這片子是桑弧編導，我雖然參預寫作過程，不過是顧問，拿了些劇本費，不具名。事隔多年完全忘了，以致有這誤會。稿費謹辭，如已發下也當璧还。希望這封信能在貴刊發表，好讓我向讀者道歉。

張愛玲 十一月六日

（開首稱呼請改為「致編者」）

一九九〇年九月三十日至十月二十四日，聯副刊載張愛玲《哀樂中年》劇本，刊載後張愛玲來信：我雖然參預寫作過程，不過是顧問，……稿費謹辭。

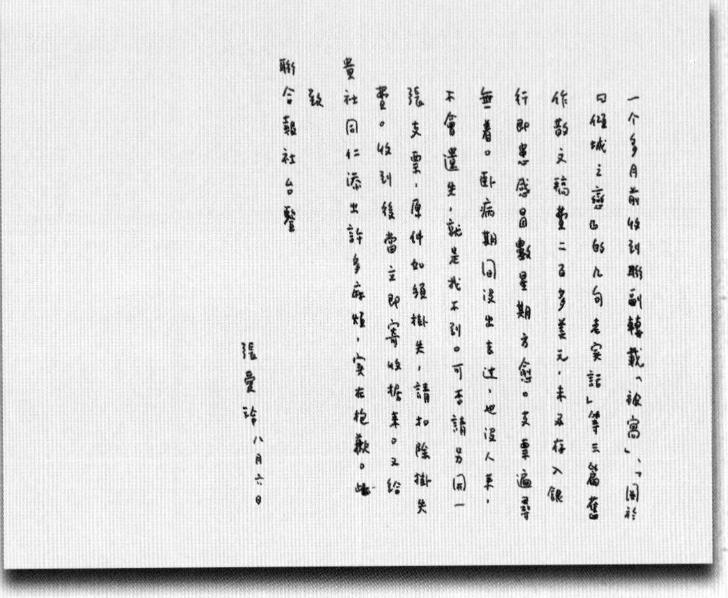

一個多月前收到聯副轉載「被窩」、「關於「傾城之戀」的九句老實話」等三篇舊作散文稿費二百多美元，未及存入銀行即患感冒數星期方愈。支票遍尋無着。臥病期間沒出去過，也沒人來，不會遺失，就是找不到。可否請另開一張支票，原件如須掛失，請扣除掛失費。收到後當立即寄收據來。又給貴社同仁添出許多麻煩，實在抱歉。此

致

聯合報社台鑒

張愛玲 八月六日

在聯副發表《被窩》等篇稿費支票遺失，張愛玲一九九三年八月六日信：「臥病期間沒出去過，也沒人來」，請聯合報另開一張支票。

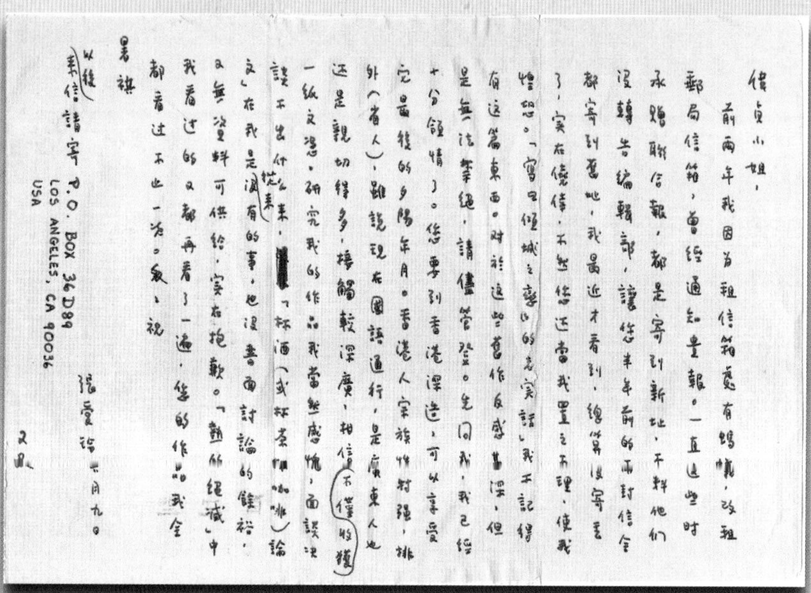

偉貞小姐，

前兩年我因為租信箱惹有麻煩，改租郵局信箱，曾經通知貴報。一直這些时承贈聯合報，都是寄到新址，不料他们沒轉告編輯部，讓您半年前的兩封信全都寄到舊址，我最近才看到，總算沒寄丟了，實在僥倖。不然您還當我置之不理，使我憎怨。「寫『傾城之戀』的老實話」我不記得有這篇東西。对於這些舊作反感甚深，但是無法禁絕，請儘管登。先問我，我已經十分領情了。您要到香港深造，可以享受完最後的夕陽年月。香港人宗族性特強，排外（省人），雖說現在國語通行，是廣東人也還是親切得多，接觸較深廣，相信不僅收獲一紙文憑。研究我的作品我當然感愧，面談決談不出什么來，從來「杯酒（或杯茶抑咖啡）論文」在我是沒有的事，也沒書面討論的餘裕，又無資料可供給，實在抱歉。「熱的絕滅」中我看过的又都再看了一遍。您的作品我全都看过不止一次。匆匆祝

暑祺

張愛玲 六月九日

以後來信請寄 P.O. BOX 36D89
LOS ANGELES, CA 90036
USA

又及

張愛玲一九九三年六月九日信：「寫『傾城之戀』的老實話」我不記得有這篇東西。對於這些舊作反感甚深，但是無法禁絕，請儘管登。先問我，我已經十分領情了。

又看。日前意外地發現蘇偉貞小姐去年十二月有封信寄到我舊通訊處，擱置將近一年，急忙擬回信來，如已去港，請代轉，連同給您的信，備參看。她信上提及聯副皇冠合刊《小團圓》事，請轉告瘂弦先生，以後《小團圓》當然仍照宋淇教授原來的安排，在聯副皇冠同時刊出。《對照記》因照片太多，有些極小，零零碎碎，宋淇恐易遺失，還寄皇冠，（詳見《續》II）所以是例外。不過《小團圓》與《對照記》是同類性質的散文，内容也一樣，只較深入，希望不使瘂弦先生失望。

愛玲

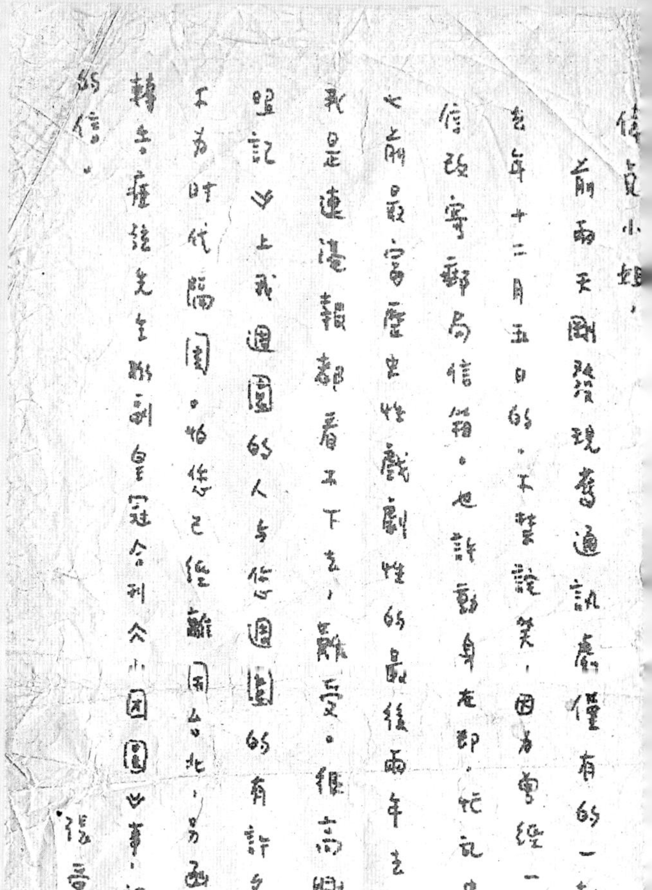

傅青小姐，

前兩天剛發現舊通訊處僅有的一封信是您去年十二月五日的，不禁發笑，因為曾經一再請您來信改寄郵局信箱。也許動身在即，忙亂中忘了。在九七前最富歷史性戲劇性的最後兩年去香港，真好。我是連港報都看不下去，難受。很高興您看《對照記》上我週圍的人與您週圍的有許多相像的，不為時代隔閡。怕您已經離開台北，另函請義芝先生轉去。瘂弦先生聯副皇冠合刊《小團圓》事，請參看給他的信。

張愛玲

最後的信。一九九四年十一月九日傳真至聯副，談及：《小團圓》與《對照記》是同類型的散文，內容也一樣，只較深入。

遊牧路線

這種自白式的文章只是驚鴻一瞥，雖然是頗長的一瞥。——張愛玲〈談吃與畫餅充饑〉

關於張愛玲，是這樣開始的。一九八五年九月我進入聯合報副刊工作，她成為我主要約稿作家，持續寫著信，把自己走成一條（遊牧）單行道，又如不拔線訊號燈，說著：「我在這兒……這兒。」不期待她回信，她也沒有。當時我並不知道她正在四處「遊牧」，甚至一九八七年我赴美參加書展活動，出發前不忘去信「求見」，人都飛到洛杉磯了，還在期待奇蹟出現。答案是零，我毫不訝異。但不久，她就嚇了我一跳，一九八八年五月，我收到她第一封信。很多年後，我才拼貼出她回信的背景，原來那年三月她終於找到合適的公寓安定下來，結束了從一九八三年底起近四年餘幾乎天天換旅館的生活。之前寄信的地址根本是個信箱，不是家。

終於安定下來的張愛玲那年同時寫了不少信，比方感激司馬新介紹醫生：「是真醫道高明，佩服到極點。診出是皮膚敏感。……藥效如神，已經找了房子定居。」交待莊信正：

「我的信發表沒關係。如果有聲明不要告訴別人的話，而要塗抹的絕對看不見，……這幾年的信涉及近況，我自己預備寫一篇。」向夏志清報信：「天天上午忙搬家，下午遠道上城，有時候回來已經午夜了，……剩下的時間只夠吃睡，才有收信不拆看的荒唐行徑。」

張愛玲曾言：「不會說話就不會寫信。」這些信因此是非常珍貴的史料，更重要的是她封封流露的焦慮透過信件編織成一張極大的網，但張愛玲太大太複雜太阻隔，絕大多數收信者都無法用最簡單直接的方式理解她幫助她。她的信件各方遊牧，更像一盞無解的信號燈。我要說的是，在書寫最難以言喻的底層，正埋著〈生成—書信：張愛玲的創作—演出〉的光點與痛點。

更沒想到，她離開了人世，出版創作都沒有就此畫上句點。隨著《小團圓》（二〇〇九）、《雷峰塔》（二〇一〇）、《易經》（二〇一〇）、《張愛玲私語錄》（二〇一〇）、《異鄉記》（二〇一〇）的出土，許多待解的斷層與縫隙慢慢補上，像出版部分，張愛玲給宋淇信交待身後事：「還有錢剩下的我想用在我的作品上，例如請高手譯。沒出版的出版，……」還有一九六八年她寫給夏志清信談及為*Mid-Century Authors*一書撰寫自傳條目的盤算：「藉此講有兩部小說賣不出。」兩信談到的「沒出版的出版」、「兩部小說賣不出」究竟何指？之前高全之曾推論是英文版《赤地之戀》與《怨女》，但因為張愛玲和宋淇夫婦通信輯要《張愛玲私語錄》的披露及《雷峰塔》、《易經》的面市，我們現在知道指的是《雷峰塔》和《易經》。〈連環套：張愛玲的出版美學——一九九五年後出土著作為例〉至少能部分還原這條創作歷史路徑。

張愛玲是喜歡運用電影敘事的，她的《對照記》採用了圖文拼貼自畫像的手法，自言：「時間加速，越來越快，越來越快，繁弦急管轉入急管哀弦，……一連串的蒙太奇，下接淡出。」〈上海・一九四七・張愛玲電影緣起——兼談《不了情》、《太太萬歲》劇本的人生參照〉送張愛玲回到她的上海影像時代。

本書其他文章大致各有成因，如〈鴉片床與診療椅的心理治療檔案：以張愛玲《金鎖記》、歐文・亞隆《診療椅上的謊言》為例〉是二〇〇六年參加中華心理衛生協會舉辦以歐文・亞隆（Irvin D.Yalom）為主題發展出的論文，餘不一一詳述，就讓文章自己說話吧！此外有些文章片段沒趕上日後更多資訊的出土，為忠於當時現狀，這裡也就不做修訂更正。

遊牧者上路，靠的正是記憶。一九五二年張愛玲離開上海即未重返，但赴美後的創作不脫重寫、自傳、自白，說明了這些作品如同記憶結晶，不斷折射著她的回返路線。

張愛玲則是本書的遊牧路線，如此悠長的注視，這是長鏡頭了。

長鏡頭下的
張愛玲

影像

書信

出版

輯二　遊牧路線

1

長鏡頭

壹

上海・一九四七・張愛玲電影緣起

兼談《不了情》、《太太萬歲》劇本的人生參照

照片收集在這裏唯一的取捨標準是怕不怕丟失，當然雜亂無章。附記也零亂散漫，但是也許在亂紋中可以依稀看得出一個自畫像來。[1]

一、閱讀與視見：長鏡頭下的張愛玲

一九四一年張愛玲（一九二〇～一九九五）正在港大求學，十二月八日大考那天，太平洋戰爭爆發，學校停課，突然大家全被困住了，就在這時，一幕異於日常生活的戲劇性場景在眾人面前開演：

同學裡只有炎櫻膽大，冒死上城去看電影——看的是五彩卡通——回宿舍後又獨自在樓上洗澡，流彈打碎了浴室的玻璃窗，她還在盆裡從容地潑水唱歌，舍監聽見歌聲，大大地發怒了。她的不在乎彷彿是對衆人的恐怖的一種諷嘲。[2]

戰火炸斷了張愛玲求學之路，封閉空間形成的視距發展了出來。就爲張愛玲與炎櫻互動密切，形成旁人難及的人生參照性，[3]炎櫻冒死上城看五彩卡通片因而成爲一個視覺性切入點。張愛玲對卡通片是喜歡的，十七歲寫的第一篇影評〈論卡通畫之前途〉把電影比喻爲「文學的小妹妹」，卡通片是「反映眞實的人生的另一個『玉潔可愛的小妹妹』」。[4]通過炎櫻冒死看卡通片，刺激了張愛玲的靈感，之後畫出完全不像她畫的如卡通造型人物，影響了她日後電影劇本與眞實人生互爲參照的模式：

暴躁的二房東太太，鬥雞眼突出像兩只自來水龍頭；那少奶奶，整個的頭與頸便是理髮

---

1. 張愛玲：《對照記——看老照相簿》（台北：皇冠出版社，一九九四年版），頁88。
2. 張愛玲：〈燼餘錄〉，《流言》（台北：皇冠出版社，一九八六年版），頁44。
3. 張愛玲與炎櫻交情匪淺，香港求學歲月及上海生活有相當長的時間重疊。港大停辦，張愛玲和炎櫻結伴回上海進聖約翰大學，炎櫻讀到畢業，張愛玲則「半工半讀體力不支，入不敷出又相差過遠，隨即輟學，賣文爲生」。見張愛玲：《對照記——看老照相簿》，頁36。
4. 張愛玲：〈論卡通畫之前途〉，《張愛玲文集（第四卷）》（合肥：安徽文藝出版社，一九九二年版），頁9～10。

店的電氣吹風管；像獅子又像狗的，蹲踞著的有傳染病的妓女，衣裳底下露出紅絲襪的盡頭與吊襪帶。[5]

這些人物，日後更成爲張愛玲小說中某些角色的原型。說明了張愛玲筆下人物獨具的影像感是有所本的。不久香港大學先停課後停辦，張愛玲遂返回上海插班聖約翰大學，但插班考國文被屈伯剛評爲不及格，重回學校失利，[6]這才正式結束了業餘創作生涯，走上專業作家之路。如此看來，若非這場戰事起了頭帶出視角，張愛玲的文學生命恐怕不會這麼早展開。日後張愛玲調度畫面，將這段經歷寫進散文〈燼餘錄〉，架構立體視景，如同互望，注解了張日後作品與人生參照的源頭：

時代的車轟轟地往前開。我們坐在車上，經過的也許不過是幾條熟悉的街道，可是在漫天的火光中也自驚心動魄。就可惜我們只顧忙著在一瞥即逝的店舖的櫥窗裡找尋我們自己的影子——我們只看見自己的臉，蒼白，渺小。[7]

也就是說，以文字搭建出來層層畫面感特強的敘事，提供了一個觀看的角度與意義，告訴了我們：光用小說捕捉張愛玲的作品，是不夠的。張愛玲的文學成就，已經肯定會寫進中國現代文學史。細數張愛玲一生創作，她寫過影評如〈婆媳之間〉等，編有《傾城之戀》舞台劇，改編小說《金鎖記》爲電影劇本（未開拍）[8]，創作《不了情》（一九四七）、《太太萬歲》（一九四七）、《一曲難忘》（一九六四）、《南北喜相逢》（一九六四）等電影劇本，改寫《不了情》爲小說〈多少恨〉，更有以她的生平爲雛型拍製的電影《滾滾紅塵》（一九九〇），她的電影編劇生涯是更立體連結她創作圖式的視角與觸媒。

然一般論述張愛玲，無論針對原創或改編，幾乎都聚焦探討她的小說而非電影，究其原因，不排除當年時空背景因素。一九四〇年代中期至後期的上海歷史，前承孤島時期，後接國民黨政權撤退。地理位置，先是國共角力的戰場，後則竹幕緊閉與外界隔絕數十年；文化光譜上，先後安放了張愛玲的小說功業與電影生涯。[9]同一場域，政治舞台的轉換，大眾對其不同創作領域的接受度，對其編劇功力評價未定，時空斷層，加上資訊取得不易，成爲析論張愛玲電影表現最需克服的鴻溝。但隨著八〇年代後期大陸的改革開放，之前她被認爲已

---

5. 張愛玲：〈燼餘錄〉，頁52。
6. 陳子善：〈張愛玲是文化漢奸嗎？——《文化漢奸罪惡史》出版前後〉，《印刻文學生活誌》，第四十八期（二〇〇七年八月），頁97。
7. 張愛玲：〈燼餘錄〉，頁54。
8. 林以亮（宋淇）：〈私語張愛玲〉，蔡鳳儀編：《華麗與蒼涼：張愛玲紀念文集》（台北：皇冠出版社，一九九六年版），頁106。
9. 柯靈：〈遙寄張愛玲〉，陳子善編：《私語張愛玲》（杭州：浙江文藝出版社，一九九五年版），頁23。

湮沒的影片《不了情》、《太太萬歲》及疑似有她成分的《哀樂中年》與小說〈同學少年都不賤〉、〈鬱金香〉、《小團圓》相繼出土面世，還有圍繞在她電影劇本《太太萬歲》的論爭文章一一浮現，張愛玲在中國電影史的功過、位置和貢獻，逐漸勾勒完全，是到該重予評價的時候了。

究探張愛玲的電影表現與成就，最大的建設性我認爲在於拉開論述張愛玲的空間，這可說是一個新的「張學」課題。基於此，本文不擬從張學研究的派別、譜系、殖民書寫、女性主體、戀物等入手，以上議題爲張愛玲研究打下了相當的基業，但每一學門理論自有局限性，電影有它專業解讀的語言與認知符號，德勒茲即言布景、人物、道具等元素通過閉鎖系統取鏡成爲景框中的影像，人們才可以對其解析，而景框內容物的不同，使它不只可視見（visible），同時可閱讀（lisible）。[10]循此，抗戰後張愛玲出版的《傳奇》增訂本，由炎櫻設計的封面，張愛玲即向我們展現了她對視見的興趣：

借用了晚清的一張時裝仕女圖，畫著個女人幽幽地在那裡弄骨牌，旁邊坐著奶媽，抱著孩子，仿佛是晚飯後家常的一幕。可是欄杆外，很突兀地，有個比例不對的人形，像鬼魂出現似的，那是現代人，非常好奇地孜孜往裡窺視。[11]

張愛玲直言，如果這畫面使人不安，正是她希望造成的氣氛，這就連結上本文照見多少關乎你如何閱讀的題旨。考慮文學性是張愛玲小說／劇本很重要的特質，因此，結合文學／電影跨學科理論，運用電影長鏡頭（long take）的場景調度，集中解讀張愛玲電影緣起，兼談《不了情》、《太太萬歲》劇本的人生參照，主要參考David Bordwell電影敘事觀點，以攝影鏡頭固定長拍方式的長鏡頭手法，並將張愛玲視爲一角色入鏡，以她的視線，與展開的敘事既形成景深距離又緊密注視的關聯，此是擷取書寫／畫面很好的手法。[12]

二、〈鬱金香〉——《小日報》：伏筆——出土

傳奇，是張愛玲喜歡且擅創造的，二〇〇五年九月張愛玲舊作〈鬱金香〉的出土，是本文重組張愛玲電影緣起的極佳剪接點，若說傳奇再現，一些不爲過，這裡就順此角度拉開視

---

10. 德勒茲（Gilles Deleuze）著，黃建宏譯：《電影：運動—影像》*Cinéma I: L'image/mouvemen*（台北：遠流出版社，二〇〇三年版），頁45～46。
11. 張愛玲：〈有幾句話同讀者說〉，《張愛玲文集（第四卷）》，頁258～259。原載一九四六年十一月上海山河圖書公司初版《傳奇》增訂本。
12. David Bordwell著，李顯立等譯：《電影敘事》*Narration in the Fiction Film*（台北：遠流出版社，一九九九年版），頁390。

角。二〇〇五年九月十四日《中華圖書報》、九月十五日《東方早報》皆發了張愛玲出土舊作〈鬱金香〉。時間點接近她的港大學生記錄一九二〇年九月十九日生辰，及九月八日的逝世紀念日，這篇小說，成了目迎及目送張愛玲這場儀式的文字「標兵」。〈鬱金香〉原刊於一九四七年五月十六日至三十一日上海小報《小日報》，湮沒近五十年，一經公布，瞬間再度炒熱張愛玲話題。張愛玲就是張愛玲，永遠難以捉摸，即使斯人過世已十年。

至於為什麼從〈鬱金香〉切入，當年張愛玲改編《傾城之戀》（一九四四）為話劇，宣傳稿上預擬了個題目「傾心吐膽話傾城」，電影劇本和舞台劇本同宗，《傾城之戀》是張愛玲編劇生涯的起點，用上「傾心吐膽」形容，可見張的重視。考據〈鬱金香〉內容、背景，我曾套用「傾心吐膽話傾城」一詞，發表〈傾心吐膽鬱金香〉，指出〈鬱金香〉發表與《不了情》、《太太萬歲》上片幾乎同時卻選擇小報之舉耐人尋味，之前我在別的文章中亦提到，張愛玲毫無疑問是喜歡小報的，[13]但如此完整的小說避開焦點版面，選擇小報，此一行為加重延長了日後出土的時間及周折性，[14]迫於形勢抑或心態考量，都足以放在「傾心吐膽」層次照看。所以解讀《不了情》、《太太萬歲》在張愛玲電影生涯起動怎樣的關鍵，併合〈鬱金香〉刊在小報的意義，有助繪製「張愛玲的電影緣起」輪廓。

早在一九四五年張愛玲就自白是小報迷。在《雜誌》舉辦的「納涼會」上，參加的有日本演員李香蘭、華影負責人川喜多長政、日軍松本大尉、張的姑姑、炎櫻及文化人金雄白，有話為證：

金雄白：由於我辦著一份《海報》，而且時常刊登張小姐的消息的，很想聽聽張小姐對小報的意見。

張愛玲：我一直就是小報的忠實讀者，它有非常濃厚的生活情趣，可以代表我們這裡的都市文明。……小報的作者絕對不是一些孤僻的，做夢的人，卻是最普遍的上海市民……，我也在小報上寫過文章，大約因爲體裁不相宜的緣故，不知爲什麼登出來看看很不順眼……。[15]

座談與對話，解釋了兩件事，一是小報，一是電影緣。此處非針對張愛玲的小報迷戀提出評價，主要想拆解小報的表意符號。張愛玲接續說道：「讀報紙的文字，是要在兩行之間另外讀出一行來的。」眞箇綿裡藏針之言，讀出另外哪一行呢？這就連接上了〈鬱金香〉刊

---

13. 鄭樹森vs.蘇偉貞：〈淒迷魅麗傾心吐膽〉，〈聯合副刊〉，《聯合報》，二〇〇五年十一月七～八日。
14. 〈鬱金香〉出土的關鍵人物係北京師大博士生李楠，他並非「張學」成員，因做上海小報研究，逐日翻看《小日報》才無意撞見。
15. 李香蘭一九四二年到上海發展，演出電影《萬世流芳》，上映後成爲家喻戶曉的女演員。見唐文標主編：《張愛玲資料大全集》（台北：時報文化出版公司，一九八四年版），頁292～293。

登時機及刊物背景：何以是一九四七年五月？爲什麼是《小日報》？帶出了另一題旨：張愛玲跨足影壇的關鍵！找出二者中間的連結，我們才可初步勾勒張愛玲的電影緣起。

這場會談的主角，一是電影演員一是小說作家，針對中國人特有的表演方式舞台感，張愛玲從視覺出發，認爲東方電影是有希望的：「因爲視覺的藝術於東方人是特別的性情相近。」這場對話常爲張愛玲研究引用，但卻長期忽略了另一位會談來賓——川喜多長政。川喜多長政其時爲日僞勢力掌控的上海中聯影業負責人，一九四三年五月，汪僞政府頒行《電影事業統籌辦法》，將上海大的影業公司中華、中聯、上海影院合併爲製片、發行和放映三位一體的中華電影聯合股份有限公司，簡稱華影，掌握實權的正是川喜多長政。

一九四三年五月同時是張愛玲首篇小說〈沉香屑——第一爐香〉初試啼聲，兩個月後，胡蘭成出任汪精衛僞政權宣傳部政務次長。一九四三年十一月胡蘭成在《天地》讀到張愛玲的〈封鎖〉，這月《雜誌》也登了張被譽爲「中國從古代以來最偉大的中篇小說」的〈金鎖記〉。[16]胡蘭成找上了張愛玲，一九四四年九月張愛玲首部小說集《傳奇》出版前兩人結了婚，如果這是「劫數」，那麼劫數出現必埋伏了警訊，如今看來，張愛玲爲了胡蘭成破格就是警訊。

一九四三年秋張愛玲的弟弟張子靜和幾位苦悶同學籌辦雜誌向她拉稿，張愛玲回答：「你們辦的這種不出名的刊物，我不能給你們寫稿，敗壞自己的名譽。」一九四四年十月《飆》創刊，張子靜寫了〈我的姊姊張愛玲〉交差了事。反觀十一月，張愛玲的散文〈談音樂〉在胡蘭成初創的《苦竹》刊登，[17]胡蘭成擺明係汪僞政權宣傳部政務次長，張跟他結婚、不支持苦悶青年刊物、在「漢奸」所辦刊物發表作品，這是破格了。張愛玲一步步從「賣文爲生」偏往「賣劇本爲生」之路走去。一九四五年八月抗戰勝利，對她的指責撲面而來，一再攻訐她是「文化漢奸」，[18]胡蘭成同時展開匿名逃亡生涯。

張愛玲未必眞對「文化漢奸」有概念，否則一九四五年七月不會先中譯發表炎櫻給胡蘭成信〈浪子與善女人〉，後參加「納涼會」大方接受上海新聞人陳彬龢對她戀愛消息的提問。以胡與汪僞政權的關係，川喜多長政的在場，對談間不止一次提到邀請張愛玲編劇的可能，他們的媒介正是胡蘭成，這個意圖偏偏才有了影，戰事卻遽爾結束，斷了張愛玲這條電影路。幸而如此，否則張愛玲的處境就更難預料了。面對文化漢奸臭名撲面而來，此時的她惟有沉潛，直到一九四七年《不了情》上映，足足一年十個月張沒有任何作品公開發表。但走到這一步，張愛玲在情感上都沒有放棄胡蘭成，才有一九四六年溫州探望胡蘭成之行。所以，〈鬱金香〉藏身小報，落實了因胡之故張難見容文壇只得另謀出路的觀點。另謀出路，得先表態，這或是張愛玲一九四六年底出版《傳奇》增訂本的初衷，她以〈有幾句話同讀者說〉代序，不無透過讀者管道獲得支持盤算，她極力切割：「最近一年來常常被人議論到，

16. 夏志清：《中國現代小說史》（香港：友聯出版社，一九七九年版），頁343。
17. 唐文標：〈關於《苦竹》雜誌〉，《張愛玲研究》（台北：聯經出版公司，一九八六年版），頁187～192。
18. 陳子善：〈張愛玲是文化漢奸嗎？——《文化漢奸罪惡史》出版前後〉，頁97。

似乎被列爲文化漢奸之一，……惟一的嫌疑要末就是所謂『大東亞文學者大會』第三屆曾經叫我參加，……雖然我寫了辭函去，報上仍舊沒有把名字去掉。」[19]且後續於一九四七年成爲中華作協上海文藝作家協會會員，會員名冊公開發行，[20]張愛玲人在上海既從未否認，加入作家團體的眞實性應可信，這也是張愛玲生平唯一一次加入作家團體。

不論張是否有意隱身小報，從另一個角度看，〈鬱金香〉發表前一個月，張已有「一個行頭考究的愛情故事」〈華麗緣〉刊於《大家》創刊號，[21]《大家》的後台老闆即爲張愛玲出版《傳奇》增訂本的山河圖書公司，總編輯是與桑弧並列海上文壇三劍客的唐大郎，《大家》創刊於一九四七年四月十日，正是《不了情》的上片日，〈華麗緣〉應爲配合《不了情》打片，日後亦收入小說集《餘韻》中，只有〈鬱金香〉，雖在一九四八年在《海光》周刊重刊，未及連載完，《海光》就面臨停刊命運，此番捲土重來同樣沒有引起任何注意，著實奇怪。〈鬱金香〉的女主角金香是阮府前朝小婢女，新太太進門，兩位舅少爺陳寶餘、陳寶初上門探親度暑假，都有心於她，尤其和庶出的少爺寶初因身世之嘆發展出一段似有若無的互惜之情，寶初謀事有成很快離開了阮府，兩人情感曇花一現，事隔多年，已近中年的寶初與金香在繁華上海依稀擦身錯過，未竟之情從此深埋人世流沙。小說有著張慣寫的舊式封建社會裡丫頭、少爺「繞室追逐」的主題，亦不無張鍾愛的《紅樓夢》影子，也是張想寫的〈小艾〉原型版本。[22]

會不會就因是舊社會題材，以當時社會氛圍力圖更新，才未引起注意？但光看篇名，

「鬱金香」又極時新，往深裡看，「鬱」呼應的是「金香」，的確充滿鄭樹森指出的「伏筆」（foreshadowing）意涵，[23]且還是雙重的伏筆。要知道「鬱金香」爲百合科多年生球根草本花卉，九月至十月鱗莖發芽，但不出土，爲防凍害，一般要用樹皮覆蓋，直到次年二月解凍後球莖才會抽生長葉、開花。〈戀情／小說〉太早出土，可能斲喪；也就是說「鬱」既用來對照「金香」，何嘗沒有張愛玲自況處境的意味。總之，植物「鬱金香」及小說〈鬱金香〉出土，皆必須等待時機。所以〈鬱金香〉的出土是對張那段鬱結歷史的一個回答。

三、影像——小說：不了情——多少恨

可以這麼說，寫文章切割是一種行動，而創作電影劇本給了轉移社會、政治注意絕好契

19. 張愛玲：〈有幾句話同讀者說〉，頁258～259。
20. 陳子善：〈張愛玲是文化漢奸嗎？——《文化漢奸罪惡史》出版前後〉，頁97。
21. 張愛玲在文前註明〈華麗緣〉：這題目譯成白話文是「一個行頭考究的愛情故事」。見唐文標主編：《張愛玲資料大全集》，頁171。
22. 張愛玲說明〈小艾〉原來的故事是婢女與老爺所生的少爺與小艾止於繞室追逐沒結果的愛情故事。皇冠出版社編輯部：〈代序〉，張愛玲：《餘韻》（台北：皇冠出版社，一九八七年版），頁5。
23. 鄭樹森vs.蘇偉貞：〈淒迷魅麗傾心吐膽〉。

機。一七四六年七月，張愛玲初識導演桑孤（李培林，一九一六～二〇〇四）及宣傳龔之方，桑孤正在籌辦文華電影公司，力邀張愛玲編劇，另劃疆界。張愛玲深諳「個人即使等得及，時代是倉促的」眞諦，[24]電影之路加速展開，短短半月，（一九四六年十二月二十六日至一九四七年一月十二日）即編妥《不了情》，一九四七年二月六日開拍，三月二十二日殺青，四月十日《不了情》便在院線上映，拔得文華電影創業頭香。[25]影片由桑孤導演，男主角爲「當時最紅男星」劉瓊、女主角由「東山再起」的陳燕燕擔綱，[26]一炮而紅。一九四七年是爲張愛玲電影元年。張愛玲日後將之改寫成小說〈多少恨〉，爲她唯一改寫自劇本的小說，《不了情》和〈多少恨〉文本互涉，可見對故事原型的看重：

> 我對於通俗小說一直有一種難言的愛好；那些不用多加解釋的人物，他們的悲歡離合，如果說是太淺薄，不夠深入，那麼浮雕也一樣是藝術啊。但我覺得實在很難寫，這一篇恐怕是我能力所及最接近通俗小說的了，因此我是這樣的戀戀於這故事。[27]

不難理解張愛玲突圍成功，一掃苦悶的快意。但或是年深日久記憶消退，一九八二年聯合副刊重刊〈多少恨〉，小說重見天日，隔年收進《惘然記》出版，事隔三十多年張愛玲回憶這段電影改寫小說的緣由：

寥寥幾年後，這張片子倒已經湮沒了，我覺得可惜，所以根據這劇本寫了篇小說〈多少恨〉。

〈多少恨〉刊於一九四七年五、六月《大家》月刊，即片子首映次月，何來「寥寥幾年後，片子已經湮沒，所以根據劇本寫了〈多少恨〉」之說？但這非本文要旨，重點是《不了情》，張愛玲對此片之心懸親切，溢於言表，三十年念念不忘：

陳燕燕退隱多年，面貌仍舊美麗年輕，加上她特有的甜味，不過胖了，片中只好儘可能的老穿著一件寬博的黑大衣。許多戲都在她那間陋室裡，天冷沒火爐，在家裡也穿著大衣，也理由充足。……不過女主角不能脫大衣是個致命傷。——也許因拍片辛勞，她在她下一部片子裡就已經苗條了，氣死人！

---

24. 張愛玲：〈再版自序〉，《回顧展I——張愛玲短篇小說集之一》（台北：皇冠出版社，一九九二年版），頁6。
25. 陳子善：〈編後記〉，張愛玲：《沉香》（台北：皇冠出版社，二〇〇五年版），頁285。
26. 張愛玲：〈多少恨〉，〈聯合副刊〉，《聯合報》，一九八二年十一月二十二日~十二月四日。
27. 以上有關〈多少恨〉引文皆出自張愛玲：《惘然記》（台北：皇冠出版社，一九八三年版），頁97。

《不了情》講的是上海千門萬戶中，單身女子虞家茵在電影院門口巧遇陌生人夏先生，因賣多餘的票給夏，有段接觸，日後意外的成了夏先生女兒的家教，兩人迅速發展出情感，此時拋妻別女不負責任的虞父找上門自薦夏的公司做事，夏先生長年在鄉下養病的妻子亦突然返家。在虞父撥弄下，三角關係生波，夏太太訴求悲情企圖保住婚姻，虞父從中作梗，虞家茵眼看情感自尊將保不住，幾番掙扎，決定不告而別遠走廈門。夏先生追到家茵住處，她已離開，一個長鏡頭從窗口拉開，他看見一隻纏繞在電線桿上飛不走的風箏。

以風箏懸掛形成的畫面感及隱喻功能，風箏象徵家茵的拋開束縛，懸在電線桿則點出可見不可控制的難題，含蓄地爲「不了情」做了「定格」注腳，成功挪用了電影視覺及框架美學手法，構成一心境的寫照。

相對而言，文字化後的〈多少恨〉，以文字建構關於立體的演技、畫面、敘事、情節……張愛玲成爲主導者，一般感認電影屬於導演，但小說是作者的。就《不了情》改編〈多少恨〉的藝術成就，讀者不難看出影像—小說的逆向操作手法，流露她自己所評的「不充分理解這兩種形式的不同處」的弱點。[28]符合了俄國電影大師普多夫金：「小說家運用文字，電影導演運用畫面，這兩種藝術形式之間的主要差別即在於此」的看法。[29]

〈多少恨〉十足忠於電影原著，幾乎照《不了情》場次寫成，這手法形成日後電影改編張愛玲小說最常見的現象。張愛玲擺脫不了自己，他人亦如是。探究小說和電影最大不同在結尾，小說加強了「明示」的成分，小說中家茵告訴夏先生她要回鄉下和表哥結婚，圖個一刀兩斷的痛快，夏先生直接反應：「難道我們的事這麼容易就——全都不算了麼？」[30]家茵最後離開，留下了「多少恨」！至於電影中，家茵則選擇不告而別，是爲「不了情」。李歐梵在〈不了情：張愛玲和電影〉文中比喻〈傾城之戀〉混合了中國才子佳人的通俗模式和好萊塢劇的上等情調，[31]用來形容《不了情》、〈多少恨〉，其實不也貼切？除此，我還認爲，《不了情》正是演給張愛玲一向服膺的小報讀者——最普遍的上海市民——看的，張愛玲是上海小市民的代言人與化身：

每一次看到「小市民」的字樣我就侷促地想到自己。彷彿胸前佩著這樣的紅綢字條。[32]

---

28. 張愛玲：《惘然記》，頁97。
29. 普多夫金（V. I. Pudovkin）著，劉森堯譯：《電影技巧與電影表演》*Film Technique and Film Acting*（台北：書林出版社，1980年版），頁36。
30. 張愛玲：《惘然記》，頁149。
31. 李歐梵：〈不了情：張愛玲和電影〉，《蒼涼與世故：張愛玲的啓示》（香港：牛津大學出版社，二〇〇六年版），頁127。
32. 張愛玲：〈童言無忌〉，《流言》，頁7。

故事走市民溫馨趣味路線，上海觀眾畢竟沒有辜負張愛玲「到底是上海人」的用心，《不了情》上映後，被譽爲「勝利以後國產影片最最適合觀眾理想之巨片」。[33]若說電影用畫面表現了《不了情》的惘然之情，那麼小說則以文字描繪了〈多少恨〉的失落鬱結。無論惘然或失落，根據與張愛玲通信多年，亦獲她信任的司馬新在其《張愛玲與賴雅》推論，張把胡蘭成身上有吸引力的部分，「投影到了小說中的主角夏先生身上」，是「通過小說改造眞實生活中的事件」。[34]《不了情》及〈多少恨〉可說是兩人婚姻破裂帶來痛苦的變形產物，這又是張愛玲電影劇本的胡蘭成影響證據。

四、《太太萬歲》：悠悠生之負荷與「她」的戰爭

《不了情》的成功，桑孤趁勝追擊，繼續與張愛玲合作，由她編寫第二部劇本《太太萬歲》，片中女主角陳思珍一心一意討好丈夫欺瞞婆婆、父親，丈夫生意無資金，設計向娘家借錢，丈夫發達後思淫亂被算計遭仙人跳，她幫著善後，做小伏低面面俱到。丈夫破產後，她不離不棄，活脫一代「婦女典範」。但細究陳思珍行徑不脫張小說人物的「機巧圓滑」，有著張一貫「浮世的悲歡」情調。[35]要知道抗戰軍興，上海淪陷成爲殖民區，張從出道即無意寫與時代相關的作品，遑論抗戰文學，她打理筆下遊戲人間、自私頹廢、小奸小壞的男女情事橋段，如〈傾城之戀〉白流蘇、范柳原、〈沉香屑——第一爐香〉葛薇龍、喬琪喬、

《連環套》霓喜、湯姆生等等，蔡美麗很早便提出張的小說人物題材多盤寫「庸人俗事」，作品流泛著超常敏感靈轉的口齒有著「凶險的均衡」之論點，[36]極具穿透力。就因爲張的角色十之八九是女人且多半平庸，張顯然無意藉她們的口在小說中「談社會文化問題，亦不想探索生命的意義」，[37]張自己也說：「『時代的紀念碑』那樣的作品，我是寫不出來的，也不打算嘗試，……我甚至只是寫些男女間的小事情」。[38]也就是合了前文所說，張愛玲與她作品形成互視，而這些角色和她俱爲〈燼餘錄〉中「時代的車」上的乘客。

就因爲張愛玲的小說形式帶著「浮世的悲歡」的情調，史書美在〈張愛玲的慾望街車：重讀《傳奇》〉一文中，就張作品不同創作期表現，指出張《傳奇》時期小說質量俱佳，正是因爲避開了投效於社會、國家、民族等之「大敘述」（master narratives），[39]文章引述愛

---

33. 陳子善：〈編後記〉，張愛玲：《沉香》，頁285。
34. 司馬新：《張愛玲與賴雅》（台北：大地出版社，一九九六年版），頁52～53。
35. 陸弘石、舒曉鳴：《中國電影史》（北京：文化藝術出版社，一九九八年版），頁102。
36. 蔡美麗：〈難得庸俗——讀張愛玲雜想〉，《維納斯之變顏》（台北：允晨文化出版社，一九九五年版），頁304。
37. 蔡美麗：〈難得庸俗——讀張愛玲雜想〉，頁305。
38. 張愛玲：〈自己的文章〉，《流言》，頁20。
39. 史書美：〈張愛玲的慾望街車：重讀《傳奇》〉，《二十一世紀》，第二十四期（一九九四年八月），頁126。

德華・關（Edward Gunn）看法，愛德華・關把張的創作看成是介乎反抗與歸順之間的文學，界定爲「與抗戰無關的逃避文學」。[40]綜合二者分析，張的創作旺盛及成功，除了她不寫「時代的紀念碑」那類作品，還因她避開了社會、國家、民族等那類議題。《不了情》透過通俗劇情再度牽動市民情感，應有挾此現象複製以往盛名之機會，其結果是同而不同，「過了這村，沒有那店」，兼以後續的《太太萬歲》事件鬧得滿城風雨，導致一九四九年後，新中國成立，張愛玲《金鎖記》劇本都寫好了，合作對象還是桑弧，卻無緣開拍，張的編劇生涯終未衝上高峰，不久，張愛玲也離開了中國。

何謂《太太萬歲》事件？一九四七年十二月十四日《太太萬歲》上映，整整兩週，場場狂滿，可稱盛況空前，上海各報紛紛譽爲「巨片降臨」、「萬眾瞻目」等。《不了情》、《太太萬歲》反映了都會小市民生活、女性處境，不意張愛玲走快了一步，上海評論界另有觀感，在報刊掀起正義之聲論爭，鎖定《太太萬歲》男尊女卑議題，男士們不領情，婦女們亦連聲討伐，引發了一場「太太大戰」。論爭言論集中張愛玲的〈《太太萬歲》題記〉，文章在影片上映前的十二月三日先發表在知名劇作家洪深主持的《大公報・戲劇與電影》上，洪深大力推崇張愛玲是「我們這個年代最優秀的high comedy（高級喜劇）作家中的一人」；[41]這樣的操作是因襲《傳奇》增訂本上張愛玲寫〈有幾句話同讀者說〉淨空各方質疑，〈《太太萬歲》題記〉同樣具有闡釋的功能：

出現在《太太萬歲》的一些人物，他們所經歷的都是些注定了要被遺忘的淚與笑，連自己都要忘懷的。這悠悠的生之負荷，大家分擔著，只這一點，就應當使人與人之間感到親切的罷？[42]

哪知不闡釋還好，說明了，知識界無意分挑這「悠悠的生之負荷」擔子，電影甫上映，即招來一干人撰文抨擊，胡珂率先發表〈抒憤〉，暗指張愛玲形象與民族抗日步伐不同調，是「敵僞時期的行屍走肉」，[43]方噔、沙易、莘薤批評相繼登場，最後洪深也跳出來說話，發表〈恕我不願領受這番盛情——一個丈夫對於《太太萬歲》的回答〉自我清算，表示之前推崇是受〈《太太萬歲》題記〉所惑而大上其當。[44]洪深的發言可視爲一重要觀察指標，想想看，〈《太太萬歲》題記〉之前刊在洪深所主編《大公報・戲劇與電影》，豈有主編一個月內就同一篇文章提出兩個評價的道理？更違常理的是，讚譽張愛玲時，他站在文化人、主

---

40. 史書美：〈張愛玲的慾望街車：重讀《傳奇》〉，頁124～131。
41. 洪深：〈恕我不願領受這番盛情——一個丈夫對於《太太萬歲》的回答〉，陳子善：《說不盡的張愛玲》（台北：遠景出版社，二〇〇一年版），頁101。
42. 張愛玲：〈《太太萬歲》題記〉，陳子善：《說不盡的張愛玲》，頁91。
43. 胡珂：〈抒憤〉，陳子善：《說不盡的張愛玲》，頁92。
44. 洪深：〈恕我不願領受這番盛情——一個丈夫對於《太太萬歲》的回答〉，頁101～106。

編立場，反制時，卻打著「一個丈夫」的旗號，這究竟是哪門子招式？張愛玲究竟惹上何方神聖？胡珂是誰？方噔、沙易、莘薤又是誰？爲何全用筆名？就電影論電影，該討論的是藝術表現，攸關的是「普通的觀眾」的娛樂消費權力及角色是否貼切突出等等，《太太萬歲》主題爲一位太太如何委屈求全，不意倒冒犯了這些男士。不能不合理懷疑，文化批評是假，政治打手是眞，換言之，打擊「漢奸」行動根本未停止。但我們仍就影片出發，設定這些批評者反映了一種聲音，針對他們男性身分來解讀，女性電影理論學者莫薇（Laura Mulvey）在其經典論作〈視覺快感與敘事電影〉（"Visual Pleasure and Narrative Cinema"）關於角色／編劇的認同或可提供我們一種詮釋：

當觀眾認同男主角時，會把自己投射在像他一樣的男主角身上，男主角成了他的銀幕替身。[45]

張愛玲對小說——作者——演員的角色扮演是尊重與認同，曾有感：「像一個演員沉浸在一個角色裡，也成爲自身的一次經驗。」[46]當男性觀眾戲視影幕上的《太太萬歲》的男主角是他們的替身與投射，以輕鬆心態看待女性太太作爲是喜劇是戲；現實中，卻又對女性編劇批判，這是認同上的悖論。光從洪深的反應探討，他一來握有媒體權利，再者洪深與左派戲劇代表人物歐陽予倩、田漢相提並列「中國話劇三位奠基人」，他和胡珂代表的社會主義主流聲音，就不能用簡單的觀眾/男性角色互換就能交代的。更令人不解的是，張愛玲根本只是編劇，原始構想還出於桑弧，[47]電影是導演掛帥，張愛玲跳出來隻身扛起電影成敗關鍵究竟爲何？莫非她已得知明火執戰全衝向她來底細？否則很難想像張愛玲如此高姿態迎戰。反觀桑弧對待，胡珂文章暗諷有人愛聞臭小腳，但不具直接殺傷力，思考一九四九年後，桑弧仍能編導《哀樂中年》及出任越劇名角袁雪芬搬唱的《越劇精華》導演，多少說明桑弧與張愛玲在時代角色上的差別待遇。而且這回，又是張愛玲一個人的戰爭。

《太太萬歲》事件之後，張愛玲編劇之路如同停格，重演小說寫作之路，倒眞應了張愛玲的話：「繁弦急管轉入急管哀弦……一連串的蒙太奇，下接淡出」。[48]看似偶然實必然。要知道，當年文華電影公司成員，是以「堅持鬥爭的進步話劇團體」李倩萍、曹禺、黃佐臨、陸潔、柯靈等爲基本核心，其製片宗旨，根據程季華《中國電影發展史》裡析論，走的是「不願討好國民黨，又與革命電影運動保持一定距離」的路線，「一定程度上體現了這一

---

45. Vicky Lebeau著，陳儒修、鄭玉菁譯：《佛洛伊德看電影：心理分析電影理論》*Psychoanalysis and Cinema: The Play of Shadows*（台北：書林出版社，二〇〇四年版），頁165。
46. 張愛玲：〈惘然記〉，《惘然記》，頁3。
47. 據龔之方回憶，桑弧二度請張愛玲編劇，用的是桑弧的構想，先有腹稿，張愛玲慨然應允，一氣呵成。見張子靜：《我的姊姊張愛玲》（台北：時報文化出版公司，一九九六年版），頁211。
48. 張愛玲：《對照記——看老照相簿》，頁88。

時期黨領導的進步電影運動的基本方針」，但也有「搖搖擺擺的創作人員……拍攝了一些在傾向上不好或內容有害的影片」。[49]程季華把那時期文華製作的十三部影片做了歸類，曹禺《艷陽天》、黃佐臨《夜店》是進步影片，不進步消極影片有《不了情》、《太太萬歲》、《哀樂中年》、《小城之春》，張愛玲有關，就占了兩部。張愛玲一人包辦了逃避與消極，小說創作張愛玲是「逃避文學」旗手，編劇方面，她是「消極影片」的代言人，《不了情》、《太太萬歲》則是「消極影片」的代表作。

一九六三年出版的《中國電影發展史》便指名批判：「這些影片逃避現實鬥爭，糾纏在資產階級和小資產階級的純粹家庭、愛情的小圈子中、渲染沒落的階級情調。」「這些影片」包括費穆（一九〇六～一九五一）的《小城之春》。[50]但費穆和張愛玲並不同階，費穆在電影界行走有一段時間，另不若《不了情》的賣座，他導演的《小城之春》一九四八年九月上演僅一週便草草下片，其小資情調未引起太多反響。諷刺的是，當年既不賣座又被評爲對革命未做出貢獻的《小城之春》，倒在二〇〇五年紀念中國電影誕生一百周年，香港電影金像獎協會票選「中國電影誕生百年——最佳華語片一百部」活動，《小城之春》卻以最高票數榮登百佳榜首。[51]

程季華說法相當反應了當時的社會期待，然張愛玲電影賣座受歡迎亦是不爭的事實，何以如此？進步影片環伺，張愛玲卻異軍突起，十足反映的是小市民對普遍性話題感興趣的口味及心態，張愛玲兩片故事、劇情明白清朗，符合普多夫金評價：「絕大多數優秀影片都是以非常簡單的主題和比較不複雜的劇情爲特徵的。」[52]能把複雜若是的人生，簡明化後不失深刻，說張愛玲獨具戲劇參照人生的才具，怕不爲過。

張愛玲幸而被歸爲「資產階級和小資產階級」，加上無心爲「前進思想服務」，[53]注定不會爲「歌頌國民黨特務的反動影片逆流」捲入，日後才得以全身而退。說來，張愛玲因「漢奸」之嫌，[54]招致各方指責甚囂塵上，注定既不容於國民黨，也難討好進步時尚的革命電影團體。柯靈即指出，《傳奇》增訂本問世，柯靈在主編的《文匯報》刊登一則短訊都會受到當局警告。[55]張愛玲將澄清不是漢奸的文章放在序的位置，說明了時局的嚴峻，亦傳達

---

49. 程季華：《中國電影發展史》（北京：中國電影出版社，一九六三年版），頁256。
50. 程季華：《中國電影發展史》，頁255～272。
51. 張蕾：〈百佳華語片之首：費穆《小城之春》〉，《東方網—勞動報》，二〇〇五年三月十五日載自http://hk.cnmdb.com/newsent/ 20050315/199482。百佳華語片榜第二名至第四名。分別是吳宇森《英雄本色》，王家衛《阿飛正傳》，陳凱歌《黃土地》。
52. 普多夫金：《電影技巧與電影表演》，頁36。
53. 胡蘭成形容張愛玲凡有報章雜誌批評她，都剪存，也有寫信希望她爲前進思想服務，她收存，然不聽不答不參考。見胡蘭成：《今生今世》（台北：遠流出版社，一九九〇年版），頁295。
54. 張愛玲：〈有幾句話同讀者說〉，頁258～259。
55. 陳子善：〈圍繞在《太太萬歲》的一場論爭〉，陳子善：《說不盡的張愛玲》，頁77。

張愛玲何以未再經電影劇本創造另番傳奇的終極原委，只能說形勢比人強。

五、《哀樂中年》公案：張愛玲電影緣的一段謎

《太太萬歲》事件結束，張愛玲再度沉寂，桑弧在一九四九年才有新片《哀樂中年》推出，多年後《哀樂中年》劇本「公案」浮上檯面，證明《太太萬歲》後兩人仍有合作，也成就張愛玲一段電影謎。事件源於一九九〇年九月三十日至十月二十三日，聯副用二十四天版面登載張愛玲電影劇本《哀樂中年》。十一月六日張愛玲的信來了——

偉貞小姐：

今年春天您來信說要刊載我的電影劇本「哀樂中年」。這張四十年前的影片我記不清楚了，見信以爲您手中的劇本封面上標明作者是我。我對它特別印象模糊，就也歸之於故事題材來自導演桑弧，而且始終是我的成份最少的一部片子。

聯副刊出後您寄給我看，又值賊忙，擱到今天剛拆閱，看到篇首鄭樹森教授的評介，這才想起來這片子是桑弧編導，我雖然參與寫作過程，不過是顧問，拿了些劇本費，不具名。事隔多年完全忘了，以致有這誤會。稿費謹辭，如已發下也當璧還。希望這封信能在貴刊發表，好讓我向讀者道歉。[56]

本人當時任職聯副編輯，因緣際會，對事件來龍去脈有親身了解，謹說明如後。當時聯副主編是詩人瘂弦（王慶麟，一九三二～），一九八九年底鄭樹森提供《哀樂中年》文字劇本給他，聯副長期原則，不會刊登未經證實的張愛玲作品，瘂弦即囑本人與張愛玲聯絡，一番書信往返終取得張愛玲認證及同意，《哀樂中年》便依計畫於張愛玲生日一九九〇年九月三十日推出，鄭樹森隨文撰寫導讀〈張愛玲與《哀樂中年》〉交待文稿面世之來龍去脈：

> 一九四九年上片的《哀樂中年》，編劇和導演都由桑弧掛名。一九八三年筆者任教香港中文大學時，翻譯中心主任、文壇前輩林以亮先生在一次長談中透露，《哀樂中年》的劇本雖是桑弧的構思，卻由張愛玲執筆。
>
> 《哀樂中年》的劇本由上海潮鋒出版社刊印，列爲「文學者叢刊」之七，出版日期是一九四九年二月。桑弧有一則「後記」，最後一段說：「我敢貿然把這麼一個『毛坯』交給書店排印，是由於一位朋友的熱心鼓勵。」此處所指，也許就是張愛玲女士？劇本出版時，片子尚未攝製完成，但現在拿劇本和電影比對，無甚差異。[57]

56. 蘇偉貞：〈張愛玲書信選讀〉，〈聯合副刊〉，《聯合報》，一九九五年九月十日。
57. 鄭樹森：〈張愛玲與《哀樂中年》〉，〈聯合副刊〉，《聯合報》，一九九〇年九月三十日。

事實上，早在一九八三年，宋淇接受水晶訪問，即已主動提到：「文華的《哀樂中年》有她的份兒。……她大概提意見，桑弧給她看了，所以電影有……張愛玲的touch（筆觸）。……張愛玲說不要提。」[58]怕出土劇本曝光，聯副避開宋淇、水晶直接求證張愛玲，加上沒人想起這篇訪談，才繞了好大一個圈子。但能有話題與張愛玲通信，誰說不值得呢？所要強調的是，以張愛玲舊作亦搶手、稀罕情況，爲配合「祖師奶奶」其時公認的生日推出，寧願等待時間拉長，加上查證期得冒著他家媒體搶刊之風險，仍堅持作業準確細膩，就因爲她是張愛玲。

再回頭解析張愛玲自白「拿了些劇本費，不具名」之可能，根據柯靈〈遙寄張愛玲〉回憶，一九四四年張愛玲改編〈傾城之戀〉搬上舞台，主動請柯靈提意見，柯靈且居間奔走介紹介紹劇團負責人周劍雲，日後柯靈兩次被關進日本憲兵隊，胡蘭成陪張赴柯家慰問，還與日本憲兵關說「可釋放就釋放」，這段過程說明了胡與張的親密，柯靈是「堅實的論據」的當事人；結結實實的發生是一九四五年日本投降，創作、婚姻的騰空，柯靈指出張愛玲處境是內外交困：「情感上的悲劇，創作的繁榮陡地萎縮，大片的空白忽然出現，就像放電影斷了片。」[59]誰都看得出來胡蘭成是把張置於此一地步的影子主角。但柯靈的比喻有如寓言，斷了片的電影，不久，張愛玲果眞用電影接上了。空白不久，桑弧和文華宣傳龔之方拿著柯靈的介紹信登門拜訪，邀張寫劇本，朋友日後有意撮合桑弧和張愛玲，龔之方婉轉向張提起，「她的回答不是語言，只對我搖頭，再搖頭和三搖頭。」龔之方日後回憶才體會到：「張愛玲的心裡還凝結著與胡蘭成這段戀情。」[60]這些都旁證了張愛玲對桑弧、柯靈與思回報，從旁幫忙寫《哀樂中年》是對回報採取的行動。說來張愛玲能在半個月編完《不了情》，就沒有道理不繼續爲已成好友的桑弧寫《哀樂中年》，除非有意料之外的事發生，我以爲這是她和桑弧的默契，所以在徵詢她生日刊登《哀樂中年》時，她本能的並未否認：

> 陽曆生日只供塡表用，陰曆也早已不去查是哪一天了。當然仍舊感謝聯副等九月再發表《哀樂中年》劇本的這份禮物，不過看了也不會勾起任何回憶來。[61]

並且爲何「始終是我的成份最少的一部片子」，而非直接說「不是我編的」？談到劇本，最容易引起爭議的是原創部分，《太太萬歲》原始構想出於桑弧，但張不避言有她「成

58. 水晶：《流行歌曲滄桑記》（台北：大地出版社，一九八五年版），頁85。
59. 柯靈：〈遙寄張愛玲〉，陳子善編：《私語張愛玲》，頁20～21。
60. 龔之方：〈離滬之前〉，季季，關鴻編：《永遠的張愛玲》（上海：學林出版社，一九九六年版），頁187～189。
61. 蘇偉貞：〈張愛玲書信選讀〉。

份」。合理的推測，應源於《太太萬歲》風波後，以她和桑弧的默契，她是隱形的「智庫」，之前的風波經驗，導致她未看《哀樂中年》排戲劇本及電影，才不確定兩者有沒有她的名字，以爲聯副拿到的劇本寫著她名字，便給了個模糊的說法：「看了也不會勾起任何回憶來。」及至看到鄭樹森的導讀，這才聲明：「不過是顧問，拿了些劇本費，不具名。」爲什麼是「不具名」？依電影圈慣例，不寫劇本，豈能「拿了些劇本費」？未參與寫作，何來「不具名」？這段電影緣，告訴了我們張愛玲未寫出的本事。說來，張愛玲其實嚮往和諧安穩的男女關係，在她自編的人生相簿《對照記》裡，放了大量祖父母的照片及圖說，她注解是因「祖父母的姻緣色彩鮮明，給了我很大的滿足」，[62]這是安穩了，反觀《對照記》沒有她的兩次婚姻的丈夫相片及隻字片語，就因爲在我們有限的資料中，胡蘭成四處留情，賴雅處境的窘困，兩段婚姻都談不上和諧安穩。嚴格看，她的上海時期，與她有關的男性，父親、弟弟、胡蘭成等，都很難安慰她。但能和桑弧一再合作，桑弧提供的未嘗不可以另類安穩解。轉置到張愛玲筆下，她崛起於政治烽火的上海，政治角力不斷，前文提到她的小說咸認無關政治，多寫庸人俗事，向人們展示了「文學從政治走回人間」（胡蘭成語）的魅力，照亮其個人主義的星空。再闖影壇，政治情勢混濁未變，她的劇本有意依循「戲劇從政治走回人間」路線，把舊時代記憶寫進現代生活，雖暫時喚回觀眾，但政治面才是當道主體，情感也是一種政治，劇本載體遂成爲她書寫舊時代家族故事的收束。檢視張愛玲文學/戲劇歷程，若謂她一生「得也政治，失也政治」實不爲過，這也成爲她的宿命。

六、隱形文本：電影／小說圖示

回到書寫本位，創作上張愛玲是如何建構舊時代記憶／現代生活與人生／劇本才是我們關心的。張愛玲的讀者不難看出她小說對封建家庭故事及成員尖刻幽微的描繪，往往令人不寒而慄，若說這象徵了其對父權的反感、急欲去除的舊中國及男性圖騰，過渡到電影應成爲她執行新世界秩序的最大參照，譬如小說〈第一爐香〉裡，張愛玲藉女主角葛薇龍眼中的姑母落在時代角落的身影，給出了張的內在視角：

> 她姑母是個有本領的女人，一手挽住了時代的巨輪，在她自己的小天地裡，留住了滿清末年的淫逸空氣，關起門來做小型的慈禧太后。[63]

這樣的視角也看往〈花凋〉的男主角鄭先生，他是個從不面對現實的遺老：

---

62. 張愛玲：《對照記——看老照相簿》，頁88。
63. 張愛玲：〈沉香屑——第一爐香〉，《回顧展II——張愛玲短篇小說集之二》（台北：皇冠出版社，一九九二年版），頁262。

因爲不承認民國，自從民國紀元起他就沒長過歲數。……他是酒精缸裡泡著的孩屍。[64]

張愛玲一生顯然都在重複這樣的視角，且帶著如此眼光一頭栽進電影圈，但張愛玲的舊世界隔閡了她與眞實人生，形成認知落差。一九三二年上海成爲「孤島」，之前中共早已成立電影小組，由夏衍擔任組長，爲上海各電影公司提供「進步劇本」，所謂「進步」不言而喻，是與「革命」和「政治」連結。一九三七年抗戰軍興，上海孤島及各國租界，造成特殊的電影奇觀，根據資料顯示，每年這彈丸之地，驚人的平均年產六十部影片外。[65]一九四一年十二月八日上海淪陷，電影工業進入冬天，在夾縫生存的孤島影壇，以社會主義眼光最爲人稱道的是：「整個孤島時期，沒有出現過一部宣揚漢奸意識的影片」。[66]「漢奸」如過街老鼠，人人喊打，張受其害，而張之前並不掛心，可以想見這種隔閡把她帶到了哪裡，隔閡也帶出了長鏡頭。等到抗戰勝利，政權交替，國民黨官方接收了大部分電影資產，但復員期間，政治氛圍不明確，給了民間影業的機會，文華趁機崛起，比擬張愛玲小說成於無人管束的上海孤島時期，戰後人心冀望與戰爭無關的故事情節放鬆，電影同時給了張人生切換的管道，影片就像夢一般成爲轉譯現實人生的媒介，張的漠然，使她再次有了編織舊時代故事的機會，以不變應萬變，這才是張的書寫/人生本位。戲場宗師阿圖（Antonin Areaud）在〈電影與巫術〉裡指出：「如果電影不是用來轉譯夢，或者在現實生活中像夢的東西，那麼電影就不存在」。[67]當然，阿圖致力追求的是「殘酷劇場」形式，揭櫫殘酷是生命的眞義。張愛玲則強調：「戲劇就是衝突，就是磨難，就是麻煩。」[68]張愛玲少了阿圖的殘酷與血般的實踐，但衝突、磨難與麻煩是小市民生活的最普遍的存在，這是張愛玲和阿圖相似之處；另阿圖堅持「劇場的眞正目的在表現最普世的、開闊的生命面向，並從中提煉意象，讓人們在其中發現自己」的理念，證諸張愛玲，她喜用「參差對照」的美學，形塑《太太萬歲》的陳思珍：「我並沒有把陳思珍這個人加以肯定或袒護之意，我只是提出有過這樣的一個人。」[69]陳思珍銀幕上的形貌提供了張愛玲人世的參照面。

銀幕上的陳思珍挑戰舊時代道德，成爲張邁向編劇二年的驅動人物，初始看好，但之前一九四六年十一月「中美商約」簽訂，美國片蜂擁而入，地域電影生成空間受到威脅逐漸發酵，壓抑了張愛玲的電影生涯空間。拿上海出片數與美國進口影片數比較，根據陸弘石、舒曉鳴《中國電影史》研究，以一九四六年前後爲範圍取樣，抗戰勝利一九四五年八月至

64. 張愛玲：〈花凋〉，《回顧展II——張愛玲短篇小說集之二》，頁431。
65. 陸弘石、舒曉鳴：《中國電影史》，頁75。
66. 陸弘石、舒曉鳴：《中國電影史》，頁83。
67. Vicky Lebeau：《佛洛伊德看電影：心理分析電影理論》，頁57。
68. 張愛玲：〈論寫作〉，《張看》（台北：皇冠出版社，一九九一年版），頁237。
69. 張愛玲：〈《太太萬歲》題記〉，頁91。

一九四九年新中國成立之出片數據，四年內單從上海進口的美國劇情片有一〇八三部，上海問世的劇情片，約一百二十部左右，兩者出片數天差地別。若就影片類型分析，抗戰軍興改變了電影版圖，將之規劃爲國統區、租界區、淪陷區和共產黨根據地四個區域，《中國電影史》分析，此四區域，租界區上海電影生態和其他三個區域差別在於三區域主要集中表現「戰爭與人」議題，反觀一九三七年至一九四一年上海孤島時期古裝片攝製一面倒，期間出片八十餘部，占上海所有出品電影三分之一。[70]李道新認爲這與淪陷時期汪僞政權頒行「電影事業統籌辦法」有關，主要通過電影進行文化、思想戰，[71]對藝術造成政治牽制，此舉加重了上海電影避重就輕不健康的生態。長期戰火，來到抗戰勝利後的上海電影，市民急欲重拾往日生活，對電影創作最大的考驗便集中在如何將故事、角色「由英雄到普通人地轉換」，意思是，如果戰時影片通過對英雄的歌頌來激勵百姓的民族精神及鬥志，那麼戰後電影著重的是對「普通人普通生活」的擁抱。[72]這或是《不了情》、《太太萬歲》初起不受美國電影影響市場空間影響，抓住觀眾、引發賣座及口碑俱揚的終極因素。但並時以思想意識和題材爲評價檢驗的標準仍在那裡，譬如對「表現抗戰生活、史詩作品和名著改編的電影讚譽有加」，極力推崇一九四七年十一月的《松花江上》，片子爲歌頌東北人民戰鬥精神，上片後評價一面倒：「這裡面沒有纏綿的故事，沒有使人發噓的鏡頭，這裡面只有樸素地反映了東北百姓的現實生活」，[73]被譽爲國產影片「極珍貴的收穫」。[74]相形之下坊間的影評、輿論對愛情及婚姻、家庭影片的地位普遍不高，導致走市民生活類型電影路線的張愛玲被遮蔽，未獲應有的肯定。大陸學者李曉紅即言，若能重視張愛玲的電影價值，就是重視四〇年代被忽視的中國電影的價值。[75]

終歸新生事物正待建立秩序與標準，大家都在探索底線。《不了情》賣座後，文華見機快推《假鳳虛凰》，仍走情愛主題，劇情圍繞漂亮寡婦假充有錢華僑女兒擴大徵婚，誘來一個理髮師喬扮有錢經理應徵。電影一經預告，引發上海理髮業極大反彈。[76]和《太太萬歲》筆戰不同，理髮業反彈屬社會事件，理髮師代表了底層人口。一九四七年七月十日試映日，理髮業元氣十足包圍戲院要求禁演或修改影片內容，上演的大光明戲院只好在大門掛出「談

---

70. 陸弘石、舒曉鳴：《中國電影史》，頁84～85。
71. 李道新：〈淪陷時期的上海電影與中國電影的歷史敘述〉，《北京電影學院學報》，二〇〇五年第二期。載自 http://tw.myblog.yahoo.com/isis-jean/article?mid=867&sc=1。
72. 程季華：《中國電影發展史》，頁98。
73. 羅蓀：〈《松花江上》片感〉，《大公報》，一九四七年十一月十二日。引述自程季華：《中國電影發展史》，頁203。
74. 程季華：《中國電影發展史》，頁203。
75. 李曉紅：〈一九四七年上海報刊中的張愛玲電影〉，林幸謙編：《張愛玲：文學・電影・舞台》（香港：牛津大學出版社，二〇〇七年版），頁162～180。
76. 張子靜：《我的姊姊張愛玲》，頁217。

判未妥，暫停試映」。最後雖斡旋成功，文華元氣大傷，也更讓人思索觀眾的胃口及能耐。及至年底《太太萬歲》的漢奸指責事件擴大反彈層面，無異雪上加霜，徹底壓縮了張愛玲的電影空間。

說來張愛玲眞是有苦難言，邁出編劇第一步，將《不了情》快手改寫〈多少恨〉、躲到小報登〈鬱金香〉種種積極作爲的同時，暗中同步埋伏了一九四七年六月去信胡蘭成提出離婚，可謂內外交相煎，信裡附了三十萬元，正是編劇所得：

我已經不喜歡你了。你是早已不喜歡我了的。這次的決心，我是經過一年半的長時間考慮的，彼時惟以小吉故，不欲增加你的困難。你不要來尋我，即或寫信來，我亦是不看的了。[77]

胡蘭成《今生今世》交代三十萬元是張愛玲「新近寫的電影劇本，一部《不了情》，一部《太太萬歲》，已經上映了，所以纔有這個錢，我出亡至今將近兩年，都是她寄錢來」。[78]文裡的關鍵字是「纔」，「纔」是一個連結，張愛玲沒有發表文章，哪來收入？寫了劇本，「纔」有錢寄給胡蘭成，事實上，一九四七年六月《太太萬歲》還未上映，胡蘭成若非記錯，就是張愛玲先預支編劇費，「纔」有這個錢。再次說明了，張愛玲踏足電影，胡蘭成都是直、間接的動力。

〈鬱金香〉、〈多少恨〉、《不了情》、寫給胡蘭成的分手信，幾乎同時期發生，可以視為張愛玲個人的「隱形文本」，在某種程度上，符合吉內特（Gerard Genette）在《羊皮紙文獻》（Palimpsestes）提出的超文本性（hypertextuality）類型。吉內特的超文本性是指一個文本（稱為超文本hypertext）和一個較早的文本（或稱次文本subtext）之間的關係，[79]以《太太萬歲》（超文本）來說，它的轉變、闡述、延伸，都與〈鬱金香〉、〈多少恨〉、《不了情》（次文本）形成比互文（intertext）還明確具體的關係，在既有的文本上進行轉化，到《太太萬歲》的編劇、上映引發的爭論，和之前因胡蘭成而被指為「文化漢奸」的記憶，滾成一團巨大的火球。張愛玲從來擅長在封閉的時空中創造奇蹟，但那一刻，她彷彿曝曬眾人眼前，封閉的空間被迫打開，安全的屏障被撤離：「仰臉向著當頭的烈日，我覺得我是赤裸裸的站在天底下了，被裁判著像一切的惶惑的未成年的人，困於過度的自誇與自鄙。」[80]她能做的只有徹底放棄。我在〈不斷放棄，終於放棄——張愛玲奇異的自尊心〉一

---

77. 胡蘭成：《今生今世》，頁473。
78. 胡蘭成：《今生今世》，頁473。
79. Robert Stam著，陳儒修，郭幼龍譯：《電影理論解讀》*Film Theory: An Introduction*（台北：遠流出版社，二〇〇二年版），頁283～289。
80. 張愛玲：〈私語〉，《流言》，頁155。

文裡曾經提到，[81]張愛玲打小即有異於一般人的自尊心，在〈私語〉裡，她自白孩童時佣人把生柿子放進抽屜，她天天暗中觀看是否熟了，但「由於一種奇異的自尊心」，她不願啓齒，怕佣人以爲她想吃柿子，最後寧願任由柿子壞掉。這是她的放棄哲學了！足證《太太萬歲》漢奸事件後，張愛玲開始放棄《哀樂中年》具名，潛意識把這部戲的相關記憶全抹掉，放棄爭取《金鎖記》開拍。受制於個性，張愛玲寫出自己的文本，柯靈認爲唐文標說對了：「張愛玲寫作在一個不幸的時代，她不能爲同時代的中國人所認識。可說是陰錯陽差。也許亦是她自己所決定的」，[82]但《哀樂中年》劇本有無張愛玲人生文本的成分呢？梳理〈《太太萬歲》題記〉爲陳思珍開脫那段，我們看到了張愛玲對「哀樂中年」下的定義與這個詞的原型出處：

> 中國女人向來是一結婚立刻由少女變成中年人，跳掉了少婦這一個階段。陳思珍就已經有中年人的氣質了。她最後得到了快樂的結局也並不怎麼快樂；所謂「哀樂中年」，大概那意思就是他們的歡樂裡永遠夾雜著一絲辛酸，他們的悲哀也不是完全沒有安慰的。[83]

再看看《哀樂中年》劇本中女主角劉敏華與父執輩陳紹常的一場戲：

陳紹常：我也沒什麼朋友，本來我還能找我女兒談談，可是她結了婚，人就變了，她整天爲她自己的孩子忙著，再也不關心我這個爸爸了。

劉敏華：其實你眞應該做點事，像你這樣的年齡，學問有了，經驗也夠了，這是人生最成熟的一個階段，這一個階段要是不好好的利用，那就太可惜了。

陳紹常：他們以爲我已老了，已經到了該下棺材的時候了，他們連墳墓都給我預備好了。

劉敏華：我老覺得中國人除了青年，就是老年，好像沒有中年似的，其實中年是最可寶貴的。84

兩者對「中年」的感慨如出一轍，如果這是「誤讀」，也是善意的誤讀，我想說的是，做此無解的考證，意義不大，但與張愛玲電影緣起有關的發生，都值得提出釋疑，之後我們

81. 蘇偉貞：〈不斷放棄，終於放棄——張愛玲奇異的自尊心〉，《明報月刊》，第三五八期（一九九五年十月），頁21～23。
82. 唐文標：〈關於《苦竹》雜誌〉，頁23。
83. 張愛玲：〈《太太萬歲》題記〉，頁89。
84. 張愛玲：《哀樂中年》，〈聯合副刊〉，《聯合報》一九九〇年十月十五日。

才好重建張愛玲電影世界，還《哀樂中年》獨立完整活於電影界原貌。就因爲探討《哀樂中年》公案，理清她私密「隱形文本」，繪製出張愛玲電影/文學生涯的認知圖式，重現張愛玲被形勢擠壓的電影生涯，《哀樂中年》的「隱形文本」，才始料未及地成爲進入張愛玲編劇世界另一蹊徑。

七、劇本與人生的參照：夢與現實的轉譯

一九四六年張愛玲因漢奸說人生跌到谷底，她仍做溫州行探望胡蘭成，胡蘭成當時有秀美伴住，秀美是胡的朋友斯君父親的姨太太，這已夠詭奇，但胡若無其事有意隱瞞，三人相處，胡蘭成白天陪張，晚上回秀美處，終爲張愛玲察覺了，情感難堪後，創傷就不那麼容易背負且被放大。爲不快的回憶所淹沒，於是大腦海馬迴自動擦掉同一時期的〈鬱金香〉、《哀樂中年》創作記錄，是之前合理的推測。但張愛玲自承服膺心理分析「弗洛伊德式的錯誤」（Freudian slip）之精義：「世上沒有筆誤或是偶爾說錯一個字的事。」[85]映對《太太萬歲》人物情節，其實不脫「潛意識」算式，難怪《太太萬歲》、《不了情》處處可見劇情的人生參照。

《太太萬歲》中陳思珍百般顧全大局，處理丈夫唐致遠和交際花咪咪的外遇事件，一再使用滑稽荒謬的謊言欺騙別人也欺騙自己，是「三〇年代好萊塢的神經喜劇」中產階層樣

貌，[86]亦符合張愛玲擅長的庸人俗事路數，這部「絕對被低估的傑作」（焦雄屏詞）裡，陳思珍的誇張造作看似輕佻，適正與她苦心期盼過和諧生活的心態形成強烈反差；對照人生／影片中男性角色的存在，是破壞了和諧，胡蘭成不給她現世安穩，她的父親娶妾、吸鴉片、不事生產、綑綁家人命運；張愛玲的母親選擇離婚，並非不要婚姻是不要男人。當父權無對象可以行使主權，張愛玲的眼光看過去不免心酸．

> 我父親一輩子繞室吟哦，背誦如流，滔滔不絕一氣到底，末了拖長腔一唱三嘆地作結。沉默著走了沒一兩丈遠，又開始背另一篇。聽不出是古文還是奏摺，但是似乎沒有重複的。我聽著覺得心酸，因爲毫無用處。[87]

85. 張愛玲：《對照記——看老照相簿》，頁81。
86. 鄭樹森導讀《太太萬歲》，對「神經喜劇」劇情特色解釋爲「對中產人家（或大富）的家庭糾紛或情感糾葛，不加粉飾，以略爲超脫的態度，嘲弄剖析。情節的偶然巧合，和對話的詼諧機智，在這類作品裡，也是不可或缺的要素」見鄭樹森：〈張愛玲的《太太萬歲》〉。類似評論亦見焦雄屏，〈孤島以降的中產戲劇傳統——張愛玲和《太太萬歲》〉，《映像中國》（上海：復旦大學出版社，二〇〇五年版），頁50～57。
87. 張愛玲：《對照記——看老照相簿》，頁50。

還有張愛玲的二伯父，滿清最後一任兩廣總督張人駿對女兒婚事的昏聵之舉：

> 把妞大姪姪嫁給一個肺病已深的窮親戚，生了許多孩子都有肺病，無力醫治。[88]

此外，張愛玲對胡蘭成寄出離婚信後，梳理《太太萬歲》情節，亦潛藏著她的劇本——人生角色的參照：

一，戲裡、戲外之思：《太太萬歲》裡思珍騙自己父親說婆婆有一百八十條金條，父親才借錢給「有錢人」唐志遠。唐志遠得到金援發達後，卻交上了交際花施咪咪，他與施咪咪的對話，眞是似曾相識——

> 咪咪：我可不願意這麼偷偷摸摸的，我要和你正式結婚，你跟她離婚。
>
> 志遠：咪咪，你爲什麼一定要我爲難呢？那像現在這樣不是挺好嗎？嗯！她一點都不疑心。[89]

活脫是張愛玲、胡蘭成、秀美關係寫照。戲中陳思珍一再受傷，但仍照顧大局，是最後咪咪眞正的丈夫稱咪咪懷孕，找上唐家要志遠拿錢擺平，志遠不敢，居然要思珍去，她的疲憊才浮現。但舊習難一下喚醒，且思珍自我欺騙久了，謊話說多了，早練就一身圓滑功夫，她依丈夫要求，找到咪咪，誇大全家要搬進咪咪處照顧咪咪，咪咪享樂慣了，哪能吃這種苦，志遠因此安然而退。此時，思珍毅然提出離婚，這不是物極必反是什麼？反觀張愛玲離開溫州後，胡蘭成《今生今世》記載：「秀美偏又身上有異，只得借故一人去上海就醫。」秀美有異是懷了孕，那還得了，只得往上海墮胎，胡蘭成寫信帶給張愛玲：「看毛病，資助一點。」張愛玲拿出一隻金手鐲典當了給秀美做手術。[90]張愛玲恐怕沒有陳思珍的人生如戲的本事，但思珍事後呈現的覺悟和決心，正是秀美事後張愛玲給胡蘭成離婚信的翻照：

思珍：你不是說我幫你解決了這個困難以後，你什麼事情都能答應我。

志遠：唉，當然啦，你說，你說你要我怎麼樣？

思珍：我，我要跟你離婚。

志遠：你眞的要跟我離婚呀？

思珍：我承認，我是失敗了，我並不是天生的愛說謊，也是爲了你好呀！誰知道，越是想好，越是弄不好，到了今天，我實在太疲倦了，從此以後，我也不說謊了，從此以

---

88. 張愛玲：《對照記——看老照相簿》，頁12。
89. 張愛玲：《太太萬歲》，《沉香》，頁164。
90. 李黎：〈今生春雨・今世青芸〉，《印刻文學生活誌》，第二十一期（二〇〇七年八月），頁41～42。

後，我也不做你的太太了。[91]

二，男權/父權的瓦解：[92]影片中陳父明明要去找施咪咪算帳教訓女婿，不意卻糊塗搭上了另一名交際花玲玲，還做戲給自己的女兒看，轉頭又對志遠說：「回去說兩句好話完了。要在外邊兒玩嗎，自己的太太面前也得敷衍敷衍，連這點兒都不懂。」[93]分明有著對爲父無能的反諷。另就是志遠不思做生意，等公司垮了，居然認爲思珍晦氣，立即怪到思珍頭上：

> **都是你，要不是借了他這晦氣的錢，我能倒這麼大的楣？誰曉得公司也倒啦，都是你害得我們，你們這一家子啊……好勢利，女兒就會說謊，我跟你離婚。**[94]

也就因爲表面上影片受著「男權/父權」傳統牽制，陳思珍在婆婆、丈夫、父親面前的地位如同隱形人，必須借他人的身分才能顯影，她是婆婆的媳婦，是丈夫的妻子、父親的女兒、弟弟的姊姊，但沒有自己的身分。我們不能忽略的是，關於身分，影片中有個隱性的指涉，即陳思珍沒有生個一兒半女，因此她不能算做一個完整的人；但當咪咪枉稱懷孕要脅志遠，卻給了思珍一個逆轉的機會，就因爲她未生子，才得以利用這點要咪咪爲唐家傳香火，破了這個騙局，翻轉沒生孩子的失敗角色成爲勝利者。不僅於此，陳思珍的角色像攝影動線，牽動兩家人位置，家人離了她，恐怕不止亂了台步，還會失去表演空間，因爲陳思珍不陪他們演戲了。秀美懷孕張拿錢打掉胎兒，給了她最後離開胡的力量。張愛玲之前的家庭裡不乏思珍父親乖訛形象男性，張轉身不演中國人演慣的家庭劇早有參照：

我父親的家，那裡什麼我都看不起，鴉片，教我弟弟做「漢高祖論」的老先生，……父親的房間裡永遠是下午，在那裡坐久了便覺得沉下去，沉下去。95

再看《不了情》講的是一個「情」字，感情部分張愛玲肯定自有底限，可惜她生命中的

---

91. 張愛玲：《太太萬歲》，頁185～186。
92. 鄭樹森評析《太太萬歲》，認爲後半部發展，相當弔詭。整個情節及結局基本上是「男權／父權」（patriarchy）的瓦解。陳思珍「賢妻」所代表的「女權／母權」（matriarchy）臨危受命，挺身而出，化解危機，寖寖然取代了丈夫唐志遠的「男權／父權」。相形之下，所有的男性（丈夫唐志遠、思珍弟弟陳思瑞和陳氏姐弟的父親）都是被女性操控支配的角色，顯得傳統「男權／父權」軟弱不彰。見鄭樹森：〈張愛玲的《太太萬歲》〉。
93. 張愛玲：《太太萬歲》，頁170。
94. 張愛玲：《太太萬歲》，頁177。
95. 張愛玲：〈私語〉，《流言》，頁162。

男人未必懂得珍惜。胡蘭成亡命出走前抵上海在張愛玲處落腳，他有感而發：「憂患惟使人更親，而不涉愛，愛就有許多悲傷驚懼，不勝其情。」然這憂患之親是對姪女青芸，對張卻是放心的責怪她不會招呼朋友斯君，全無掩飾自己避難期間桃花韻事友朋皆知的背叛行爲，張愛玲決絕回道：

> 斯君與我說，你得知周小姐在漢口被捕，你要趕去出首，只求開脫她，我聽了很氣。……爲你之故，我待他已經夠了，過此我是再也不能了。[96]

不論「愛就有許多悲傷驚懼」是否說得通，胡蘭成或許不勝其情，張愛玲又何嘗擔得起，果然，張愛玲正色聲明：「過此我是再也不能了。」從此棄守。一如《不了情》裡，虞老太爺父不父，屢以夏府丈人自居，借錢、侵占公款，東窗事發被夏辭退，虞父劣跡難改找上夏太太交換條件，願意勸女兒做小，只要幫忙說情別辭掉他，同樣是背叛：

> 虞父：……聽說因爲我的女兒，您跟夏先生鬧了一點誤會。我做父親的不能不管這件事情。
>
> 夏太太：您是說您那位小姐肯做姨太太？
>
> 虞父：我那孩子倒是挺忠厚的。她還能跟您爭什麼名分嗎？

夏太太：我們女人總是命苦。只要我們夏先生不跟我離婚，我什麼都能答應。

虞父：這個，您包我身上，我也有一件事得請您幫幫忙。[97]

父女關係是虞家茵無法擺脫的宿命，張愛玲以畫外音轉知夏宗豫：「當你讀到這封信時，我已經離開上海了。……不敢告訴宗豫，因爲我自己太軟弱。」[98]虞家茵不敢當面告訴夏宗豫；延續張的現實發生，張愛玲溫州探望胡蘭成，離開數日後寄信：「那天船將開時，你回岸上去了，我一人雨中撐傘在船舷邊，對著滔滔黃浪，佇立涕泣久之」。[99]張愛玲溫州見到第三者秀美，一樣沒有當面質問，胡蘭成自傅體散文《今生今世》，記錄張愛玲溫州來去，對他是「留戀依惜」，對張未必公平，但不無幾分寫實，張愛玲的留戀依惜也許和家茵的軟弱不盡相同，但千言萬語，她要說的，終於藉《不了情》裡虞家茵和《太太萬歲》的陳思珍的口說了出來。

可以說張愛玲小說—人生—編劇路途砌出她獨特遭遇之浮雕，埋伏著的是她對愛的依

---

96. 胡蘭成：《今生今世》，頁452。
97. 張愛玲：《不了情》，《沉香》，頁119。
98. 張愛玲：《不了情》，頁126。
99. 胡蘭成：《今生今世》，頁437。

戀。胡蘭成說對了：「愛就有許多悲傷驚懼」，不需要感情就不會恐懼，置外於任何關係，依賴感無以建立，恐懼自然無法依附而生。張汲取經驗，這也成爲她的一生實踐。對應前文所說張愛玲獨有的「放棄」哲學，周蕾就有獨到的觀點，她認爲張愛玲在第二任丈夫賴雅（Ferdinand Reyher, 1891-1967）逝世後，由四十七歲到七十五歲，都過著獨身生活，「放棄了以男性爲權力中心，放棄了以家庭、家族，……生命平衡點的『正常』時空」。[100]就因爲放棄，她把自己埋進一個封閉的空間，形成張愛玲視覺，自身也成了電影的一部分。她的一生比電影更像電影，她編排、注記老相簿輯成《對照記》，在在有自己擷取的角度，形成一珍貴的追憶文本，關於文本（text）的字源，依班雅明（Walter Benjamin, 1892-1940）考證，爲出自拉丁文textum，而textum的原意是編織texere。[101]文本與編織，這豈非最微妙的聯結？生命最後，她親力親爲編織「依稀看得出一個自畫像」的家族史《對照記》，[102]證成她是自己人生／電影／歷史的編劇與主角。如此說來，中外影壇並不乏這樣的個案：義大利小說家、導演巴索里尼（Pier Paolo Pasolini, 1912-1975）就是一個現成的例子。巴索里尼的身影不斷穿梭文本與所編的劇中，他的影片裡有不少角色明目張膽地賦予本尊顏色，開發出作者型角色一個顯眼的例證。娜歐密・葛林（Naomi Greene）便形容「因爲他的在場，我們才能確定影像是與一個看不見的、但卻具有根本意義的文本相連結」。[103]

我們有理由相信，正因「本尊」成色，張愛玲結束上海編劇生涯進入香港時期，自一九五七年到一九六四年，上映影片共有《情場如戰場》等八部，（另《紅樓夢》、《魂歸離恨天》未開拍），以劇情及類型大致分爲「都市浪漫喜劇」（Urban Romantic Comedy）及「現實喜劇」（Realistic Comedy）。[104]也就是說，完全的現代現實，那已是別人的故事、別人的生活，逸出能參照的過去記憶；且沒了她信任的桑弧，[105]張愛玲再沒有寫出與自身歷史符節若合的劇本。

「電影事實上就像死亡之後的另一生命」，[106]是巴索里尼的話，張愛玲的電影編劇生涯，不也「就像死亡之後的另一生命」？張愛玲曾有機會藉電影再創寫作傳奇未果。超過半個世紀後，張愛玲終再向世人證明：屬於她的傳奇不會死亡，即使死亡，還會再生。

---

100. 周蕾：〈技巧、美學時空、女性作家——從張愛玲的〈封鎖〉談起〉，楊澤主編：《閱讀張愛玲》（台北：麥田出版，一九九九年版），頁172。
101. 班雅明（Walter Benjamin）著，張旭東、王斑譯：〈普魯斯特的形象〉，《啓迪》（北京：生活・讀書・新知三聯書店，二〇〇八年版），頁216。
102. 張愛玲：《對照記——看老照相簿》，頁88。
103. 娜歐密・葛林（Naomi Greene）著，林寶元譯：《異端的電影詩學——巴索里尼的性・政治與神話》*Pier Paolo Pasolini: Cinema as Heresy*（台北：遠流出版社，一九九四年版），頁268。
104. 鄭樹森：〈張愛玲與兩個片種〉，蘇偉貞編：《張愛玲的世界（續編）》（台北：允晨文化出版社，二〇〇三年版），頁218～220。
105. 水晶訪問宋淇，宋淇提到張愛玲的劇本非桑弧導演不可，兩人是好友。見水晶：《流行歌曲滄桑記》，頁85。
106. 娜歐密・葛林：《異端的電影詩學——巴索里尼的性・政治與神話》，頁172。

張愛玲文字創作／電影編劇圖示（一九四六～一九四九）

片名／文章	首映（刊）	編（著）／導	主要評價
有幾句話同讀者說	一九四六年十一月，《傳奇》增訂本序	張愛玲	張愛玲有感「最近一年來常常被人議論到，似乎被列為文化漢奸之一……」而發。
不了情	一，一九四七年四月十日，首映 二，陳子善根據電影整理成文字本收入《沉香》（二〇〇五）	張愛玲／桑弧	一，媒體譽為「勝利以後國產影片最最適合觀眾理想之巨片」。 二，程季華《中國電影發展史》評為「消極影片的代表作」。
華麗緣	一九四七年四月十日，刊於《大家》月刊創刊號	張愛玲	
多少恨	一，一九四七年五月六日，《大家》月刊 二，一九八二年十一月二十二日至十二月四日，重刊於《聯合副刊》	張愛玲	改寫《不了情》。張愛玲自言：「不充分理解這兩種形式的不同處。」

鬱金香	一，一九四七年五月十六日至三十一日，首刊《小日報》 二，二〇〇五年九月十四日及九月十九日，出土刊於《中華圖書報》、《東方早報》 三，二〇〇五年十一月，刊《皇冠雜誌》 四，二〇〇五年十一月七日至九日，刊《聯合副刊》	張愛玲	鄭樹森、蘇偉貞對談：〈凄迷魅麗與傾心吐膽〉，鄭樹森論〈鬱金香〉：「儘管篇幅不長，〈鬱金香〉在敘述上勉強照顧半生情緣，後半生的『餘情』雖才六節，但構思已預告後來的《半生緣》。」
太太萬歲	一，一九四七年十二月十四日，首映 二，一九八九年五月二十五日至三十日，劇本首刊《聯合副刊》	張愛玲／桑弧	一，上映兩週場場狂滿，各報譽為巨片降臨、萬眾矚目。 二，程季華《中國電影發展史》中評為「渲染沒落的階級情調。」
太太萬歲題記	一，一九四七年十二月三日，刊於《大公報・戲劇與電影》 二，一九八九年二月，重刊於《女性人》創刊號		一，一九四七年十二月三日《戲劇與電影》主編洪深讚為「這個年代最優秀的 high comedy 作家中的一人。」 二，一九四八年一月七日洪深再度發表〈恕我不願領受這番盛情：一個丈夫對於《太太萬歲》的回答〉。

哀樂中年	一，一九四九年二月，上海潮鋒出版社「文學者叢刊」出版 二，一九四九年上映	署名桑弧	一，水晶〈訪宋淇談流行歌曲及其他〉：「有張愛玲的touch筆觸。」 二，《哀樂中年》劇本〈後記〉：我敢貿然把這麼一個「毛坯」交給書店排印，是由於一位朋友的熱心鼓勵。鄭樹森推測：「一位朋友」，也許就是張愛玲女士。 三，一九九一年一月十六日張愛玲致函蘇偉貞：「始終是我的成份最少的一部片子。」
金鎖記	未開拍		水晶〈訪宋淇談流行歌曲及其他〉提到：因共黨來了沒有拍成。劇本散佚。

貳

生成——書信

張愛玲的創作——演出

一、把我包括在外[1]：公寓是最合理想的逃世的地方[2]

張愛玲的名篇〈金鎖記〉，開宗明義擬寫了一段信箋與人生的聯想：

三十年前的上海，一個有月亮的晚上……我們也許沒趕上看見三十年前的月亮。年輕的人想著三十年前的月亮該是銅錢大的一個紅黃的濕暈，像朵雲軒信箋上落了一滴淚珠，陳舊而迷糊。老年人回憶中的三十年前的月亮是歡愉的，比眼前的月亮大，圓，白；然而隔著三十年的辛苦路往回看，再好的月色也不免帶點淒涼。[3]

以信箋、月色意寓世事參商，這是張愛玲的敘事美學了，若我們進一步探索小說文本內外緣，可以這麼說，信箋在小說中作爲一種情感的表徵，眞實生活裡則是與外界連繫的工具，提示了我們可循書信路線觀察張愛玲如何長期以書信與外界溝通，因質量的累積成爲另一形式的創作，並在世人長期的「張望」下，達到演出的效果。張迷們對張愛玲的好奇眾所周知，英國詩人John Donne（1572－1631）嘗言：「沒有人是一座孤島」（No man is an island.），張愛玲奉行實踐的卻是「我常常覺得我像是一個島」。[4]當現代化鋪天蓋地而來，電話、電子通訊、internet應時而生無所不在，人人被植入網絡世界，張愛玲偏偏自外

---

1. 七〇年代末聯副新闢「文化街」專欄，主要布告作家所仕地方與工作性質，請張愛玲示知，張愛玲回以短文引了波蘭猶太裔好萊塢製片家山繆・高爾溫式的「高纏夾語」（Goldwynism）：「『把我包括在外』（Include me out）。」既表白又拒絕，且舉例美國尼克森總統（Richard Milhous Nixon）因水門案（Watergate scandal）在一九七四年八月九日辭職下台新聞，當時她正走在洛杉磯市好萊塢大道，碰到記者採訪輿情，她說「『文化街』蹓躂看櫥窗有我」，至於發表意見：「我就不免引一句『把我包括在外』了。」文末張愛玲還詼諧的反問聯副：「寫了這麼兩段，可否代替填表？」見張愛玲：〈把我包括在外〉，〈聯合副刊〉，《聯合報》，一九七九年二月二十六日，八版。
2. 張愛玲：〈公寓生活記趣〉，《流言》（台北：皇冠出版社，一九八六年版），頁32。
3. 張愛玲：〈金鎖記〉，《回顧展I——張愛玲短篇小說集之一》（台北：皇冠出版社，一九九二年七月典藏版三刷），頁140。
4. 一九六八年文化媒體人殷允芃爲寫各行各業傑出華人事蹟訪問張愛玲，成爲少數訪問過張愛玲者。「我常覺得我像是一個島」爲張愛玲所言，見殷允芃：〈訪張愛玲女士〉，蔡鳳儀編：《華麗與蒼涼：張愛玲紀念文集》（台北：皇冠出版社，一九九六年版），頁162。

人世發表「把我包括在外」聲明，日後透過信件內容，人們得以了解她的自處之道，她居住的室內電視日夜播放著，除了當「背景嘈音」還有催眠的作用，[5]積極複製上海時期「四周有聲音的環境」，[6]且音量大到「把電話鈴聲都蓋住」。即便如此，對外界時事的攫取並未切斷，她始終透過報紙、雜誌、電視等管道掌握資訊，如早期在舊金山她常看《少年中國晨報》[7]而對政治世局不陌生；她手持「金日成昨猝逝」報紙以證近照的手法，登上一九九四年十二月三日的《中國時報》版面，與之前「把我包括在外」同樣透過報刊公領域昭示生活姿態；[8]而她私人與外界的互動，幾乎靠書信傳遞，要不要回信，她是有著絕對自主性的主體，這就提供了論文思考張愛玲小說—書信—人生的新方向。

張愛玲是在一九五五年避世美國至一九九五年辭世，長期過著封閉隱居的日子，加上新作不多，[9]張迷們確有「隔著『四』十年的辛苦路往回看」的巨大隔閡。但她逝後，隨著生前所寫大量書信被披露，書信的「即時寫作」（writing to the moment）特質，潛伏著書信者的心理狀態，可作爲眞實文本與潛在文本解，美國學者雷諾・柏格（Ronald Bouge）即認爲書信除了反應即時性，更有其延展性；[10]吉爾・德勒茲（Gilles Deleuze）和費利克斯・瓜塔里（Félix Guattari）則闡述書信的目的使得書信的往來永垂不朽，指出書信本身價值外，書信「往來」運動形成書信「流量」的意義在於流量路徑具有穿透力的說法，[11]皆深化了信件象徵。本文於是嵌合（coalescence）書信／創作／生活面，論證張愛玲的書信生成的創作性與帶著演出的特質。嵌合的概念來自柏格森（Henri Bergson）眞實客體與潛在客體之間

「嵌合」的說法，主要考慮張愛玲自成王國的創作空間，以小說／書信／主體形成「內在映射」關係與運動，是一個如晶體般可折射與嵌合的畫面，說明了書信可以作爲建構張愛玲創

---

5. 張愛玲給莊信正信裡提到，強調催眠「老電影最有效」，見莊信正：《張愛玲來信箋註》（台北：印刻出版公司，二〇〇八年），頁74。
6. 林式同：〈有緣得識張愛玲〉，蘇偉貞主編：《魚往雁返——張愛玲的書信因緣》（台北：允晨文化出版公司，二〇〇七年版），頁228。
7. 一九七一年三月一日張愛玲給莊信正信中關心洛杉磯大地震：「直到『少年中國』上刊出所有的中國留學生都沒有受傷，才完全放心。」可見她有了解時事的管道。見莊信正：《張愛玲來信箋註》，頁61。
8. 一九九四年九月張愛玲得知獲贈《中國時報》「特別成就獎」，提供了一張與世事新聞結合的照片表示人還活著。北韓國家主席金日成逝於一九九四年七月八日。
9. 張愛玲一九五二年離開上海轉香港，一九五五年離港赴美期間寫了《秧歌》、《赤地之戀》兩部新著，之後小說、散文新作有〈五四遺事〉、〈憶胡適之〉、〈浮花浪蕊〉、〈色，戒〉等。她的《對照記——看老照相簿》獲《中國時報》贈特別成就獎時，她寫了〈憶西風——第十七屆時報文學獎特別成就獎得獎感言〉，竟成生前發表最後一篇文章。
10. 雷諾・柏格（Ronald Bouge）著，李育霖譯：《德勒茲論文學》*Deleuze on Literature*（台北：麥田出版，二〇〇六年版），頁151。
11. 吉爾・德勒茲（Gilles Deleuze）、費利克斯・瓜塔里（Félix Guattari）著，陳永國編譯：《遊牧思想——吉爾・德勒茲、費利克斯・瓜塔里讀本》（長春：吉林人民出版社，二〇〇三年版），頁14。

作面的景框，與張愛玲往來書信者，則提供一條反向的視見迴路，勾勒一張另類創作圖式。論文既以書信爲文本，但張愛玲書信在她生前僅有零星面世，如水晶〈夜訪張愛玲〉、丘彥明〈張愛玲在台灣〉等，造成此議題研究的局限，而這個現象在張愛玲逝後因著大量書信的披露勢必有所突破，譬如張愛玲致英國大使館的信、夏志清「張愛玲給我的信件」系列、莊信正《張愛玲來信箋註》、劉紹銘〈張愛玲的中英互譯〉、司馬新《張愛玲與賴雅》、林式同〈有緣得識張愛玲〉，以及周芬伶梳理蒐證張愛玲給丈夫賴雅（Ferdinand Reyher, 1891-1967）的家書編寫成〈張愛玲夢魘〉等，以上書信內容可歸納爲出版、創作、處境、生活、翻譯等主題，是研究張愛玲難得的素材，但書信的日常瑣碎特質，使得本文必須先建立張愛玲的書信意義，才好進一步處理書信折射出的路徑景象。[12]建立書信意義，本文欲從德勒茲（和瓜塔里）看待卡夫卡（Kafka）書信的觀點切入，他們提出卡夫卡的日記、書信、短篇故事以及未完成的小說，都是寫作機器的零件。什麼是「機器」？兩人定義機器是切割系統（Systéme de coupures），他們認爲卡夫卡的日記和書信直接與他的小說對話並在小說中織入眞實生活的力道。這些往返書信刻記了卡夫卡維持信件流通及避免陷入婚姻陷阱的努力。[13]德勒茲（和瓜塔里）對卡夫卡書信的看法，是檢視張愛玲信件意義以及本文建立張氏書信即創作論點有力的支撐。

　　書信往返創造了流量，內容則標示了收件人、寄件人的角色與位置，德勒茲（和瓜塔里）指卡夫卡很多信件可以稱爲某種形式的情書，稱「這些信件的地平線，總是存在著一個女人，她是眞正的收信人（destinataire）」，[14]換言之，每位寫信者都有一位「眞正的收信人」，如果卡夫卡的信件主題是愛情，愛玲面對「眞正的收信人」訴說的主題又是什麼？

要找出這個主題，必須針對信件流量與質性以爲參考依據，首先檢視已知材料，當以宋淇、夏志清、莊信正信件最可觀，夏志清在一九九七年四月號第一五〇期《聯合文學》首刊「張愛玲給我的信件」系列，至二〇〇二年七月統計約一百三十一封信。[15]宋淇、鄺文美夫婦分別逝於一九九六年十二月、二〇〇七年十一月，二〇〇九年宋淇兒子宋以朗以張愛玲文學遺產執行人的身分，作主出版了張愛玲自傳體長篇小說《小團圓》，前言文中擇要披露了宋淇、鄺文美與張愛玲對《小團圓》的討論書信，並指出「四十年間，他們寫了超過六百封信，長達四十萬言。」[16]計畫二〇一一年出版張愛玲、宋淇、鄺文美來往書信集，[17]張迷引頸

---

12. 最早系列性披露張愛玲書信的應是蘇偉貞，張愛玲過世消息傳出當天（台北時間一九九五年九月九日），蘇偉貞箋注張愛玲信件寫成〈張愛玲書信選讀〉發表，文中提到：「如果要說這些信件不是張愛玲近年來的創作及以小說形式之外觸碰世界的方式，我實在無法相信。」是很早指出書信是張愛玲創作的論點。見蘇偉貞：〈張愛玲書信選讀〉《聯合副刊》，《聯合報》，一九九五年九月十日。
13. 以上有關德勒茲論書信的意義及舉例詮釋，見雷諾・柏格：《德勒茲論文學》，頁31～32、129。
14. 以上有關德勒茲觀點參見雷諾・柏格：《德勒茲論文學》，頁148～149。
15. 夏志清：〈張愛玲給我的信件（十二）〉，《聯合文學》，第二一三期（二〇〇二年七月），頁155。
16. 宋以朗：〈《小團圓》前言〉，張愛玲：《小團圓》（台北：皇冠出版社，二〇〇九年版），頁3～17。

長盼終於有了結果。至於莊信正則有八十四封張愛玲書信，另如蘇偉貞自一九八四年開始以聯合報副刊編輯身分和張愛玲通信，計十二封。針對收信者不同角色與面向，本文擬集中探討夏志清、莊信正、林式同、蘇偉貞有的信件，而梳理的過程中，流量路徑很清楚的標示出張愛玲在新大陸經常改變發信地點的訊息。爲什麼經常改變地點，涉及了她以何種身分上路的前提，就經常改變移動路線的狀態分析，我們可以聯想到的身分是遷徙、移民、流浪、旅行、逃亡、遊牧等。根據德勒茲（和瓜塔里）的概念，移民和遊牧在許多方面是相混的，都是一個點到另一個點，但移民有其遵循的小道或慣行路線，雖說移民不發揮固定路線的功能，但到定點後遷徙、移民的路線就完成了，也就是說若以「固定路線」作爲身分辨識，遷徙、移民明顯有固定路線，而旅行和流浪的終點都站著一個原生固定的家，因此沒有「固定路線」的，是逃亡及遊牧。從逃亡的旨意來看，自一九五五年張愛玲赴美以來，她的行蹤便僅有少數幾人能掌握，換言之是張愛玲暗收信者明，確有逃亡的成色；但逃亡可以是抽象心理的，也可以是外在環境的，如政治理由、各型式罪犯，張愛玲當然不是後者，因此若有逃亡嫌疑也只能是心理因素。再論遊牧，根據德勒茲與瓜塔里「生成是一個運動過程」[18]的遊牧移動主張，指出遊牧特性的移動與運動生成相成，靠著梳理張愛玲的信件，我們發現她的移動是頻繁且無固定路線的，而事件是很大的成因；既然書信有著敘事體的功能，信件內容不僅釋出她的頻繁移動訊息，更因持續信件而將地點與地點、事件與事件的連接起來。其中有兩塊地理空間承載了主要事件的發生，一是柏克萊，另一是洛杉磯，兩塊空間的「流動性」可由大部份是信箱和旅館地址構成可知，這點已十足「逃亡」、「遊牧」意味。這也很清楚說明張的逃亡與政治、罪犯身分無關，反倒可以從生命情境來回顧，說來她的移動似乎打從出生已成寓言，她生於上海，兩歲時搬到天津，八歲時遷回上海，中學寄讀，高中時與父親發生爭執逃出家門，十九歲進香港大學，二十一歲太平洋戰爭爆發回滬，一九五二年離開中國，關於逃亡，張愛玲很清楚個中滋味：「亂世的人，得過且過，沒有眞的家。……眞的家應當是合身的，隨著我生長的」。[19]惟一洛杉磯市Hollywood區Kingsley街公寓，一九七二年她移居至此一住十二年，說明如果沒有事件發生張愛玲有可能不移動，[20]而這次移動成了張愛玲長期如逃亡般的開始，起因於一次「跳蚤事件」，此跳蚤事件關乎她的心理狀態，且是一九八三年底展開四年餘居無定所的開始，因此這次跳蚤事件與移動具有指標意義，也是我們要探討的第一個事件。當移動一旦成爲常態，那麼日常生活踐行的「公寓是最合理想的逃世的地方」固定家居狀態隨之崩解，逃避跳蚤路線即移動圖式，沒有固定路線，

---

17. 侯艷寧報導：〈張愛玲遺作《小團圓》內地首發破解謎團〉，二〇〇九年四月十七日北京新浪網http://news.sina.com。二〇〇九年四月二十五日載自http://book.people.com.cn/GB/69360/8864393.html。
18. 吉爾・德勒茲、費利克斯・瓜塔里：《遊牧思想——吉爾・德勒茲、費利克斯・瓜塔里讀本》，頁9。
19. 張愛玲：〈私語〉，《流言》，頁153～154。
20. 莊信正：《張愛玲來信箋註》，頁147。

既逃亡又遊牧，劃出了固定／移動生活的臨界點。[21]德勒茲（和瓜塔里）告訴我們，對遊牧民而言，點決定路線，每個點都是一個驛站，路線串起兩點之間，而「居住的條件也是根據永遠趕他們上路的軌道來構想的」，[22]此概念再度給出另一個質問，住進Kingsley街公寓前，張住哪裡？答案是加州（California）柏克萊（Berkeley），又為什麼被趕上路住到Kingsley街？什麼時間點？不妨先看張愛玲對居住的態度及條件，一九六九年張愛玲應聘加州大學中國研究中心（Center for Chinese Studies, UC Berkeley）遷居大學城柏克萊託莊信正租房子，看得出來，此時的張愛玲對居住要求並不挑剔：

> 房子一定難找，……我需要的是：（一）一間房的公寓（號稱一間半），有浴室，kitchenet（小廚房）；（二）離office近，或者有公共汽車來回方便。地點合適，寧可多出點房錢，每天可以省不少時間。……你看有差不多的就請代訂下，也許有宿舍或是rooming house（寄宿舍）有room with bath（有衛浴設備的房間），（附近恐怕沒有residential hotel）先住著再說。要不然夏天sublet（轉租）的公寓，那就遠點也行。[23]

張愛玲對居住要求簡單明瞭，捉摸不定的是她的內在，觀察一九七二年張愛玲離開柏克萊前給夏志清的信，透露了對居住與疾病關係的躊躇反覆：

我這次到北加州後總有三分之一的時間在患感冒，……每次都是天一暖和馬上霍然而癒，……要暖和的地帶，考慮了很久Phoenix，能長期不發，……[24]

這正是上路軌道構築了張愛玲的居住條件，對地理位置考慮很久，事後我們知道她並沒有搬去Phoenix。王德威指出重複（repetition）、迴旋（involution）、衍生（derivation）爲張愛玲的敘事風格，[25]此敘事手法，亦反映在她寫信作爲上，如給夏志清信中對遷徙的反覆考量，也複製寄給莊信正：

---

21. 張愛玲給林式同信畫出一張逃逸圖，她從一九七四到一九八四都住在Hollywood區，但自一九八四年夏六月至一九八八年三月，她展開「平均每一星期就換一個旅館」歲月，且考慮房租較低，她甚至輾轉洛杉磯以北，「兩三年來都住在Valley，以前住遍市區與近郊。」見林式同：〈有緣得識張愛玲〉，蘇偉貞主編：《魚往雁返——張愛玲的書信因緣》，頁217～220。
22. 吉爾・德勒茲、費利克斯・瓜塔里：《遊牧思想——吉爾・德勒茲、費利克斯・瓜塔里讀本》，頁314。
23. 莊信正：《張愛玲來信箋註》，頁41。
24. 夏志清：〈張愛玲給我的信件（七）〉，《聯合文學》，第一五九期（一九九八年一月），頁108～109。
25. 王德威指出張愛玲重複、迴旋、衍生的創作姿態，不乏錦上添花的耽溺。見王德威：〈張愛玲再生緣——重複、迴旋與衍生的敘事學〉，劉紹銘、梁秉鈞、許子東編：《再讀張愛玲》（香港：牛津大學出版社，二〇〇二年版），頁7。

這些時一直接連不斷的感冒，每次都是天一暖和馬上好了。搬到三藩市一定更壞，考慮了很久想搬到Phoenix，但這不像搬到三藩市簡單。……[26]

事實上張愛玲並非首次住北加州，她和丈夫賴雅自一九五九年五月至一九六一年十月便住在三藩市（即舊金山San Francisco），那是張愛玲少有的日常生活家居歲月，根據司馬新《張愛玲與賴雅》訪查資料，期間張愛玲「多次發作一種莫名的疾病，每次持續三到五天，發作時不能進食，否則便會嘔吐。」[27]顯然莫名的疾病即感冒病灶，這次症狀每況愈下，幾經思量，「這不像搬到三藩市簡單」，遂往洛杉磯移動。但張愛玲爲什麼上路？緣於工作結束，其時主持中國研究中心的是陳世驤（一九一二～一九七一），係夏志清好友，張上任之初接受的訊息是這職位主要寫中共新的「詞語」（glossary），不料彼此對工作認知有所落差，[28]導致「詞語事件」，種下了張去職的主因，張於委屈中去信夏志清自清，：

我自從聽見世驤寫信給你，帶累你聽抱怨的話，心裡非常過意不去，一直想告訴你是怎麼回事。[29]

張愛玲的置外姿態已是共識，從「把我包括在外」到手持「金日成昨猝逝」報紙以證時間手法，直如逸出時間座標的遊牧民，座標與座標形成路徑（paths），「跳蚤事件」、「詞語事件」是張移動路徑上清楚的座標，畫出一條「逃逸路線」（line of flight）。德勒茲（和瓜塔里）告訴我們，就因果而言，事件總是成爲結果，換言之，事件正是張愛玲書信的靈魂、主題與結果，而結果浮現了前因。所以我們理出張愛玲書信中重要事件的經緯，就能找出張愛玲小說—書信—人生相關的詰問。

本文嘗試先探討「跳蚤事件」的脈絡影響，再與「詞語事件」做聯結，說明這些主題的書信生成的原因如何達到創作演出的效果。考慮兩個事件較呈現張愛玲的心理狀態及世路人際關係，因此書信的採樣與呈現以相關內容及發生時間爲主軸。[30]弔詭的是，明明極具隱私

---

26. 莊信正：《張愛玲來信箋註》，頁70。
27. 司馬新：〈第七章〉，《張愛玲與賴雅》（台北：大地出版社，一九九六年版），頁136。
28. 張愛玲任職中國研究中心之前或者想了解工作性質及研究報告形式，請主持者陳世驤寄一份報告參考，後來張愛玲給莊信正信有：「李祈女士寫的glossary樣本如果還沒寄出，請告訴陳先生一聲不用寄了。」可見張愛玲接受到工作性質訊息是寫glossary。見莊信正：《張愛玲來信箋註》，頁39。
29. 夏志清：〈張愛玲給我的信件（六）〉，《聯合文學》，第一五八期（一九九七年十二月），頁99~100。
30. 本文主要處理張愛玲走向遊牧路線動因及路途上的書信生成，切入時間點擇選兩個段落，一爲一九六九年至一九七二年張愛玲停留加州大學中國研究中心任職期間，此一時期衍生的事件使得日後她更形封閉；另一段時期爲一九八四年夏至一九八八年春洛杉磯逃避蚤禍時引發了心理病辯證與對話。

封閉的個人生活，靠著書信流量，形成一條傳播路線，與心理病、文學隱喻十足的「跳蚤事件」產生共伴效應，將戲劇性張力發揮到極致。說也奇怪，行旅間的書信「即時寫作」性，反應了張愛玲移動者的處境與對外交通的意圖，[31]張愛玲不斷在信中表示「寫三封信就是一天的工作」、「一封信要寫好幾天，屢次易稿，抄了又抄」，[32]卻始終沒停下筆，她逃逸但她寫信，但如何生成—書信？也許借鏡張愛玲小說〈金鎖記〉中，關於信箋—人生的聯想，從「回看」的角度切入是一個不錯的開始。

二、不會說話就不會寫信：生成—跳蚤事件

關於書信素材的運用，張愛玲之前的小說不乏各項摻雜傳統／現代化傳輸工具的挪用，〈金鎖記〉（一九四三年十一、十二月，《雜誌月刊》）之前的〈傾城之戀〉（一九四三年八、九月，《雜誌月刊》）便以信件、電報揭開序幕：

> ……白四爺單身坐在黑沉沉的破陽台上，拉著胡琴。……正拉著，樓底下門鈴響了。這在白公館是件稀罕事。按照從前的規矩，晚上絕對不作興出去拜客。晚上來了客，或是平空裡接到一個電報，那除非是天字第一號的緊急大事，多半是死了人。

……只見門一開，三爺穿著汗衫短褲，……遠遠的向四爺叫道：「老四你猜怎麼著？六妹離掉的那一位，說是得了肺炎，死了！」四爺放下胡琴往房裡走，問道：「是誰來給的信？」三爺道：「徐太太。……看這樣子，是他們家特為托了徐太太來遞信給我們的，當然是有用意的。」[33]

是這樣的開章，奠定了〈傾城之戀〉傳遞消息的模式。要知道小說發生的地點在上海、香港，男女主角白流蘇、范柳原分屬舊遺老/新洋派出身，白流蘇由上海赴香港與范柳原會合，彼此攻防，戀情進入關鍵時刻，范柳原使用了他擅長的現代化言情工具——電話，白流蘇由一名文字接信者過渡為口語接信者。一天深夜他打電話到白流蘇房間，說了句「我愛你」就掛斷了，白流蘇心跳撲通，才輕輕擱下話筒，鈴聲隨即再度響起，范柳原這回反問：「你愛我麼？」范柳原充分運用電話作為延遲愛情完成的道具，張愛玲在這裡借電話聲波賦予了古老愛情原典一種時代感：[34]

---

31. 胡錦媛對行旅間的書信「即時寫作」意義有相當深刻的探討，見胡錦媛：〈戀人對語，女人獨語：《葡萄牙修女的情書》中的書信形式〉，《中外文學》，總三三六期（二〇〇〇年五月），頁176。
32. 夏志清：〈張愛玲給我的信件（九）〉，《聯合文學》，第一六三期（一九九八年五月），頁92。
33. 張愛玲：〈傾城之戀〉，《回顧展I——張愛玲短篇小說集之一》，頁188～189。

「詩經上有一首詩……我念你聽：『死生契闊——與子相悅，執子之手，與子偕老。』我的中文根本不行，可不知道解釋得對不對。我看那是最悲哀的一首詩，生與死與離別，都是大事，不由我們支配的。……可是我們偏要說：『我永遠和你在一起；我們一生一世都別離開。』——好像我們自己做得了主似的！

……「你乾脆說不結婚，不就完了！什麼做不了主？……」流蘇不等他說完，啪的一聲把耳機擱下來，……

鈴又響了起來，……聽得見柳原的聲音在那裡心平氣和地說：「流蘇，你的窗子裡看得見月亮嗎？」流蘇不知道爲什麼，忽然哽咽起來。……他不再說話了，……終於撲禿一聲，輕輕掛斷了。……她怕他第四次再打來，但是他沒有。[35]

戀情告僵，流蘇盤算范柳原尚未得到她，她決定返滬，「或許他有一天還會回到她這裡來，帶了較優的議和條件。」[36] 飽受各種流言聽聞羞辱，最後她終於等到了范柳原的信息，白流蘇才得以由家庭逃逸重返香港，這次，以電報的形式出現：

那電報，整個的白公館裡的人都傳觀過了，老太太方才把流蘇叫去，遞到她手裡。只有寥寥幾個字：「乞來港。船票已由通濟隆辦妥。」[37]

〈傾城之戀〉裡失婚女子白流蘇從離婚回家、西式戀情、再婚，很巧妙的通過信件、電話、電報傳遞情感變化，而不同的通聯工具多少夾帶書信敘事抒情傳達的功能，同時建構出張愛玲筆下人物白流蘇的情感逃逸路線圖示。明證以上，我們才好連結上張愛玲的書信世界，也就是說，書信與創作、話語與敘述能力在一名作者是互爲映射的，張愛玲「大概不會說話就不會寫信」是很貼切的比喻，[38]反之，大量寫信如張愛玲，到底要說又說了什麼話？

34. 陳思和指出范柳原所言：「死生契闊，與子相悅。執子之手，與子偕老。」出自《詩經・邶風・擊鼓》，原句爲：「死生契闊，與子成說。執子之手，與子偕老」，他分析張愛玲把「與子成說」改成「與子相悅」，後來張愛玲在〈自己的文章〉裡又引用了此詩，「與子成說」沒變。陳思和延伸思考，論證張愛玲是把小說內文上升到經典意義去討論，「從古代的經典意象裡找出一種來跟小說相對應的因素。」見陳思和：〈文本細讀在當代的意義及其方法〉，《河北學刊》，二十四卷二期（二〇〇四年二月），頁109～116。
35. 張愛玲：〈傾城之戀〉，《回顧展Ⅰ——張愛玲短篇小說集之一》，頁216～217。
36. 張愛玲：〈傾城之戀〉，《回顧展Ⅰ——張愛玲短篇小說集之一》，頁218。
37. 張愛玲：〈傾城之戀〉，《回顧展Ⅰ——張愛玲短篇小說集之一》，頁219。
38. 司馬新：〈人去鴻斷音渺〉，《張愛玲與賴雅》，頁234。

（一）跳蚤出現，「逼遷」伊始

從書信建構張愛玲的逃逸路線，首先得還原「跳蚤事件」初始。一九七二年張愛玲移居洛杉磯Kingsley街公寓，一直住到一九八三年十月二十六日，張愛玲首次在給莊信正的信中提到跳蚤：

> 公寓派人來噴射蟑螂，需要出清櫥櫃，太費事，……通知單說每月一次，再不讓來要逼遷，只好把東西搬出來堆了一地，……結果是半年來一次，……東西攤了一地，半年沒打掃，鄰居貓狗的fleas傳入，要vacuum（吸塵）後再噴毒霧，……只好搬家，麻煩頭痛到極點。[39]

一張通知函，改變了張愛玲的生活路線，並未意識到這是「生成—書信」主題與逃逸的開始，當時雖「麻煩頭痛到極點」，仍稱此爲「搬家」，顯然只覺是從一個家搬到另一個家，如果最後跳蚤沒有演變成爲事件，此路線圖也就到此結束。但在敘述搬家成了逃逸之前，有必要印證張的移動是被迫的，如果條件允許，這段「生成—書信」就不會發生。事實上，在搬離Kingsley街公寓僅隔三個月，一九八四年一月二十二日張愛玲給莊信正夫婦信中，就對以往住所、穩定生活眷顧感懷，這樣的快樂感知張愛玲借用英文抒發：「I was happy here.」，可以這麼說，睹物思往、回憶舊居，張愛玲對美國生涯如此沉湎實屬少見，因此很難用中文母語表達。我們也注意到信封上，只標明「Reyher」夫姓，未寫名字、地址，清楚的傳達了生活的斷裂：

> 你們兩給我找的房子雖老，住了這些年也無事，再走過那條街還有點難受，想著I was happy here。[40]

感知與回憶、眞實與想像物、外在物體與內在心靈的影像相互指涉，同時具有實際與潛在的雙面影像在進行結晶化，晶體可以解爲張愛玲此整段事件，這個結晶化過程肯定是複雜難以言喻的，人們說往事歷歷如幕，德勒茲指此即晶體—影像（image-cristal），[41]伊塔洛・卡爾維諾（Italo Calvino）也強調晶體具有精確的晶面和折射光線的能力，[42]張愛玲生活因跳蚤而改變進而影響心理，衍異增生，內在映射運動完成爲晶體—影像。也就是從那一刻回憶

---

39. 莊信正：《張愛玲來信箋註》，頁144。
40. 莊信正：《張愛玲來信箋註》，頁148。
41. 德勒茲：《電影II：時間—影像》，頁468。
42. 伊塔洛・卡爾維諾（Italo Calvino）：《美國講稿》*Lezioni Americane*（南京：譯林出版社，二〇〇八年版），頁69。

形成，失去了固定的地址，跳蚤演變成爲事件，於是路線延長：

我搬到Serano Av.沒把fleas帶過去，但是那裡沒傢俱連冰箱都沒有，……建議我買一個小舊貨店的一隻。不料這冰箱底層insulationkdf裡帶回一種特別厲害的fleas——會有這樣的巧合！！……再次搬家，結果也是白搬，只把東西存倉庫，從聖誕節起，差不多一天換個汽車旅館，一路扔衣服鞋襪箱子，搜購最便宜的補上，……幸而新近宋淇替我高價賣掉「傾城之戀」電影版權，許鞍華導演。[43]

跳蚤的演變無日無止，但藉著這些信，我們得以閱讀到張愛玲敞開心懷詳述收入細節，判斷張此時處境必極辛苦不安，收信者莊信正給工作意見、幫忙安排住所、託好友林式同就近照顧生活，從而激發張日後將信任過渡到林式同，公證其爲遺囑執行人，林的住址更是張愛玲的永久通信處。路線、盤纏、遊牧者心理因素都是完成逃逸路線不可少的條件，這位華文世界極重要的作家，啓動了長達逾四年文學史上十足詭異的旅程，探討其路線、心理之外，張愛玲對金錢的態度很可以作爲思考她當時的處境的參考，譬如一九八四年十月十四日、十一月二十八日給莊信正信中對金錢處理的頻繁討論，可印證來自環境的不安：

我不喜歡小城，上次check-up（檢查）發現一兩年前有過一次小heart attack（心臟病）……所以也要顧到看醫生方便。……

不久前Newsweek上說Americn Savings可能要倒，我在想換一家，Federal Savings, Home Savings不知可好些？[44]

前兩天剛打電話去問林先生申請低收入住屋有沒有批准……不大有希望……如果申請到了，也要等fleas沒有了才能住進去。如果不成功，我想早點到南部去找房子……Americn Savings的定期存款已經移到Home Savings。定期的也想提早結束，但是目前需要他（林式同）家的checking acc't（活期存款帳户），因爲I. D.（公民身分證）證件在旅館被墨西哥女傭偷了去……[45]

一九八六年九月二十五日張愛玲給莊信正的信是結合逃逸路線、病理、經濟三項要素的「標準書信」文體：

43. 莊信正：《張愛玲來信箋註》，頁148。
44. 莊信正：《張愛玲來信箋註》，頁158。
45. 莊信正：《張愛玲來信箋註》，頁162～163。

抗fleas工作等於全天候帶加班的職業，上午忙搬家，下午出去買東西補給藥物與每天扔掉的衣履與「即棄行李」——大「購物袋」——市區住遍了住郊區，越搬越遠，上城費時更長，睡眠不足在公車上盹著了，三次共被扒竊一千多，……大概是我這天天搬家史無前例，最善適應的昆蟲接受挑戰，每次快消滅了就縮小一次，終於小幾乎看不見，接近細菌。但絕對不是allergy（過敏）或皮膚病。目前又有點小事想問你：NBC TV的消費專家David Horowitz說有個First Deposit Bank存款利息較高，因爲收支全靠函電，省掉店面開消。不知道可聽見說是否還可靠？[46]

整起事件層層疊疊搭出一張奇特的心理圖式，不是過敏不是皮膚病，那麼究竟是什麼呢？不妨如此說，身體長期投擲遊牧路線如同成癮，是外在的事實，張愛玲不由自主無法戒除的上路，甚至建構跳蚤生成的可信模式，不能忽視其內在成因，此一成因將在後文呈現，這裡我們先要關注的是她的行爲訊息，張愛玲似乎被跳蚤所控制，但她反過頭又要消滅跳蚤取得控制權，她用藥治自己和跳蚤，跳蚤卻越發百變頑強，她分明要擺脫跳蚤，跳蚤在此處卻衍生成爲內在想像，二元關係糾纏不休，直若病理學中癮君子與毒品關係，毒品使癮者成病也在注射毒品後暫時脫離現實生活，癮者爲毒品控制也不無興生掙脫逃逸心理。另一方面，毒品提供的幻化感知最具沾黏性，可以將自我與抽象世界沾黏起來，「跳蚤」於張愛玲何嘗不如是？由此引證，德勒茲（和瓜塔里）對癮者逃逸路線的論點格外值得參考，他們推演癮者與毒品的關係互爲因果，到底即控制與被控制、藥與非藥的逃逸路線的證成，劃出一種嚴格的從屬分割性，[47]反觀張愛玲的人際來往近乎潔癖，同時她對居住的要求、理性化「跳蚤史」的態度，都展示了嚴格的主從身分，至少她努力以赴不讓自己主體性消失。但逃逸路線的極限在於現實世界路線是向前延伸的，而癮君子路線總是不斷回歸他們要逃避的物件，且既有逃逸就有停止。何時停止呢？德勒茲（和瓜塔里）說，當毒品無法從一個點到一個點的路線中建立起一個可停留的黏性平面，意味著毒品對癮者可茲改變時空介面的功能失效，即癮者用毒或不用毒不再成問題，癮者可結束逃亡路線去到不需要毒品的地方，也就是說毒品的內在性正是癮者拋棄毒品的關鍵，換言之，跳蚤的內在性正是張愛玲結束逃亡路線的抗體病原。

那麼張愛玲從一個點到另一個點，豈不證正了無法建立一個可停留的黏性平面，有別於自然的平面界定爲純粹的經緯度，這裡的平面指的是由不同的形式、物質和主體構成的平面。[48]張愛玲面對跳蚤不斷變種、繁殖、追蹤她的狀況而屢換據點，這些以房間、旅館、瑣

---

46. 莊信正：《張愛玲來信箋註》，頁167。
47. 關於毒品與成癮者逃逸路線的辯證，參見吉爾・德勒茲、費利克斯・瓜塔里：《遊牧思想——吉爾・德勒茲、費利克斯・瓜塔里讀本》，頁237。
48. 吉爾・德勒茲、費利克斯・瓜塔里：《遊牧思想——吉爾・德勒茲、費利克斯・瓜塔里讀本》，頁200～202。

碎物、方法論構成的平面似實還虛，對張了解跳蚤的內在性並沒有多大幫助，但我們都已經知道躲蚤歷程突然就結束了，諭示了逃逸路線最後可停留的黏性平面沒有建立起來的答案。因此，接下來就是梳理張的恐蚤心理了，這便必須回到張不恐蚤之前的狀態，張愛玲逃逸路上寄出給莊信正的信，提供了初步的訊息：

搬來搬去，同一motel也換房間，……也還是住進去數小時後就有fleas。……小旅館稱flea-bags（跳蚤袋），也沒聽說有帶著走的。我這大概是因為dry skin（皮膚乾燥），都怪我一直不搽冷霜之類，認為「皮膚也需要呼吸」，透氣。在看皮膚科醫生，叫搽一種潤膚膏汁，倒是辟fleas，兩星期後又失效——它們適應了。（一九八四年四月二十日）49

前幾年有個醫生說我整個皮膚是eczema-ish condition（濕疹性皮膚病。也並看不出，……不過一碰就破，多走點路腳就磨破了，非穿拖鞋——我也喜歡散步，不過就是拿著大包東西趕路的時候居多）無疑地是fleas鍥而不捨的原因。（一九八五年二月十六日）50

毫無疑問，張愛玲真像遊牧者，她自喻「經常拿著大包東西趕路的時候居多」，準確勾勒出一種遊牧姿勢。她還說：

成天奔走買東西，補給扔掉的衣物。一天搬一次家，現在需要三小時的準備，經過Vista St.一個月的席地生活，fleas演變的更棘手了。[51]

反覆說多了，莊信正都有話要講：「此信讀來像病歷表。……剛搬進『數小時』便有跳蚤……難免令人懷疑是她自己多疑了，何況她住的又不是flea bags。」[52]

眞是多疑嗎？這裡不妨再聯結到張愛玲給司馬新的書信，司馬新的出現某種程度修復了張愛玲的逃逸路線及心理，一九七八年時在哈佛大學當研究生的司馬新論文題目「海上花研究」，經夏志清介紹於當年春寫信向張愛玲請教，後寄去論文一章，張愛玲在一九七九月五日給夏志清信提及此事，先寫道：「你也喜歡《海上花》，我當然高興到極點。我一直覺得這書除了寫得好，還有氣質好。」後頭接著說：「鄭緒雷的論文寄了來我也還沒來得及看，說來慚愧。」[53]鄭緒雷即司馬新，藉由《海上花》她認識了司馬新。一九八二年八月，張愛

---

49. 莊信正：《張愛玲來信箋註》，頁150。
50. 莊信正：《張愛玲來信箋註》，頁164。
51. 莊信正：《張愛玲來信箋註》，頁162。
52. flea bags字面意思是跳蚤袋，指廉價小旅館客房常淪爲跳蚤寄住空間。見莊信正：《張愛玲來信箋註》，頁151。

玲少見的請司馬新幫她到紐約姑姑亡友兒子處取回兩塊原本託他賣的姑姑的玉牌。並說自己「這一向忙，要忙到明年。」[54]司馬新回信說明年底會去紐約辦玉牌事，並傳達北京大學在哈佛大學訪問學者樂黛雲轉邀她去北京大學訪問訊息。其時大陸在一九八一年十一上海《文匯》月刊已刊出張葆莘〈張愛玲傳奇〉是一九五二年張愛玲離開大陸後第一篇談論她的文章，[55]張愛玲的姑姑寄了給她，離開上海三十年，張愛玲怎麼看這種種呢？此處不妨打個岔談談當時張愛玲《張愛玲資料大全集》插曲。

一九八二年後期，唐文標搜羅了些張愛玲的舊作出版《張愛玲卷》，莊信正想託台北文化界斡旋不要出版，但需要張愛玲的說法，於是張愛玲限時專送以三點理由說明自己和台灣的關係，希望說服她的版權。但她的三點資料，用的是逆向操作法，提出大陸用人情向她示好，她都拒絕了，表明她經營台灣的意圖。三項資料分別是：一，著名詩人王辛迪在香港中大「四十年代淪陷區文學」討論會，發言希望在座學者勸張愛玲回國一行；二，她的姑父李開第最近「接受了個任務」，「沒說是什麼」，暗示指要說服她回上海；三，樂黛雲託「鄭緒雷告訴我，中國作家協會有意邀請回國訪問（當然不提我已經回掉了）。」唐文標搜羅張愛玲舊作出版的行動並未停，離奇的是一九八三年四月張愛玲給莊信正信：「皇冠買下了唐文標本來預備出版的另一本『張愛玲資料大全集』」，但一九八四年六月唐文標仍出版了此書。總之張愛玲覺得「唐文標事一團糟」，而我們事後知道，正是那段時期，張愛玲開始「蟲患」逃逸路線。因此司馬新一九八四年一整年未收到張愛玲信，及至一九八五年底往訪夏志清，夏出示水晶所寫〈張愛玲病了〉，司馬新積極介紹醫生給張愛玲。[56]終於一九八八年三月張愛玲給司馬新信中，說明去看了司馬新介紹的皮膚科醫生有了療效：

> （Dr. X）雖發言不多，給我印象很深，覺得是眞醫道高明，佩服到極點。診出是皮膚敏感。大概Fleas（跳蚤）兩三年前就沒有了。敷了藥效如神，已經找了房子定居，預備稍微安定下來就寫信告知。卻一天天耽擱下來，也是因爲實在感激，是眞不知道怎麼說才好。……宋淇來信提到水晶那篇文章，大概知道我不想看，看了徒然生氣，所以沒寄給我。不管他怎麼誤引志清的話，我根本不理會，絕對不會對志清誤會。

此次診治十分關鍵，長達四年多逃逸終於有了病源名目，司馬新認爲張愛玲「終於找到病源：皮膚敏感。當然開始是有跳蚤，……敏感皮膚病癥（symptom）與跳蚤一般，難怪她自己誤會有跳蚤跟隨。……從這封信即可看出，雖然她經過數年顚沛流離，又經病困，她始

---

53. 夏志清：〈張愛玲給我的信件（十一）〉，《聯合文學》，第一六六期（一九九八年八月），頁74。
54. 司馬新：《張愛玲與賴雅》，頁222～223。
55. 《張愛玲資料大全集》相關信件內容，見莊信正：《張愛玲來信箋註》，頁113～114、131、135。
56. 司馬新：〈人去鴻斷音渺〉，《張愛玲與賴雅》，頁226。

終思路清楚，……外面有人說她心理出了問題，確是無稽之談。」[57]病因真相大白，原來不是跳蚤，恐蚤心理消失，張愛玲在這年找了房子定居下來，結束了逃亡路線。

（二）疾病的隱喻：靜止的過程—過程的靜止

一場跳蚤逃逸表象，怎麼解讀都不很尋常，但又干卿何事？又怎麼牽扯到心理出了問題？這就涉及水晶十分有名的〈張愛玲病了〉文章。文中披露了宋淇給他的信，道出張愛玲受跳蚤追趕近況及心理背景：

> 染上了跳蚤。……三天換一個motel汽車旅館。……醫生說是心理作怪，……夏志清也有信來，說她可能是精神病，……

同篇文章水晶另引張愛玲給宋淇夫婦的信：

> 早在八三年冬我就想住一兩天醫院，徹底消消毒。不收。……醫生也疑心是a lace in my bonnet（女帽上的一條絲緞，隱喻，暗示純屬子虛烏有）。前兩天我告訴他近來的發展，更像是最典型的sexual fantasy（性的妄想）。[58]

水晶雖拉扯上夏志清與宋淇，此舉傷害的卻只是張愛玲，也破壞了張愛玲對他的信任，日後水晶追憶後悔莫及：

> ……她害過一場精神病，疑心自己生了蝨子，像她在〈天才夢〉裡所寫的那樣，每晚都被咬得皮膚紅腫，可又查無實據，連醫生都覺得她心理有病。我一時鹵莽，寫了篇〈張愛玲病了！〉無意間得罪了她，被擯斥於張門之外，連「張看」的資格都失去了，是此生的大失敗之一！至今她去了，寫了出來，希望她能原諒我的粗疏與不敬。[59]

一段「疾病的隱喻」，卻因著信件與信件經由不同路線連結，盤根錯結生成樹狀系統，不免讓人聯想德勒茲（和瓜塔里）關於「逃逸路線」（line of flight）及生成（becoming）互為關聯的論點。雷諾・博格（Ronald Bouge）便指出德勒茲經常以「路線」（lines）來勾描寫作與整體生活，[60]用以說明「生成」的具體例子是「塊莖」（rhizome）概念，根據德勒

---

57. 司馬新與張愛玲關於診療的討論參見司馬新：〈人去鴻斷音渺〉，《張愛玲與賴雅》，頁228～229。
58. 文章刊於一九八五年九月二十一日〈人間副刊〉。相關敘述參見水晶：〈張愛玲病了〉，蘇偉貞主編：《張愛玲的書信因緣》，頁83～87。
59. 水晶：〈張愛玲創作生涯〉，〈聯合副刊〉，《聯合報》，一九九五年九月十一日。

茲（和瓜塔里）的說法，塊莖是不向下扎根的植物，不固定生長在特定地點，一個「塊莖」是一個點，點的連結即生長過程，這種生長過程也就是德勒茲（和瓜塔里）所說的「生成」。德勒茲（和瓜塔里）還說，生成是一個運動過程，也是一種聯合；廣義來說，移動即生成即創作敘事，如此生成模式，亦附合柏格森所說的綿延、交流。[61]推論到底，證成張愛玲逃逸與生成相關，必須回到「寫作是追溯一條路線、許多路線」[62]的脈絡。

若說〈金鎖記〉是把小說上升到經典意義去討論，那麼，張愛玲將造成巨大困擾、逼她走上移動逃逸之路甚而被多重解讀爲心理病態、性妄想云云的跳蚤事件生活面，又有著什麼討論的空間與呈現？鑑於〈金鎖記〉的經典提示，本文有意將凡此事件打造爲文學生命迴路，我們將證明此一迴路形成早有跡象，之前跳蚤隱喻，她的處女作〈天才夢〉是常被提到的寓言：

> 生活的藝術，有一部分我不是不能領略。我懂得怎麼看《七月巧雲》，聽蘇格蘭兵吹bagpipe，享受微風中的籐椅，吃鹽水花生，欣賞雨夜的霓虹燈，從雙層公共汽車上伸出手摘樹巔的綠葉。在沒有人與人交接的場合，我充滿了生命的歡悅。可是我一天不能克服這種咬嚙性的小煩惱，生命是一襲華美的袍，爬滿了蚤子。[63]

恐蚤症上溯〈天才夢〉既非新事證，若想深入探討「疾病的隱喻」，恐怕還需要另一漫長潛伏在她生命/身體的病例作爲佐證，關於寫作的追溯路線，柏格還說寫作追溯「全部的製圖學」[64]反證之，寫作不僅幫助我們理出張愛玲的逃逸路線模式，更是回溯事件的心理動因的圖式，夏志清曾感嘆她的幽微心理病，早在青年時期種下，閱讀她眾多書信裡，若論病中之〈怪〉病，非「感冒」莫屬，一九七二年七月十三日張愛玲給夏志清信：

……這一向天熱，所以一直沒患感冒，……這怪病在上海就有，不過不常發。……仔細考慮後，Phoenix究竟又太熱，還是預備就近搬到南加州。[65]

怪病緣起於她在青年時期違抗父親而被囚禁引發痢疾，這段往事張愛玲曾寫入〈私語〉，成爲尋找她身心病徵的有力線索，夏志清當然讀過，並據以解讀延伸：

60. 雷諾・柏格：《德勒茲論文學》，頁35。
61. 有關「塊莖」概念，參見吉爾・德勒茲、費利克斯・瓜塔里：《遊牧思想——吉爾・德勒茲、費利克斯・瓜塔里讀本》，頁7、169～170。
62. 雷諾・柏格：《德勒茲論文學》，頁261。
63. 張愛玲：〈天才夢〉，《張看》，頁242。
64. 雷諾・柏格：《德勒茲論文學》，頁261。
65. 夏志清：〈張愛玲給我的信件（七）〉，頁109～110。

愛玲對我說，感冒「這怪病在上海就有，不過不常發。」我想這是一九七三年她被其父毒打一頓而再禁閉半年的後果。囚禁期間，她患了嚴重的痢疾，命差不多送掉，身體的immune system也必然大受損害，怪不得早在上海期間，這個怪病偶爾也會發作了。步入中年後在柏克萊那三年，心境既好不起來，身體對感冒的侵犯也就更難以抵抗了。[66]

感冒經常發作導致免疫系統失調，加上後文將詳述的柏克萊三年造成的心境損害，加重了「舊創」復發，「舊創」還包括《小團圓》主人公九莉（張愛玲）患了「傷寒」，九莉動輒患病難癒，母親蕊秋居然大加指責：

「反正你活著就是害人！像你這樣只能讓你自生自滅。」

九莉聽著像詛咒，沒作聲。

疾病成爲隱喻，難怪張愛玲頻頻召喚過去，當其他人以壓抑記憶來阻絕過去重返，張愛玲偏偏於書中反覆鏤刻，這是記憶的逆反了，這些「詛咒」似的疾病，再三出現重建張愛玲生活史：

她（九莉）一年到頭醫生牙醫生看個不停，也是她十六七歲的時候兩場大病留下來的痼疾。[67]

張愛玲稱之為「痼疾」不是沒有道理，對張愛玲而言，感冒、傷寒如影隨形一生，不是老毛病是什麼？相同的敘述，也在張愛玲的處女作〈私語〉裡出現形成互文：

……我十六歲時，我母親從法國回來，將她睽隔多年的女兒研究了一下。「我懊悔從前小心看護你的傷寒症，」她告訴我，「我寧願看你死，不願看你活著使你自己處處受痛苦。」[68]

痢疾——傷寒——感冒——皮膚敏感——蟲患……周而復始，標示出張愛玲疾病圖示。

一九八九年初張愛玲給司馬新的信中，才見到將感冒過渡到過敏症：

66. 夏志清：〈張愛玲給我的信件（七）〉，頁110。
67. 痢疾、傷寒痼疾的描寫見張愛玲：《小團圓》，頁148、232。
68. 張愛玲：〈天才夢〉，《張看》，頁241。

感冒現在發現是過敏症，已經發過好幾次，都給擋回去了。……想做的事來不及做，生活老不上軌道，很著急。……不虧了你熱心，我還在住旅館流浪。……剩下的時日已經有限，又白糟蹋了四年工夫，在這階段是驚人的浪費。[69]

此時此刻，我們不難發現，一如恐蚤心理過程，重複幾乎也成爲張愛玲創作／人生的主題，運用跳蚤的內在性結束恐蚤心理論點，佛洛伊德有相似的說法：「重複束縛我們，它也解放我們。」佛洛伊德還說，爲了阻止重複，光有抽象的（毫無情感的）回憶是不夠的，人們不能通過簡單的記憶而痊癒，必須直接置身過去，作更具表演性、戲劇性的轉移，痊癒才有可能。[70]張愛玲對佛洛伊德並不陌生，[71]如何借用此一手法轉移表演？正是創作，而不斷置身過去，張愛玲累了，一九八九十二月十一日張愛玲去信莊信正：

此地新房子蜜月期已過。蟑螂螞蟻小花甲蟲全有了。房東發通告警告髒亂與違規養貓狗——可能就快要有fleas了。我遠道去買較好的殺蟲器材。房東也叫了殺蟲人來，要出清櫥櫃，等於三個月小搬家一次，……但是我絕對不搬家，實在沒這時間精力。[72]

雖說絕不再搬，一九九一年八月她還是搬了，這次因爲蟑螂之災，她再度上路，好的這是最後一次，不幸的是她一捲重要的手稿被偷：

每次搬家總要丟掉最怕丟的東西——這次是正在寫的一大捲稿子，因爲怕壓皺，與一包原封未拆的新被單放在一起。小搬場公司的人偷被單一併拿了去。……新址的房東說他們沒有蟑螂也仍舊按月噴射、薰，因爲只要有一個房客的電視air vents（通氣孔）內有蟲卵，就帶了來了。[73]

幸好這回張愛玲搬到林式同作保的公寓，新房東保證沒有蟑螂也按月噴射、薰殺蟲劑。

69. 司馬新：《張愛玲與賴雅》，頁23、233。

70. 吉爾・德勒茲、費利克斯・瓜塔里：《遊牧思想——吉爾・德勒茲、費利克斯・瓜塔里讀本》，頁52。

71. 張愛玲曾提到進美國時在入境紙上填自己的身高把五呎六吋半寫成六呎六吋半是「弗洛依德式的錯誤」（「弗洛依德」爲張的翻譯），見張愛玲：《對照記——看老照相簿》（台北：皇冠出版社，一九九三年），頁81。

72. 莊信正：《張愛玲來信箋註》，頁188。

73. 這段張愛玲最後的搬遷之旅參見莊信正：《張愛玲來信箋註》，頁194。信中莊信正認爲被偷的稿子是張愛玲正在寫的《對照記》原稿。隨著《小團圓》的解封，我認爲被偷的稿件應該是《小團圓》，因張愛玲自一九七六年以來聽宋淇意見一直在改這文章，且《對照記》是短文，不會是「一大捲稿子」，另根據宋以朗透露，出版的《小團圓》手稿並沒有謄寫的痕跡，應就是張最早寄給宋淇的原稿，後來張一直在改《小團圓》，但她的遺物中並沒有這份稿子。因此推論若丟東西屬實，應是《小團圓》。

理想的生活寓所，於是她重新申請丟掉的美國公民身分證，申請表上交待後事般填列林式同住址作爲她的永久通信處，一手終結了逃逸路途：

> 前兩天因爲託我在上海的姑丈代理版權，授權書要公證，在書店買表格就順便買了張遺囑書，免得有餘剩下來就會充公，……就填了你的名字，……也沒先問一聲，眞對不起，……有難處不便擔任，再立一份，這一張就失效了。[74]

但根據運動來定義遊牧是錯誤的，歷史學家阿諾德．湯恩比（Arnold Toynbee, 1889-1975）發明了遊牧生活方式，他指出牧民：「投靠草原，不是要逃到草原的邊界以外，而是要在那裡安居樂業。」看似外卻內，看似移動卻未動，中古初期在沙漠曠野過著遊牧生活的貝都因人（Bedouin）是很好的示範，他們逐水草而居，詮釋一種境界——貝都因人在馬背上奔馳，膝蓋頂著馬鞍，坐在豎起的腳底，「絕妙的平衡」。——貝都因坐著移動，克萊斯特（Heinrich von Kleist）稱此特點是一個「靜止的過程」與「過程的靜止」。[75]

也就是說，多年來張愛玲看似不斷移動，事實上她哪裡也沒去，動與靜間，她自有一種平衡模式，她使用信箱通信，製造她「不動」的意象。自一九八四年及至逝世，她租用過三個信箱，第一個「1626N. Wilcox, #648 Hollywood, CA90028」，因爲公營郵局不租給住在旅館的人，被動租的私人信箱；第二、三個是一九八八年四月後的「P. O. BOX 36467、P.

O. BOX 36D89」，日後她即使住進公寓，也仍保持使用信箱聯絡，換言之，那是一個隱形地址，也是移動——靜止間的「平衡」地址，但張在移動，信箱爲她隔離眞實生活、人際從屬。但在內裡，林式同認爲她是身體力行的城市隱士，移動「是從她的性格裡自然衍生出來的喜好」，[76]某個程度上，張愛玲確是一個沒有護照、地址的「遊牧民」，她重新定下來後，重新申請遺失公民身分證：

Missing from luggage at Hotel Howard, 1738 Whitly St. after weekly cleaning, Next Day the maid unlocked my door or no reason&withdrew at once, seeing I was not out, evidently looking or more.

張愛玲告訴了我們一個離奇的遭遇，她的公民身分證隨行李在旅館遺失，清潔婦人在打掃過後第二天沒有任何理由地又打開她的房門，看見她並沒有外出而顯得神色異常。也就是

---

74. 林式同：〈有緣得識張愛玲〉，蔡鳳儀編：《華麗與蒼涼：張愛玲紀念文集》，頁52。
75. 轉引自吉爾・德勒茲、費利克斯・瓜塔里：《遊牧思想——吉爾・德勒茲、費利克斯・瓜塔里讀本》，頁316。
76. 林式同對張愛玲移動的看法及通信內容參見林式同：〈有緣得識張愛玲〉，蘇偉貞主編：《魚往雁返——張愛玲的書信因緣》，頁222～233。

說張愛玲有段時間是沒有公民身分證或駕照的人，而此申請舉動顯示了張愛玲表面的「遊牧民」身分形將消失，對一個內在的遊牧民而言，外在身分確定，表面上不再移動，如何取得平衡？比較合理的解釋是，以邊走邊寫的方式取得平衡。

本文一開始就設定張愛玲的書信即她的創作，而創作的要素之一是發表，這同時也是她對創作的態度，有信為證，一九八八三月十三日張愛玲給莊信正信裡便提到：

> 我的信發表沒關係。如果有聲明不要告訴別人的話，而要塗抹的絕對看不見，……還有我離開Kingsley後這幾年的信涉及近況，我自己預備寫一篇。[77]

通過「寫作是追溯許多路線」概念，張愛玲告訴了我們，如果一個人把自身簡化為一條或幾條抽象路線，與別的路線結合延長，即創造了一個世界，生成每人/每物，反之生成物（書信）通過清除的過程，就不再僅僅是一條抽象路線，書寫者本身就是抽象路線的謎的一部分。[78]正是在這個意義上，追索跳蚤事件路線後，本文將上溯證明跳蚤事件的主要成因始於「詞語事件」，並且此一事件促使張遷居洛杉磯才有後續發展，由此拼貼張愛玲的一生成——書信版圖及完整創作路線及意涵。

三、自己的文章：生成——詞語事件

一九七〇年九月，水晶（楊沂，一九三五～）到加州大學柏克萊分校攻讀比較文學博士，登門拜訪張愛玲遭拒，豈知峰迴路轉張愛玲一九七一年六月三日突然寫信給水晶，約他「哪天晚上請過來一趟」，[79]訪談後水晶快筆寫就〈蟬——夜訪張愛玲〉刊在一九七一年七月九日至十三日〈人間副刊〉，讀者豈知其時背後隱藏著張愛玲寫作生涯最大的挫折。即接著要談的詞語事件。張愛玲一九六九年七月一日到中國研究中心是接莊信正職位，莊信正則接棒夏志清兄長夏濟安。如前文所言張的認知是寫中共「詞語」，且上任之初並非全職（full-time），不必一年交一篇「專題論文」（monograph），張在二年內交了一篇兩頁新名詞及一篇講文革定義的論文，後續衍生變化，她才去信莊信正解釋論文種種的問題，這應是已披露的張愛玲書信中最早提及事件原委：

---

77. 莊信正：《張愛玲來信箋註》，頁172。
78. 吉爾・德勒茲、費利克斯・瓜塔里：《遊牧思想——吉爾・德勒茲、費利克斯・瓜塔里讀本》，頁228～229。
79. 水晶：〈蟬——夜訪張愛玲〉，《張愛玲的小說藝術》（台北：大地出版社，一九七三年版），頁17。

我那篇東西直到上星期三才趕完，是講文革已經在去年十月一日結束，因爲措辭隱晦，竟沒人知道，要從這一兩年來的semantics一路看下來才知道，驟然說了誰也不會相信，所以我沒用大綱開始介紹題材，……結果看了都不知云，所以還前面加大綱，最後加結論，中間也全部整理過。……材料去年四五月大致都出現了，不過到十月才conclusive（確鑿）。……陳先生一定會堅持下一篇專寫名詞。這次本來沒堅持，直到聽到壞評，才主張改寫名詞，……如果不寫我認爲好的材料，倒去無中生有，太勉強了也寫不好。去年是Johnson大概因爲聽見我說過幾句關於中共的話，自動跟陳先生說留下我，……反正我都是爲自己與自己的興趣，盡到力就是了。不解釋，你不知道我爲什麼小題大作……[80]

張愛玲根據材料寫的文革論文，措辭隱晦，竟沒有人知道文革已經結束，因此令人看了不知所云，張認爲陳世驤看了一定反會堅持張寫詞語就好。但陳世驤看到報告後，四月以書信通知她工作六月底結束，張愛玲一九七一年五月七日再去信莊信正談到這件事，好強的張愛玲卻決意要完成論文：

我並不是一定要摁篇文章給陳先生。如果收回，剩下附錄的幾頁名詞，兩年工夫才這麼點？至少他不要是他的事。上月他來信通知我六月底結束這裡的工作。……不是我想寫傑作，用心寫的還通不過，馬馬虎虎寫的通不過，豈不更要怪自己？講下放的那篇，Jack Service看了以後，建議我全部接受。他接著說：「其實你不一定要給 *Asian Survey* 一篇文章。You can forget about it.」……一冬天老是感冒，到春假又連發兩星期，起因當然也是psychosomatic。……陳家請客我沒去只有一次，是眞的病著。[81]

張愛玲用了一個奇特的字「掗」：他人不要而強給他。豈料陳世驤於一九七一年五月二十三日心臟病猝世，文章交付的對象消失了，張愛玲情緒大壞可想而知，於是她在一九七一年六月十日寫給夏志清的信重新把前因後果交代得更透徹：

> 我剛來的時候，就是叫寫glossary，解釋名詞，不要像濟安、信正寫專論。剛巧這兩年情形特殊，是眞沒有新名詞。……所以結果寫了篇講文革定義的改變，追溯報刊背景改

---

80. 依莊信正註解，在中國研究中心主要任務是寫一本專題論文由中心出版。張愛玲由語意學出發，以詞條方式介紹，陳世驤謂，張愛玲沒像夏濟安及莊信正那樣遵循學術論文寫法，採類似筆記（notations）型式因此難以出版。張的信中提到的Johnson時任中國研究中心主任、加州大學政治系教授。見莊信正：《張愛玲來信箋註》，頁61～62。

81. 莊信正註解，張愛玲不久前去陳府，陳世驤指著在座的客人說大家就像大家庭一樣，她說自己最怕大家庭。Jack Service爲研究中心圖書館長，負責出版。見莊信正：《張愛玲來信箋註》，頁66。

變，所以顧忌特多，沒有新名詞，最後附兩頁名詞。世驤也許因爲這工作歸東方語文系，不能承認名詞會有荒年。我覺得從semantics出發，也是廣義的語文研究。……他表示第一句就不清楚，我也改了寄去，也不提，堅持只要那兩頁名詞，多引上下句，以充篇幅，隨即解僱。……我本來寫文章應當隨時找Johnson商量，但是正在寫的東西，我實在不慣跟人討論，根據的材料又太多，……我是眞全副精力在做，實在來不及。Johnson這人又abrasive，……我對自己寫的東西總是盡到最後一分力。但無論怎樣不讓它影響情緒，健康很受影響。預備找水晶來。[82]

下文係夏志清的按語，點出此事件關鍵，張愛玲赴美以來，一路從駐校作家、研究專案機構、中國研究，如此離開加大，對張愛玲傷害很大：

這封長信是愛玲兩年間在加大中國研究中心的工作報告，也可以說是她在美國奮鬥了十六年，遭受了一個最大打擊的報告。她在邁阿密當駐校作家，校方對她並不滿意沒有關係。……去賴氏學院，雖然研究所幾個主管處得並不好，關係也不大。主要她在兩年間，譯了《海上花》之大半，從事了《紅樓夢》考證研究的工作，心境是好的，病痛也不多。在加大中國研究中心，她只是位僱員，上面有主管，主管對她的工作不滿意，隨時有解僱的危險。……她日裡不上班，早已遭人物議。一旦解僱，消息傳遍美國，對她極爲不利，好像大作家連一篇普通學術報告都不會。[83]

夏志清不斷是張愛玲的知音，相對張愛玲較片面的人身批評，他客觀公允地予以澄清，他認爲Johnson很和氣，並不像張愛玲所說的abrasive（粗魯），陳世驤之前聘用的李祁、夏濟安、莊信正「絕非趨奉拍馬之輩，但都比愛玲懂得些做人的道理」，是張愛玲不懂做人的道理，不是其他問題，保住雙方聲譽。至於「詞語事件」，夏志清是推薦人，於公於私，他於是把來龍去脈說了個明白：

> 剛開頭，世驤只要她寫glossary這句話，其實不必當聖旨看待的。一九六六年，莊信正上任後，原先按照先兄舊規，以文化大革命爲題寫了一篇專門詞語的研究（"The Great Proletarain Cultural Revolution: A Terminological Study"）。它雖是篇「專論」，文末也附有十二頁中英對照的詞語解釋，一個豐收的glossary。信正接下來的兩篇，……提及流行中共的新舊詞語，此類詞語畢竟少了些，沒有必要在文末另列一個glossary，……世驤有鑒於此，可能在同張愛玲討論第一個研究計畫時，特別強調要有個glossary，但

82. 夏志清：〈張愛玲給我的信件（六）〉，頁99～100。
83. 夏志清：〈張愛玲給我的信件（六）〉，頁100。

我想他不會不讓她選擇一個敘述專題而單單只編一本中共術語的辭典。……世驪不會不想利用她的文才去寫篇可讀性較高的詞語研究的。[84]

說來之前張愛玲對中國研究中心「有點像大家庭一樣人多，複雜。」[85]早透露出不安，加上工作上她適應的很慢，「工作很久沒上軌道，……每天要到office去一趟，在我因爲不習慣，也糟蹋許多時間。」再經此一役，「愛玲知道自己即將失業之後，不多天世驪也過世了。她受到雙重打擊，六月的日子也就特別難以忍受——於是她想起了名作家、張迷水晶。」[86]這才成就了張愛玲寫信約水晶。

張愛玲的直覺是對的，台灣讀者對她一直有著高度興趣。她最近一次出書是改寫大陸時期《十八春》的《半生緣》是一九六九年，那時，大陸鎖國，香港市場相形更小，她最大讀者群在台灣。《十八春》主題爲中共三反五反運動，結尾寫男女主人公沈世鈞、顧曼楨到東北爲人民服務「按照中共文藝政策，表達左傾訊息」，適正反映彼時文人的艱難處境，是生存在「歷史的夾縫中」。[87]《半生緣》刪掉社會主義內涵，但張愛玲恐怕別有暗示，舊事重提主動告訴水晶，她曾以筆名梁京在中共治下發表《十八春》，意指她豈會不了解中共歷史及名詞，這是雙重宣示了，一方面藉水晶之筆向世人說明她是中共名詞的行家，一方面測讀者對她喜歡的程度。約九千字的〈蟬——夜訪張愛玲〉分五天刊出，吊足讀者胃口，可見受重視程度，〈蟬——夜訪張愛玲〉也成爲研究張愛玲的第一手文獻。但是事情只是暫告一段落，訪談過後，張愛玲定下心寫論文，「還我欠下自己的債」。[88]是幸是辛苦那時未知，但我們後來終於知道了，張愛玲從此專心寫作，才有了《小團圓》。

（一）定心寫論文，還自己的債

以「講文革定義改變」及兩頁新名詞爲底，張愛玲將之擴充、修改成短文〈知青下放〉（"Reeducational Residential Hsia-fang"）及長文〈文革的結束〉。〈知青下放〉張愛玲先寄給Johnson，「說那篇東西非常好，他們預備出版，正在edit，想登在*Asian Survey*上。」張愛玲扳回一點自信，復於一九七二年五月寄出〈文革的結束〉給夏志清，其間聽信經紀人Marie Rodell意見，試寄商業出版社當專書出版，復於七月十三日補一信：

---

84. 夏志清：〈張愛玲給我的信件（六）〉，頁101～102。
85. 夏志清：〈張愛玲給我的信件（五）〉，《聯合文學》，第一五五期（一九九七年九月）頁78。
86. 有關張愛玲在中國研究中心的心情及夏志清對張愛玲找水晶訪談的箋注參見夏志清：〈張愛玲給我的信件（六）〉，頁94、101～102。
87. 王德威：〈重讀張愛玲的《秧歌》與《赤地之戀》〉，《如何現代，怎樣文學》（台北：麥田出版，一九九八年版），頁338。
88. 水晶夜訪，張愛玲表示「現在寫東西，完全是還債——還我欠下自己的債。」見水晶：〈蟬——夜訪張愛玲〉，頁31。

〈文革的結束〉的性質正如你所說，我也告訴Maria Rodell內容不適於普通讀者。她因爲這題材許多人有興趣，願意試試。我因爲很少希望，這類文章又有時間性，預備另寄一份給*China Quarterly*。

九月二十五日又寄信夏志清：

「文革」等你有空的時候請寄還給我，我下月底搬家，來不及以後再寄也是一樣。*Esquire*根本沒有興趣。

爲了兩篇論文張愛玲一直留在柏克萊，終在一九七二年九月脫稿，「研究中共當然到此爲止」，接著十月搬去洛杉磯。綜觀以上過程，我們仍要強調，沒有「名詞事件」便沒有日後的「跳蚤事件」。

及至夏志清發表了張愛玲書信，〈文革的結束〉、〈知青下放〉這才曝光，兩篇英文論文，並未像之前"A Return to the Frontier"（〈重訪邊城〉）及"Stale Mates"（〈五四遺事〉）順利發表在*The Reporter*。張愛玲急欲由兩篇文章討回公道，夏志清認爲張愛玲既非著名中共專家，又非擁有英語讀者的小說家，「寫了兩篇冷門題目的文章，實在幫不了她一點忙的。」[89]〈文革的結束〉及〈知青下放〉過程一如她重複、迴旋與衍生的敘事風格，充滿周折，但〈文革的結束〉、〈知青下放〉下落何處？

事實上在一九九六年十一月二十六日，皇冠出版公司在台北舉辦了「張愛玲紀念首展」，坊間報導展出內容有「從未發表的張學良傳英文小說 *Tht Young Marshal*」與「在美早期所寫的有關下放的研究論文」。[90]證明了「下放」研究論文並未失蹤，皇冠擁有的「下放」研究論文，字面解應指〈知青下放〉。爲了追查兩篇論文，我在二〇〇三年三月求證皇冠出版發行人平雲，他說明宋淇夫婦依張愛玲遺囑及他們了解的張愛玲，做出幾項較大決定：一，將張愛玲已完成的《小團圓》文稿銷毀。二，未完成的文稿不得發表。三，已完成的〈知青下放〉（"Reeducational Residential Hsia-fang"）僅供保存。三項決定，並未提到〈文革的結束〉。

「詞語事件」過後，張愛玲一九八三年的白話文譯本〈國語本《海上花》譯後記〉中，倒是與陳世驤有了一次「和解」：

> 陳世驤教授有一次對我說：「中國文學的好處在詩，不在小說。」有人認爲陳先生不夠

---

89. 有關〈文革的結束〉、〈知青下放〉的修改與討論，參見夏志清：〈張愛玲給我的信件（七）〉，頁107～111。
90. 見〈揭開張愛玲神秘面紗皇冠雜誌辦紀念首展〉，《文化廣場》，《聯合報》，一九九六年十一月二十六日。

重視現代中國文學。其實我們的過去這樣悠長傑出，大可不必爲了最近幾十年來的這點成就斤斤較量。反正他是指傳統的詩與小說，大概沒有疑義。當然他是對的。[91]

（二）〈文革的結束〉與〈知青下放〉鉤沉

現在我們知道《小團圓》並沒有銷毀，且是討論張愛玲書寫生命很重要的文本，試想如果《小團圓》都有見天日一天，張愛玲都能對陳世驤釋懷，那麼〈知青下放〉、〈文革的結束〉就沒道理不能「珠還合浦」予論文該有的位置。目前的問題在〈知青下放〉已有著落，〈文革的結束〉到底在哪裡？解讀張愛玲給夏志清信件，不難見出她對發表〈文革的結束〉及〈知青下放〉明證其做人處事的殷切之心；此外，於讀者言，兩篇論文不僅爲延續張愛玲《秧歌》、《赤地之戀》的論述依據，更可觀察張愛玲政治思維及離開新中國的潛在原因。爲了追蹤這兩篇文章的下落，我在求助皇冠出版公司不果後，轉而去信夏志清及研究張愛玲多年的高全之。夏志清的回覆充滿感慨：

> 愛玲一九七二年六月九日信上提到「講下放的那篇」短文，我一定遵囑寄給她的經紀人Maria Rodell，我手邊不再有此稿。講「文革的結束」那篇長文，愛玲自己找Rodell去處理，想來我未必看過。後來因「蟲患」不時搬家，把我給她的信件都丟了（以減輕搬家時手攜物件之重量）。假如我在寫信前，把每封信都影印一份，就一封信都不會遺失

了。[92]

高全之則積極地「到圖書館查了一九五五～一九九五期刊文目（*Reader's Guide*）確定這四十年，至少以這套文目所包羅的期刊而言，張愛玲只有登在*The Reporter*上的"Stale Mates"及"A Return to the Frontier"兩篇。」[93]也就是說，*Esquire*、*China Quarterly*、*Asian Survey*都未曾刊登這兩篇文章。

幸而，因著《小團圓》的出版，所披露張愛玲一九九二年三月十二日給宋淇信，露出了曙光，張愛玲交代身後便提到：

> 還有錢剩下的我想用在我的作品上，例如請高手譯。沒出版的出版，如關於林彪的一篇英文的，雖然早已明日黃花。[94]

91. 張愛玲：〈國語本《海上花》譯後記〉，《海上花落》（台北：皇冠出版社，一九九二年版），頁706。
92. 夏志清二〇〇三年三月三十日給蘇偉貞信。
93. 高全之二〇〇三年五月四日給蘇偉貞信。
94. 宋以朗：〈《小團圓》前言〉，頁3。

我推斷「關於林彪的一篇英文」便是〈文革的結束〉。知青下放始於一九六三年代，一般認知七〇年代持續進行中未結束，時間點上不能論定文革已結束，加上張說〈知青下放〉是短文，不能單獨出版，而〈文革的結束〉是長文，加以張希望此文出版未果，一再念茲在茲才有其合理性。其次，張愛玲的柏克萊生涯完全栽在她判斷文革「已經在去年（一九七〇）十月一日結束」沒人相信，[95]因此要證明她是對的，文革結束必是張愛玲的首要議題。我曾在〈張愛玲的「名詞荒年」〉中提到以一九七〇年前後時間點來看，針對林彪的「批陳整風」事件是很好的詞條材料，[96]談文革不能不談林彪，探究七〇年代初期政治氛圍更無法迴避與林彪有關的「批陳整風」運動，[97]況且「批陳整風」導致林彪偕妻葉群、子林立果在一九七一年九月十三日出逃，飛機墜毀外蒙古，全機覆亡，震驚中外，史稱「九一三事件」。張愛玲最喜眞實材料，環環相扣，〈文革的結束〉應就是收在張愛玲遺物中的「關於林彪的一篇英文」。

參照過往，「詞語事件」若對張愛玲傷害既已造成，促使她選擇移居洛杉磯，走上躲避跳蚤動盪之路，如果〈知青下放〉與〈文革的結束〉永不見天日，張愛玲留在柏克萊一年多增補改寫的用心，眞的就白白浪費掉了。遺憾的是，據此想法，我向宋以朗先生查證曾否見到這兩篇論文？他表示張愛玲的遺物已經全部做過清查，也沒〈文革的結束〉蹤影，至於〈知青下放〉已知收在加州大學中國研究中心圖書館。因此，要找到〈文革的結束〉，連這最後的機會也落空了。

柯靈對張愛玲一九五二年出國的幸與不幸有過經驗性的發言，他說：「曾經運動成風的年代，到文化大革命而達到頂點，張愛玲留在大陸肯定逃不了。」[98]這點我們無法印證了，但透過張愛玲的詞語詮釋與論文內容，至少從理性的角度，或可知解她在出走大陸將距離拉開後，對中共統治下部分眞正的看法？

四、延遲—藏閃—歸檔

「跳蚤事件」、「詞語事件」訴說了張愛玲創作路途的曲折傳奇，未嘗不可視爲另類「行動創作」，既是創作便關乎筆法，胡適序《海上花列傳》屢屢讚揚韓邦慶結構布局「穿插、藏閃」的筆法，[99]張愛玲註譯《海上花列傳》，「穿插、藏閃」宜乎是張愛玲的創作理

---

95. 莊信正：《張愛玲來信箋註》，頁61。
96. 蘇偉貞：〈張愛玲與名詞荒——一個關於〈文革的結束〉與〈知青下放〉的故事〉，《印刻文學生活誌》，第九期（二〇〇四年六月）。頁71～77。
97. 一九七〇年八月林彪與毛澤東的衝突，是一九七〇至七在中共黨九屆二中全會，林彪指使陳伯達猛烈批叛張春橋，遭到毛澤東反彈，一九七〇年十一月十六日中共中央發出「關於傳達陳伯達反黨問題的指示」，全黨表面展開「批陳整風」運動，實則朝林彪而去。取自http://myy.cass.cn/dashiji/show_News.asp?id=635人民網資料。
98. 柯靈：〈遙寄張愛玲〉，陳子善編：《私語張愛玲》（杭州：浙江文藝出版社，一九九五年版），頁24。

想。但我們必不能忽視《傳奇》增訂本、《對照記——看老照相簿》形象化的啓發，張愛玲邊寫邊改且戰且走，既藏身又出面，與其說張愛玲受制「跳蚤事件」、「詞語事件」，不如說透過這樣的過程，她終了悟在美國「巡迴謀事」的打算是徒然與消耗時間，才定下心回歸寫作，當生存方式與地理位置有了改變，人與物的「意義與關係已經再造」，[100]新的創作觀於焉出現，《小團圓》提供了一個證明，逃逸遊牧的移動經歷，映射了改變，就像遷徙路線往往映射季節幻化，這是柏格森的概念。[101]而創作上我們看到的轉換是張愛玲後來以更寬容的心，重看背負她的前夫胡蘭成（一九〇六～一九八一）與誤解她的陳世驤。

女性主義學者伊蘭・修華特（Elaine Showalter）論女性書寫作家Carter Country，始終在不同文化、地域、種族、民族、性別、文學風格、藝術形式等領域穿越成就個人特質的評價，用於理解張愛玲或很貼切。以修華特的話來說，Carter Country從來是一個外在者（Outsider），更確切說，她總是在途中（au mileu），[102]放在同樣的框架，張愛玲的置外姿態何嘗不可作如是觀。張愛玲一生避守「自己的房間」，早便自陳「在沒有人與人交接的場合，我充滿了生命的歡悅」，[103]她以自由意志主導/穿越書信個人—對方領域，使得她的書信既是創作又釋放出不同於創作的差異元素，此一書寫行爲既親近人又造成阻隔，這是運動和止息（repos）的關係了。至於張愛玲差異性，我們不妨順著德勒茲（和瓜塔里）借梅爾維爾（Herman Melville, 1819-1891）《白鯨記》（*Moby Dick*）裡船長角色亞哈（Ahab）的話語註解，亞哈駕駛「裴龐德號」（Pequod）捕鯨船出海，他的終極任務是追捕一條叫做

「莫比・迪克」的大白鯨，鍥而不捨歷險的過程，標示出大白鯨/同夥/亞哈之間的關係，亞哈說：「大白鯨是個『界限』，最重要的界限——反常因素，『白鯨就是向我壓來的那牆，那堵白牆！』」（《白鯨記》原書名*Moby Dick or The Whale*）梅爾維爾書名說的很清楚，大白鯨的白色就是重點，德勒茲（和瓜塔里）說：「大白鯨的白色是它生成孤獨的特殊指數。」[104]總言之，人際關係就是張愛玲生成孤獨的特殊指數與界限，她一生都在脫逃張迷的追捕，她正是那條巨鯨，而她的作品正是那堵「白牆」。

---

99. 胡適：〈海上花列傳序〉，張愛玲註釋：《海上花開》，頁7。
100. 借劉亮雅詞語。劉亮雅：〈鄉土想像的新貌：陳雪的《橋上的孩子》、《陳春天》裡的地方、性別、記憶〉，《中外文學》，總第四二〇期（二〇〇八年三月），頁77
101. 柏格森在《物質與記憶》中給出許多移動相關的例證，他指出，當一隻動物移動時，牠並非無所事事，而是爲了覓食、爲了遷徙等等。見德勒茲：〈附錄：內運（內在性）平面（plan d'immanence）運動與光的物質性〉，《電影II：時間—影像》，頁35。
102. 姜宇輝：〈「女性」（femme）：從「影像」（simulacre）到「生成」（devenir）：以肖瓦爾特爲例闡釋德勒茲的「生成—女性」的概念〉，「實踐與文本」，南京大學馬克思主義社會理論研究中心主辦，二〇〇八年八月二十二日。
103. 張愛玲：〈天才夢〉，《張看》，頁242。
104. 相關《白鯨記》的詮釋，見德勒茲吉爾・德勒茲、費利克斯・瓜塔里著：《遊牧思想——吉爾・德勒茲、費利克斯・瓜塔里讀本》，頁179、266。

不放棄追捕節節進逼或者等待下次機會的過程，延遲了逃逸結束的時間，對逃逸路上的張愛玲這究竟是磨難抑或反成她主導演出的中介？我們不妨舉柏格森一個著名的實驗說明，柏格森將糖置入一杯水中，「而我必須等待糖的溶解」，柏格森難道不知有工具可以加速糖的溶解？所以他眞正想說的是什麼？將糖置於水中此一移轉及運動導致全體改變。藉由這杯糖水的形成，得到一個結論，任何一種等待都會傳達心理事實，此謂「精神時延」。[105]拜延遲效果，時間差造成了，以此類比，將生活材料放進一個容器（社會、團體）裡，作家們的呈現不會一樣，因爲寫作是一種生成。[106]概言之，生成沒有終點與魔法，它越過一個又一個寫作強度，始終延遲最後的高潮。將延遲概念用於張愛玲書寫與信件，觀察其身心狀態也眞的改變了全體，終成張氏獨有的「延遲策略（postponement）」。最顯著的例子即《小團圓》出書過程，而彰顯於書信，她與收信者便因時間差經常生誤，譬如一九六六年張愛玲給宋淇兩封信都掉了便導致訊息的反覆延宕，之後夏志清有趟亞洲行，張愛玲才託他與宋淇討論《怨女》出版事：「如果你怕再鬧雙包案的話，就等到香港看見他的時候，確實知道沒人出書，再替我進行也好。我過兩天再給他們寫封信去，但是當然又是白寫，實在莫名其妙。」[107]此爲其中之一個案。

張愛玲總是推遲閱讀來信，即最親的姑姑亦難避免，像這封信一九八九年五月四日的信寫的是：「一個多月沒去開信箱，姑姑的掛號信無人去郵局領取。」還有一九八九年八月二十日的信：「有一兩個月沒去開信箱，姑姑的一封掛號信沒人領取，被郵局退還。」[108]另如司馬新，一九八八年三月張愛玲信中告訴他：「我這些時天天搬家，收到信都帶來帶去沒拆看，所以只看到八六年五月貴友先生留在租信箱處的卡片。」[109]甚至夏志清一九八五年的信她遲至一九八八年四月才看：

> 天天上午忙搬家，下午遠道上城，有時候回來已經午夜了，……剩下的時間只夠吃睡，才有收信不拆看的荒唐行徑。直到昨天才看了你一九八五年以來的信，相信你不會見怪。

延遲再延遲，張愛玲去世那年五月，給了夏志清最後一封信，傳遞的仍是延遲：

---

105. 有關柏格森時延概念，參見德勒茲（Gilles Deleuze）著，黃建宏譯：《電影I：運動—影像》Cinéma I: L'image-mouvement（台北：遠流出版社，二〇〇三年版），頁35～36。
106. 吉爾・德勒茲、費利克斯・瓜塔里：《遊牧思想——吉爾・德勒茲、費利克斯・瓜塔里讀本》，頁172。
107. 夏志清：〈張愛玲給我的信件（二）〉，《聯合文學》，第一五一期（一九九七年五月），頁57。
108. 陳子善：〈遙遠的思念——關於張愛玲的兩通家書〉，蘇偉貞主編：《魚雁往返——張愛玲的書信因緣》，頁177～178。
109. 司馬新：〈人去鴻斷音渺〉，蘇偉貞主編：《魚雁往返——張愛玲的書信因緣》，頁136。

> 收到信只看賬單與時限緊迫的業務信。你的信與久未通音訊的炎櫻的都沒拆開收了起來。[110]

獨自佇立信件另一端，海外多年，她經常處於「居無定所」的狀態，在書信眾多如對話、回應、溝通、檢視、表白、傳遞等定義下，相對拉出一條寫信人與收信對象看與被看動線與位置，但種種延遲與藏閃恐怕只拉長了人們與她的接觸面，由張愛玲逝後大量信件披露可證，彼此都是書信史的一分子，自寫與他寫，會隨著張愛玲一道歸進文學檔案，歸檔的目的自是拒絕任何形式的有限，基於恐懼原作毀壞或流失的前提，於是發展出「還來得及之前留待日後詮釋」之現代科學方法。本文蒐羅張愛玲書信項目的終極意義亦在此，希望趁勢將張放在合宜的檔案位置。但歸檔指涉了一切歸零，與張愛玲遊牧、流浪的形象似不合拍，然歸檔不僅與參與寫史者有關，主要存乎被歸檔者的意念。張一生拒絕歸類是不爭的事實，表面上似「反歸檔」，德希達（Jacques Derrida, 1930-2004）《檔案熱》（*Archive fever*）中指出反歸檔向來籠罩在歸檔欲望的構造。[111]如何歸檔張愛玲？歸在哪個檔案？她有沒有建置或釋放過此意念？有何模式可循？是本文接下來的問與答。

（一）性格使然：創作（不）缺席

書信的阻隔性，很奇特地正成爲寫信者與他者的溝通要素，不同通信對象的信件流量，更可測知兩方的情誼。綜觀張愛玲與宋淇夫婦六百封信，成爲她把遺產託付宋淇夫婦的具體說明，亦使我們從中看到書信在張愛玲形成人生／創作的互文意義。張一向知道那些書信在，前文也述及她對莊信正談起有據以書信提到的狀態寫成文章的意旨，表明了張明白信件是可以被轉置文字、被歸檔、被閱讀的，而她仍選擇某些對象大量而持續地寫信，說明其無畏及有意讓書信流傳於世；從這個角度我們不妨延伸到張的創作性格：她如何與讀者溝通、她的溝通手法又是什麼？說來張愛玲的作品從來不乏文字／圖像視覺溝通，她自己畫插圖、設計造型、提供照片，《對照記》是一道高峰，也就是說，虛擬／眞實、文字／圖像層層疊映，她的作品／人生其實潛藏了多重溝通機關。但張愛玲又是沉默的隱身於創作背後的作者，她早期小說集《傳奇》增訂本封面是很經典的圖示，帶出讀者／作者／封面、晚清仕女／現代人看中看圖中圖的詭奇效果：

---

110. 最後階段張愛玲與夏志清通信內容參見夏志清：〈超人才華，絕世淒涼〉，蘇偉貞主編：《魚雁往返——張愛玲的書信因緣》，頁32～42。

111. 有關歸檔概念，轉引自董邁可（Mary Ann Doane）著，葉月瑜、許采齡譯：〈影像的所在：現代性中影像投映與比例〉，《中外文學》，總四二三期（二〇〇八年十二月），頁193～220。

借用了晚清的一張時裝仕女圖，畫著個女人幽幽地在那裡弄骨牌，旁邊坐著奶媽，抱著孩子，……欄杆外，很突兀地，有個比例不對的人形，像鬼魂出現似的，那是現代人，非常好奇地孜孜往裡窺視。

這也是張學研究引用最多的圖像，多重影像置於一個景框內，景框中的景框，成爲張愛玲透視觀點最佳的圖證。但如此表現似仍不夠，張索性在寫序〈有幾句話同讀者說〉以書信形式直接與讀者對話，逸出框架，運用了傳媒語言加強訴諸於大眾的手法：

我自己從來沒想到需要辯白，但最近一年來常常被人議論到，似乎被列爲文化漢奸之一，自己也弄得莫名其妙。……我惟一的嫌疑要末就是所謂「大東亞文學者大會」第三屆曾經叫我參加，報上登出的名單內有我；雖然我寫了辭函去，（那封信我還記得，因爲很短，僅只是：「承聘爲第三屆大東亞文學者大會代表，謹辭。張愛玲謹上。」）報上仍舊沒有把名字去掉。

……私人的事本來用不著向大眾剖白，……但一直這樣沉默著，始終沒有闡明我的地位，給社會上一個錯誤的印象，我也覺得是對不起關心我的前途的人，所以在小說集重印的時候寫了這樣一段作爲序。反正只要讀者知道了就是了。[112]

短短幾百字序文，張愛玲向她的讀者展示了仕女、奶媽、畫、現代人、文化漢奸、信函操作繁複多元象徵物的能力。辭函信中她調度另一弔詭的「始終沒有闡明我的地位」句式，遣詞用字精準如張愛玲，不使用「立場」而是「地位」詞語，闡明的是她外在的作家身分，而非內在的意識形態，正適足明示了「立場」。她還道：「反正只要讀者知道了就是了。」對話的對象是誰？由封面景框到序言文字，一以貫之很清楚，就是讀者。連結封面構圖，史書美認爲封面圖彰顯了張愛玲對封閉空間的窺視、好奇姿態，「提供了形象化的描述」，因此張愛玲整本小說是與讀者的連繫物，內容則具有中介（mediated）深切的人生體驗的特性。[113]準此模式，楊義梳理《傳奇》增訂本封面有相當的附會，他化身那位孜孜往裡窺視好奇的現代人視看《傳奇》與張愛玲創作旨意，拋出絕佳的視角與思考：

待那位古裝仕女猛然回頭之時，她是否會和「他」一道去參加狂蕩的洋場舞會？命運，

112.《傳奇》增訂本闡述，見張愛玲：〈有幾句話同讀者說〉，《張愛玲文集（第四卷）》合肥：安徽文藝出版社，一九九二年版），頁258。原載一九四六年十一月上海山河圖書公司初版《傳奇》增訂本。

113. 史書美：〈張愛玲的慾望街車：重讀《傳奇》〉，《二十一世紀》雙月刊，總第二十四期（一九九四年八月），頁127、134。

有待時間的說明。[114]

張愛玲從不吝惜展示固守主體強勢，古裝仕女是留在歷史裡或走出框架？充滿隱喻。解鈴還需繫鈴人，至少張愛玲藉由文字與圖像模式，展現個性與風範，時間是最好的檔案歸納者。

（二）殺風景？逃走的女奴——眞正的收信人

說來，前文提到的操作手法，張愛玲並未因年代久遠而陌生，一九九四年六月，帶有濃厚自傳色彩的《對照記——看老照相簿》出版，張愛玲要求「圖文對照，像有些（漢英對照）的書，各佔一頁，不均勻就多留空白。」[115]張愛玲沒忘記與她的讀者對話：

其餘不足觀也已，但是我希望還有一點值得一看的東西寫出來，能與讀者保持聯繫。[116]

及至書獲《中國時報》贈「特別成就獎」，張愛玲不克出席贈獎典禮，但她拍了近照傳給人間副刊示意，照片裡她手持頭版頭條標題「金日成昨猝逝」的報紙，以證日期，又是景框中的景框、多透視點視角。多年來，她一直是那個遠遠的旁觀者，這回又拍了張「卷首玉照」，與歷史連結，再次顯現張愛玲絕妙的黑色幽默。張愛玲「重出江湖」，張迷們觀影五味雜陳，在這列隊伍中，水晶畢竟是水晶，有不同的訊息解讀，他寫了篇〈殺風景——張愛玲巧扮「死神」〉，他的解讀是照片傳達了張愛玲的「死神」預告，但這回他不敢再造次了，寫完後悄悄鎖在抽屜。[117]反倒張愛玲獲獎後針對《對照記》補寫了一段旁白，手法竟似《傳奇》增訂本：

寫這本書，在老照相簿裡鑽研太久，出來透口氣。跟大家一起看同一頭條新聞，有「天涯共此時」的即刻感。手持報紙倒像綁匪寄給肉票家人的照片，證明他當天還活著。其實這倒也不是擬於不倫，有詩為證。詩曰：

人老了大都
是時間的俘虜，
被圈禁禁足。

114. 楊義：〈張愛玲《傳奇》的不安定感〉，〈中央副刊〉，《中央日報》，一九九四年七月十一日，十七版。
115. 彭樹君：〈瑰美的傳奇．永恆的停格——訪平鑫濤談張愛玲著作出版〉，蔡鳳儀編：《華麗與蒼涼》，頁181。
116. 張愛玲：《對照記——看老照相簿》，頁88。
117. 水晶：〈殺風景——張愛玲巧扮「死神」〉，《張愛玲未完》（台北：大地出版社，一九九六年版），頁1～7。

它待我還好——

當然隨時可以撕票。

一笑。[118]

最後，張愛玲去參加那場狂蕩的洋場舞會了嗎？或者一仍以往旁觀自外，在她的生命舞台，繼續扮演「逃走的女奴」？爲什麼是逃走的女奴？說來，張愛玲走上「遊牧」路線端倪早現，《小團圓》中她勾稽以胡蘭成爲底本的邵之雍，抗戰結束以漢奸身分走上了逃亡路線，九莉（張愛玲）有意跟隨，先問他可以去日本嗎？邵計畫走避鄉下，九莉退而求其次仍欲偕行，邵卻答以：「我現在也沒有出路。」九莉再追問能去英美嗎？綜而觀之，張愛玲描繪的這張逃亡網，預示了她日後的逃亡路線與景況：

「能不能到英國美國去？」她聲音極細微，但是話一出口，立即又感到他一陣強烈的恐懼。去做華工？非法入境，查出來是個戰犯。她自己去了也無法謀生，沒有學位，還要著個他。她不過是因爲她母親的緣故，像海員的子女總是面海，出了事就想往海上跑。[119]

至於胡蘭成自傳《今生今世》亦提到：

我們所處的時局亦是這樣實感的，有朝一日，夫妻亦要大限來時各自飛。但我說：「我必定逃得過，惟頭兩年裡要改姓換名，將來與你雖隔了銀河亦必定我得見。愛玲道、「那時你變姓名，可叫張牽，我又叫張招，天涯海角有我在牽招你。」[120]

張愛玲還與胡蘭成說李義山的兩句詩明心，詩曰：

星沉海底當窗見
雨過河原隔座看

而張愛玲始擺出什麼樣的逃亡身影與心理呢？

講到出走，她的一張照片，刊在「雜誌」上的，是坐在池塘邊，眼睛裡有一種驚惶，看

118. 彭樹君：〈瑰美的傳奇．永恆的停格——訪平鑫濤談張愛玲著作出版〉，頁183～184。
119. 張愛玲：《小團圓》，頁245～249。
120. 胡蘭成：《今生今世》（台北：三三出版社，一九九〇年版），頁302～303。

著前面，又怕後頭有什麼東西追來似的。她笑說：「我看看都可憐相，好像是挨了一棒。」她有個朋友說：「像是個奴隸，世代爲奴隸。」我說：「題名就叫逃走的女奴，倒是好。」過後想想，果然是她的很好說明。逃走的女奴，是生命的開始，世界於她是新鮮的，她自個兒有一種叛逆的喜悅。[121]

人生遇合，張愛玲曾是「漢奸的女人」，亦成爲胡蘭成命名的「逃走的女奴」，天涯海角，她是永遠的逃走女奴與牽招者，無論寫作、生活她總是一個人獨立面對，若非有過人的節制、堅持、意向，根本辦不到。她且徹底改寫了她的無地理方位感，在她膾炙人口的〈天才夢〉裡曾自云：「在一間房裡住了兩年，問我電鈴在哪兒我還茫然。我天天乘黃包車上醫院去打針，接連三個月，仍然不認識那條路。」[122]相對她後來一度「天天上午忙搬家，下午遠道上城」，這是她的人生路線「對照記」。就某個層面來，張愛玲曾經想跟隨胡蘭成出逃，最後她的成就證明她跳脫了胡蘭成及「逃走的女奴」宿命，也超越了那條逃亡路線。

但反過頭來說，要了解張愛玲的出走或逃走癥結，朱天文以作家的眼光看出關鍵在「從哪裡出走的？逃亡什麼？」我以爲最原初的出走，應回歸到青年時張愛玲與繼母起衝突遭父親一頓毒打禁閉後她的脫逃計畫：

伏在窗子上用望遠鏡看清楚了黑路上沒有人，挨著牆一步一步摸到鐵門邊，拔出門閂，

> 開了門，……閃身出去……每一腳踏在地上都是一個響亮的吻。[123]

出走正是從這裡開始。而這樣的經驗，值得玩味的是，張愛玲最後竟成別人的逃逸路線及想叛逃的對象。[124]

釐清了張愛玲從哪裡出走，接下來我們才好討論「逃亡什麼」？逃避什麼？本文欲舉義大利作家卡爾洛・萊維（Carlo Levi）對勞倫斯・斯特恩（Laurence Sterne）小說《項狄傳》（*The Life and Opinions of Tristram Shandy*）的分析爲例，萊維認爲斯特恩利用離題或插敘的策略，推遲結尾，他在作品內部拖延時間，不停地躲避。躲避什麼呢？「當然是躲避死亡」，[125]此處不妨取樣張愛玲的作品比較。如果我們同意張愛玲迴旋、衍生的敘事風格說

---

121. 胡蘭成：〈評張愛玲〉，唐文標編：《張愛玲卷》（台北：遠景出版社，一九八二年版），頁109。原刊《雜誌》一九四四年五月、六月。
122. 張愛玲：〈天才夢〉，頁242。
123. 張愛玲：〈私語〉，《流言》，頁166～167。
124. 如朱天文即說張愛玲超越了要叛逃的人的高度，成了別人頭上的烏雲，遮得地上只有弱草。也已成爲朱自己想叛逃的對象。見朱天文：〈花憶前身：回憶張愛玲和胡蘭成〉，頁281。
125. 卡爾洛・萊維（Carlo Levi）指出：「一切手段一切武器都可以用來逃避死亡，逃避時間。」引自伊塔洛・卡爾維諾：《美國講稿》，頁47。

法，那麼，再進一步看張愛玲作品反複演練的主題——時間與死亡，她生前發表最後的創作《對照記》不僅十足展示了迴旋敘事風格，更以圖片分解時間重組的寫作策略，將家族、人生推遲，重現世人面前，就是這樣的再組與重現，卻不意向人們展示了她一直逃避的東西：

> 我沒趕上看見他們，……他們只靜靜的躺在我血液裡，等我死的時候，再死一次。時間加速，越來越快，繁弦急管轉入急管繁弦。急景凋年倒已經遙遙在望。一連串蒙太奇，下接淡出。

書寫最後，張愛玲自白：

> 以上照片收集在這裡唯一的取捨標準是怕不怕丟失，當然雜亂無章。附記也零亂散漫，但是也許在亂紋中可以依稀看得出一個自畫像來。[126]

以照片及記憶特寫人生，淡入淡出，《傳奇》增訂版封面現代女鬼魂出框，到《對照記》得獎的自拍照是「在老照相簿裡鑽研太久，出來透口氣。」雷諾・柏格提醒我們文學爲生活發明新的可能性，這是德勒茲所關注，以「路線」談論寫作及整體生活。以此脈絡檢視，逃逸路線的運用便隨處可見，而「逃逸路線」最終「蛻化成他者」（becomingother）。[127]無論出走、逃走或遷徙，任何人來到終點都必須停下，與牧遊者的最大差異，我想，多年來，她創造了一個與家無涉卻稱不上是虛擬的收信地址，你以爲她在那裡，她並不在，你以爲她不在，她又在。如果人生是有框架的，這恐怕才是張愛玲這一生以書信建立的最奇特的景框世界。在她寫給夏志清的最後一封信，她再一次向人們展示她多麼心繫那樣的傳奇圖案：「信夾在一張正反面黑色的卡片裡，正面圖案乃一個華麗的金色鏡框，有淡紫色的絲帶，五顆垂珠等物作裝飾。」[128]她且強調：

去年年前看到這張卡片，覺得它能代表我最喜歡的一切。[129]

華麗的金色鏡框、淡紫色絲帶、垂珠裝飾，爲什麼代表「最喜歡的一切」？這裡我們不妨從張愛玲的文字索隱她的微觀世界，在一篇〈忘不了的畫〉散文裡她描述個人的畫觀，其中一張「忘不了的畫」，題名「南京山裡的秋」，或可反證她「最喜歡的一切」由什麼構成：

---

126. 張愛玲：《對照記——看老照相簿》，頁52、88。
127. 雷諾·柏格：《德勒茲論文學》，頁35。
128. 夏志清：〈超人才華，絕世淒涼〉，頁40。

一條小路，銀溪樣地流去；兩棵小白樹，生出許多黃枝子，各各抖著，彷彿天剛亮。稍遠還有兩棵樹，一個藍色，一個棕色，潦草像中國畫，只是沒有格式。看風景的人像是遠道而來，喘息未定，藍糊的遠山也波動不定。因爲那倏忽之感，又像是雞初叫，蓆子嫌冷了的時候的迢遙的夢。[130]

景框內外，遠離中國後，書信搭建的人生以顏色、以景物、以聲音、以事件彷彿只活在信箋大小的地圖上，遙遙呼應這張忘不了的畫作。以視覺以生成書信，推到底，張愛玲始終貫徹其創作路線。

129. 夏志清：〈超人才華，絕世淒涼〉，頁41。
130. 張愛玲：〈忘不了的畫〉，《流言》，頁163。

參

連環套：張愛玲的出版美學

一九九五年後出土著作為例

我想既然將舊作出版，索性把從前遺留在上海的作品選出一本文集，名之爲「餘韻」。

——張愛玲[1]

一套又一套的戲法，突兀之外還是突兀，刺激之外還是刺激，彷彿作者跟自己比賽似的，每次都要打破上一次的記錄。

——傅雷[2]

Michel angelo的一個未完工的石像，題名「黎明」的，只是一個粗糙的人形，面目都不清楚，卻正是大氣磅礴的。

——張愛玲[3]

一、前言，餘韻：相因相襲「連環套」

張愛玲（一九二〇～一九九五）逝世邁向十四年之際，二〇〇九年二月她生前最讓人期待的「自白」體長篇小說《小團圓》毫無預警地堂皇上市。[4]此作張愛玲生前已完成並準備出書，爲何擱置下來，擱置的意涵，後文將作討論。這裡關注的是張對讀者的期待何嘗不明白，一九七九年發表新作〈談吃與畫餅充饑〉她便曾表述：「至少這篇文章可以滿足一部分

---

1. 張愛玲：〈自序〉，《續集》（台北：皇冠出版社，一九八八年版），頁8。
2. 一九四四年一月張愛玲〈連環套〉開始在《萬象》雜誌連載，到五月號刊登了一篇署名迅雨的文章〈論張愛玲的小說〉強烈批判〈連環套〉，迅雨即知名文化評論者傅雷（一九〇八～一九六六）。見迅雨：〈論張愛玲的小說〉，唐文標：《張愛玲研究》（台北：聯經出版社，一九八六年版），頁130。後文皆注傅雷，不另贅述。
3. 張愛玲：〈自己的文章〉，《流言》（台北：皇冠出版公司，一九九一年版），頁20。
4. 張愛玲對「自白」文章可以滿足讀者的好奇心這點，頗有概念，她將新舊作〈談吃與畫餅充饑〉、〈羊毛出在羊身上〉等六篇散文，及小說〈五四遺事〉編爲《續集》出版，張愛玲序文談到〈談吃與畫餅充饑〉：「多數人印象中以爲我吃得又少又隨便，幾乎不食人間煙火，讀後大爲驚訝，甚至認爲我『另有一功』。」接著稱：「這種自白式的文章只是驚鴻一瞥，雖然是頗長的一瞥。」但張愛玲也做了相當程度的批判：「作者借用書刊和讀者間接溝通」，爲什麼「享受不到隱私權?」見張愛玲：《續集》，頁6～10。

訪問者和在顯微鏡下『看張』者的好奇心。」[5]舊作出土，出版不斷「更新」之舉，誠然「彷彿作者跟自己比賽似的，每次都要打破上一次的記錄。」[6]譬如上海時期的《傳奇》易名《回顧展——張愛玲短篇小說集》、《十八春》改寫爲《半生緣》，〈金鎖記〉（一九四三）更是一個原樣故事，《怨女》（一九六六）*Pink Tears*、*The Rouge of the North* 都脫胎於〈金鎖記〉，張對此現象曾有「先後參看或有獵奇的興趣」[7]的說法，但《張看》（一九七六）、《惘然記》（一九八三）《續集》（一九八八）及《餘韻》（一九八七）都是新舊作結集，說明了張一九七〇年代中期至一九八〇年代末創作難以持續，而舊作相繼出土，於是便反映在這種出版時程銜接上的綿延狀態上，對此結果張的態度是：「不收也禁絕不了。」[8]但張愛玲的讀者再沒料到這齣戲碼並不因她去世而結束，一次次面對她逝後源源出土的〈同學少年都不賤〉、〈鬱金香〉、〈重訪邊城〉等，讓人不得不相信「更新」眞是張難以擺脫的出版宿命，加上國際大導演李安的《色戒》（二〇〇七）改編自她的〈色，戒〉[9]叫好叫座外更引發討論風潮，[10]李安因而被視爲張愛玲進入影像時代的最佳推手。不同場域的看張，開啓了張作「相因相襲，輾轉相成」[11]的創作意境及獨門美學，環環相扣，誠然是「連環套」。

「連環套」意象其實其來有自，始於一次的「未完成」的創作事實，篇名就叫〈連環套〉，張愛玲對「未完成」手法的視角別於一般，她在〈自己的文章〉裡藉文藝復興時期藝術家Michelangelo一個粗糙人形未完工的石像傳達己見：「題名『黎明』的，只是一個粗糙的人形，面目都不清楚，卻正是大氣磅礴的……使人神往。」[12]未完成的作品，寓意「黎明」新生，深化內在使人神往，張愛玲是意在言外。以上梳理了張愛玲的創作歷程及關鍵聯

---

5. 張愛玲：〈自序〉，《續集》，頁8。
6. 傅雷：〈論張愛玲的小說〉，頁130。
7. 夏志清：〈張愛玲給我的信件〉〉，《聯合文學》第一五〇期（一九九七年四月），頁58。
8. 張愛玲：〈惘然記〉，《惘然記》（台北：皇冠出版公司，一九八三年版），頁5。
9. 李安電影《色｜戒》用的標點，與原著〈色，戒〉不同，關於使用標點符號，張愛玲在〈對現代中文的一點小意見〉裡提到，她說明「色」與「戒」是兩件事，她原想的篇名是〈色，戒〉，但「逗點似乎狹義化了」，於是寫成〈色、戒〉，後來小說在預告時又誤植爲〈色・戒〉，出版時還原爲〈色，戒〉，李安用｜是體察張愛玲區隔的原意，既像線裝書的印刷體，也像線裝書裡中間的那條裝訂線。見張愛玲：〈對現代中文的一點小意見〉，《沉香》（台北：皇冠出版公司，二〇〇五年版），頁24～25。李達翰：《一山走過又一山——李安・色戒・斷背山》（台北：如果出版社，二〇〇七年版），頁436。
10. 李安《色｜戒》以六億五千萬台幣票房名列二〇〇七年台灣十大賣座影片第四名，也是唯一入列的華語片，更締造了李安個人紀錄。影片中的激情戲在網路曝光後，新浪網資料兩天即有三十萬次點擊率。截自http://ent.sina.com.cn/m/c/2007-12-19/09511841151.shtml
11. 此句爲王德威詞語。見王德威：〈張愛玲再生緣——重複、迴旋與衍生的敘事學〉，劉紹銘、梁秉鈞、許子東編：《再讀張愛玲》，頁7。
12. 張愛玲：〈自己的文章〉，頁20。

結，接著，我們才好切入〈連環套〉事件。

〈連環套〉取材張好友炎櫻的父輩朋友潘那磯的故事，潘那磯是印度人，聽說炎櫻進了港大，以長輩身分招待看電影，炎櫻拉張愛玲一道去，兩人在「烏七八糟，目不暇給」的電影院廣告招牌下，迎上「瘦得只剩下個框子」、活像「毛姆小說裡流落遠東或南太平洋的西方人」潘那磯，[13]這段對比手法充滿電影感，潘那磯只有買兩張票及煎麵包的錢，無言而窘迫的將票及點心塞給炎櫻轉身便走，兩人進得電影院：

> 是老式電影院，樓上既大又坡斜得厲害，……在昏黃的燈光中，跟著領票員爬山越嶺上去，……往下一看，密密麻麻的樓座扇形展開，「地陷東南」似的傾塌下去。下緣一線欄杆攔住，懸空吊在更低的遠景上，使人頭暈。……開映後，銀幕奇小，看不清楚，聽都聽不大見。在黑暗中她遞了塊煎麵包給我，拿在手裡怕衣裳上沾上油，就吃起來，味道不錯，但是吃著很不是味。吃完了，又忍耐著看了會電影，都說：「走吧，不看了。」[14]

潘那磯給小說起了個頭，也由他帶出了其他角色，潘那磯從前生意做得很大，陰錯陽差栽到麥唐納太太手上，麥唐納太太廣東籍養女出身，先跟過印度人，後來遇上蘇格蘭人麥唐納，從此自封麥唐納太太，有個十五歲的中印混血女兒宓妮，麥唐納太太對潘那磯示好不成，潘那磯看上的是宓妮，宓妮婚後「二十二歲就離婚，有一個兒子，不給他，也不讓見面。他就喜歡這兒子，從此做生意倒楣。」日後張愛玲回滬見著了麥唐納太太：「生得高頭大馬，長方臉薄施脂粉，……嗓音微啞，有說有笑的，眼睛一瞇，還帶點調情的意味。」宓妮有樣學樣，「嫁了她兒子的一個朋友湯尼，年紀比她小，三個人在一起非常快樂。」[15]這段充滿動物求偶的故事在張愛玲「腦子裡也潛伏浸潤了好幾年。」[16]一場臨時的邀約，一部未看完的電影，張愛玲以麥唐納太太母女婿三人入題，寫成〈連環套〉。麥唐納太太在〈連環套〉成了賽姆生太太，閨名霓喜，造就麥唐納太太連環套般人生的要素是動物腺體，張愛玲如此形容：

> 她的臉龐與脖子發出微微的氣味，並不是油垢，也不是香水，有點肥皂味而不單純的是肥皂味，是一隻洗刷得很乾淨的動物的氣味。人本來都是動物，可是沒有誰像她這樣肯定地是一隻動物。[17]

---

13. 張愛玲：〈自序〉，《張看》，頁6。
14. 張愛玲：〈自序〉，《張看》，頁7。
15. 有關對麥唐納太太的敘述，見張愛玲：〈自序〉，《張看》，頁8～9。
16. 張愛玲：〈自序〉，《張看》，頁9。
17. 張愛玲：〈連環套〉，《張看》，頁15。

動物般的窺覬一切，充滿算計，加上養女身世，霓喜因此得不到正式的名份，這如「殘羹冷炙」的愛，「到底是悲愴的」。[18]她也自陳這篇小說「主題欠分明」，這牽涉到寫作立場：「寫小說應當是個故事，讓故事自身去說明，比擬定了主題去編故事要好些。」張的敘事交待了故事的來源與虛構〈連環套〉的難度，霓喜的故事自我衍化，因此「寫了半天還沒寫到最初給我印象很深的電影院的一小場戲。」[19]

關於轉換書寫/記憶題材，德勒茲（Gilles Deleuze）告訴我們，這樣的感知與記憶需要起到現實性延續作用，聯結成爲共存。[20]亦即德勒茲所闡述創作、電影、圖像、照片等，都展示了與人生平行的再生產系統。[21]這樣的「再生產」意象，一如她小說中形容逆歷史時間的人物，是「酒精缸裡泡著的孩屍」[22]不斷投射張的著作，也形成其獨特的出版美學。

表面上張愛玲耽溺於傾塌、懸空、遠景、小銀幕、聽不眞切的時空記憶，事實上，文本的再生產，涉及的是共存、延續感知記憶到書寫的返復，法國社會學家布爾迪厄（Pierre Bourdieu）「文化再生產」（Cultural reproduction）的理論早爲大家熟知，亦即文化生命有自我生產、自我創造、自我更新的能力，《傳奇》中小說的多重互涉即是明證，但〈連環套〉的難題是，故事是輾轉得來，「他者」如何居間仲介掌握距離？眾所周知張作文本多來自家族友朋，[23]這些故事已內化爲她創作的母題，扭曲的生活、家族的勾心鬥角、不在場的父母……都成「合媒與頡抗」的素材，角色方面，張旁觀自外既近且遠探視鏡取像〈私語〉的父母姑姑、〈金鎖記〉的曹七巧擬像自舅公李國熙的媳婦、〈花凋〉的川嫦是舅舅家的表妹等，都成張的名篇，支撐了整本《傳奇》的傳奇性。列維納斯（Emmanuel Levinas）所謂近身持有（a hold on matter）[24]的立即性在於：不得不（對其）書寫，不得不（與其）抗衡，不得不回望生命中的掙扎意識（consciousness），據此拉開「事後」（posterior）凝視

18. 張愛玲：〈自己的文章〉，頁24。
19. 張愛玲：〈自序〉，《張看》，頁9。
20. 吉爾・德勒茲（Gilles Deleuze）著，姜寧輝譯：《普魯斯特與符號》，（上海：譯文出版社，二〇〇八年版），頁58～59。
21. 德勒茲（Gilles Deleuze）著，黃建宏譯：〈第一章關於運動的諸項論點〉，《電影I：運動—影像》（台北：遠流出版社，二〇〇三年），頁30～31。
22. 張愛玲：〈花凋〉，《回顧展II》（台北：皇冠出版公司，一九九一年版），頁431。
23. 遠的不論，近如二〇一〇年四月出版的張愛玲英文小說*The Fall of Pagoda*，書名早在一九六〇年代張愛玲已自譯爲《雷峰塔坍下來了》，見林以亮（宋淇）：〈談張愛玲的新作《怨女》〉，《皇冠雜誌》第一五二期（一九六六年二月），頁155。*The Fall of Pagoda*英文直譯是「寶塔之傾」，爲什麼叫雷峰塔？根據小說家李黎考證，也有胡蘭成的影子：胡蘭成在《今生今世》裡寫過雷峰塔——「我在杭州讀書時，一個星期六下午在白堤上，忽聽一聲響亮，靜慈寺那邊黃埃衝天，我親眼看見雷峰塔坍倒。」見李黎：〈翻來覆去——雷峰塔對照記〉，載自http://blog.chinatimes.com/lilily/archive/2010/07.03/514111.html。
24. Levinas, Emmanuel. "The Dwelling." Totality and Infinity. Trans. Alphonso Lingis. Pennsylvania: Duquesne UP, 1969. pp.152-74.

〈其〉的距離，進而得以擁有「時間」（time）。張的書寫美學來自她的人生態度，標示了一代族親在她筆下「時間將會是作家創造出的另種秩序」的樣式，[25]近身持有，張愛玲得以顛覆並抗衡「共存」記憶，但她和炎櫻的交誼既難顛覆抗衡也缺乏掙扎的正當性，友情遂成爲一種忌諱，在故事外圍打轉也就難免了。總之〈連環套〉在《萬象》邊寫邊登，第五期突然冒出一篇署名迅雨（傅雷，一九〇八～一九六六）的〈論張愛玲的小說〉，先是讚美張愛玲〈金鎖記〉是「文壇最美的收穫」，隨即筆鋒一轉：「如果沒有〈金鎖記〉，也不致把〈連環套〉批評得那麼嚴厲。」[26]〈連環套〉下期即腰斬，第七期張愛玲回應〈自己的文章〉，未交待不寫下去的理由。直到多年後〈連環套〉在《幼獅文藝》（第二四六期，一九七四年六月）重刊，張愛玲才在書信中對夏志清示意：「寫得太壞寫不下去」，總之是「多產的教訓」，[27]且自評「通篇胡扯」、「不禁駭笑」，歸結爲：「這些年來沒寫出更多的〈連環套〉，始終自視爲消極的成績。」[28]換言之，〈連環套〉成了張創作的罩門，雖然夏志清護張，呼籲讀者勿爲她誤導，應參閱〈自己的文章〉做判斷，至於傅雷後續怎麼想已無法得知，確定的是若非傅雷引發的連鎖效應，就沒有本文「相因相襲，輾轉相成」的觀察與靈感。

　　回到傅雷的評論，他指陳〈連環套〉與眞實脫序，小說裡對史實的鋪排把半世紀前香港女修院內幕寫得「更近於歐洲中世紀的醜聞」，此外語句用語過時且模糊：「至少也不該把純粹《金瓶梅》《紅樓夢》的用語，硬嵌入西方人和廣東人嘴裡。」[29]不虧是高手過招，虛問虛答行雲流水中暗藏音韻，張愛玲回應文章〈自己的文章〉從史實切入自述創作──人生美學，扣緊新舊交遞時代，回憶與現實之間尷尬的不和諧體會，「模糊」緣於世間沒有絕對的秩序，「斬釘截鐵的事物不過是例外」，而回憶並不等於現實，她運用一種「古老的記憶」的敘事手法使之更接近眞實，而創作就是創作，不等於現實：

> 人是生活於一個時代裏的，可是這時代卻在影子似地沉沒下去，人覺得自己是被拋棄了。爲要證實自己的存在，抓住一點眞實的，最基本的東西，不能不求助於古老的記憶，人類在一切時代之中生活過的記憶，這比瞭望將來要更明晰、親切。於是他對于周圍的現實發生了一種奇異的感覺，疑心這是個荒唐的，古代的世界，陰暗而明亮的。[30]

---

25. 此處事後、凝視、距離觀點，引用岳宜欣：〈回家最好趕在天黑以前──蘇偉貞《離開同方》裡的空間、語言、與居家〉，列維納斯（Emmanuel Lévinas）研討會，成功大學外文系主辦，二〇〇九年五月九日。
26. 傅雷：〈論張愛玲的小說〉，頁124。
27. 夏志清：〈張愛玲給我的信件（八）〉，《聯合文學》第一五九期（一九九八年一月），頁142。
28. 張愛玲：〈自序〉，《張看》，頁10。
29. 以上皆引自傅雷：〈論張愛玲的小說〉，頁131。
30. 張愛玲：〈自己的文章〉，頁19～20。

對於傅雷「與眞實脫序」的批評，張愛玲的回答是層層相扣自有主意：

我不把虛僞與眞實寫成強烈的對照，卻是用參差的對照的手法寫出現代人的虛僞之中有眞實，浮華之中有素樸，因此容易被人看做我是有所耽溺，流連忘返了。

我的作品，舊派的人看了覺得還輕鬆，可是嫌它不夠舒服。新派的人看了覺得還有些意思，可是嫌它不夠嚴肅。但我只能做到這樣，而且自信也並非折衷派。我只求自己能夠寫得眞實些。[31]

張的回應如今已成張學圭臬，說來張不得不回應不得不放棄〈連環套〉，多少體察到這篇評論在當時出現的嚴肅性，引發她洄游己身處境與書寫作出思考，導致小說雖未完成，但這樣的對話反而突顯了〈連環套〉文本的重要與完整性。本文因此有意回到〈連環套〉創作原初，探討〈連環套〉事件如何啓動了日後的出版路徑，發微爲敘事美學，我們更好奇的是，如同從〈連環套〉事件借來巨力，張愛玲啓動了一個奇異的樞紐，打通眞實/虛構、自傳/素材的逆轉機制，她的創作成爲一種運動，組構了一個存在於眞實時間（du temps réel）及感知的普遍時間（le temps universel）之間的世界：[32]

〈連環套〉裡有許多地方襲用舊小說的詞句——五十年前的廣東人與外國人，語氣像

> 《金瓶梅》中的人物；……我當初的用意是這樣：寫上海人心目中的浪漫氣氛的香港，已經隔有相當的距離；五十年前的香港，更多了一重時間上的距離，因此特地採用一種過了時的辭彙來代表這雙重距離。[33]

拉出雙重距離，即傳達了作者的創作手法，這同時也是她的人生姿態了。關於這樣抽離提取的作品，德勒茲（Gilles Deleuze）和迦塔利（Felis Guattari）稱之爲「聚合體」（bloc de sensations）[34]「聚合體」在藝術形式上接近紀念碑（monument en vibration）的意義，這裡要強調的是，張愛玲並不打算寫「時代的紀念碑」那樣的作品，她著重的是用參差對照的手法：「描寫人類在一切時代之中生活下來的記憶。而以此給予周圍的現實一個啓示。」[35]但不爭的是，張雖無意寫「紀念碑」般的作品，卻以自身搭建起一座時代的紀念碑，恐怕是

---

31. 張愛玲：〈自己的文章〉，頁21。
32. 德勒茲（Gilles Deleuze）著，黃建宏譯：〈時間晶體〉，《電影II：時間—影像》（台北：遠流出版社，2003年），頁776～778。
33. 張愛玲：〈自己的文章〉，頁24。
34. 吉爾・德勒茲（Gilles Deleuze）、菲力克斯・迦塔利（Felis Guattari）著，張祖建譯：〈感知物、情態和概念〉，《什麼是哲學》（長沙：湖南文藝出版社，二〇〇七年版），頁434～440。
35. 張愛玲：〈自己的文章〉，頁20。

她始料未及的事了。

張愛玲書寫象徵如此繁複，抵線性時間輾轉壯大的特質，如前文所述本文有意針對張愛玲遺作/舊作區塊展開研究，初步規畫兩條出版線索分擊合流，一條線索集中新出爐的《小團圓》，另一條線索探討張愛玲一九九五年逝世後出土的作品，以〈一九八八～？〉、〈同學少年都不賤〉、〈鬱金香〉、〈重訪邊城〉爲主，先深入分析文本縐折了哪些前作影子，又怎麼成爲了「出土文物」，期以合流兩條線索組構張愛玲創作/出版生生不息的關鍵，如何藉由著作及出版行爲不斷與華文讀者/當代小說作家形成對話。首先，文本生產涉及了「組構」（composition）的美學與元素，德勒茲（和迦塔利）告訴我們，組構在某種意義上來看如同堆砌一間房子，爲了組構故事情節，需要「框架」（cadre）、「骨架」（armature）、「磚面」（pan），「磚面」的意義可解爲「某種牆面，但也是某種地面，門面，窗面，鏡面……」[36]路況在探討王家衛電影《花樣年華》推崇該片是「組構」理論的最佳例示，有助於我們理解「磚面」何以也是某種地面，門面，窗面，鏡面……，他指出《花樣年華》中風格化構圖的框架鏡頭正是一種美學的「磚面」，甚至於影片中「斑駁舊牆上陳年的廣告招貼、穿過房門玄關的甬道走廊，……」[37]都可視爲不同樣式的「磚面」，這樣的組構觀，亦可用於張愛玲創作歷程，我們很容易便釐清《小團圓》、〈一九八八～？〉、〈同學少年都不賤〉、〈鬱金香〉、〈重訪邊城〉等都是文本再生產的「磚面」與素材，正是透過這些組構合流，她才創造出與她的讀者不斷對話的奇觀。

二、合媒與頡抗：對創作苛求，而對原料非常愛好

「一切好的文藝都是傳記性的。」當然實事不過是原料，我是對創作苛求，而對原料非常愛好，並不是「尊重事實」，是偏嗜它特有的一種韻味，其實也就是人生味。[38]

我一直認爲最好的材料是你最深知的材料。[39]

首先，在對《小團圓》進行析論前，爲了論述順利，有必要交待《小團圓》角色及故事。《小團圓》女主人公是知名的作家、編劇盛九莉（張愛玲），文中最讓人「期待」的角色是風聞盛九莉名頭尋上門的漢奸邵之雍/前夫胡蘭成，張愛玲小說夙有所本的痕跡，《小

---

36. 吉爾・德勒茲、菲力克斯・迦塔利著：〈感知物、情態和概念〉，頁462～473。
37. 路況：〈書寫六〇年代香港的「騎士愛」——論王家衛的《花樣年華》〉，《電影欣賞》第一〇六期（2001, winter），頁73～74。
38. 張愛玲：〈談看書〉，《張看》，頁189。
39. 張愛玲與宋淇信件討論引自宋以朗：〈《小團圓》前言〉，張愛玲：《小團圓》（台北：皇冠出版公司，二〇〇九年版），頁5～8。

團圓》也不例外，文本不脫〈私語〉、《對照記》、〈鬱金香〉，印證了張一向對眞實與「共存」記憶的興趣，這正是〈連環套〉的宗旨，因此故事腳本外，角色的安排上也有一貫的人物對照組：楚娣／姑姑、蕊秋／母親、比比／炎櫻、九林／張子靜、乃德／父親、文姬／蘇青、荀樺／柯靈（高季琳，一九〇九～二〇〇〇）、燕山／桑弧、汝狄／賴雅（Ferdinand Reyher, 1891-1967）等，錯綜複雜的故事網主要集中盛九莉、楚娣、蕊秋的亂世情緣，可說是張對親情、友情、愛情的大顛覆，不說盛九莉、楚娣、蕊秋母女／甥姪／姑嫂多角糾葛，鋪設一個又一個陰影，直逼「黑幕」小說的內容，是隱喻磚面，也是小說的「框架」、「骨架」。這裡不妨截取一段邵之雍積極追求九莉的故事來理解何謂「磚面」，九莉因邵之雍而初嘗男女之事，但邵性關係混亂經驗豐富，九莉內心的煎熬與難言，張筆下的這段描寫最能界定兩人的關係：

> 他們在沙發上擁抱著，門框上站著一隻木雕的鳥。……雕刻得非常原始，也沒加油漆，是遠祖祀奉的偶像？它在看著她。

組構兩人情慾象徵的「磚面」正是「木雕鳥」，類似的「磚面」十餘年後九莉於美國懷孕時再度出現，這次九莉懷上汝狄的孩子，拖到四個月身孕才找密醫打胎催生，從下午直到晚上胎兒才由下體排出，漫長的等待，記憶重返：

NK
JBLISHING

讀者服務卡

您買的書是：______________________________

生日：　　年　　月　　日

學歷：□國中　□高中　□大專　□研究所（含以上）

職業：□軍　□公　□教　□商　□農

□服務業　□自由業　□學生　□家管

□製造業　□銷售員　□資訊業　□大衆傳播

□醫藥業　□交通業　□貿易業　□其他______________

購買的日期：______年______月______日

購書地點：□書店　□書展　□書報攤　□郵購　□直銷　□贈閱　□其他

你從哪裡得知本書：□書店　□報紙　□雜誌　□網路　□親友介紹

□DM傳單　□廣播　□電視　□其他

你對本書的評價：（請填代號　1.非常滿意　2.滿意　3.普通　4.不滿意　5.非常滿意）

內容______封面設計______版面設計______

讀完本書後您覺得：

1.□非常喜歡　2.□喜歡　3.□普通　4.□不喜歡　5.□非常不喜歡

您對於本書建議：

感謝您的惠顧，為了提供更好的服務，請填妥各欄資料，將讀者服務卡直接寄回或傳真本社，我們將隨時提供最新的出版、活動等相關訊息。

讀者服務專線：（02）2228-1626　讀者傳真專線：（02）2228-1598

夜間她在浴室燈下看見抽水馬桶裡的男胎，在她驚恐的眼睛裡足有十吋長，畢直的欹立在白磁壁上與水中，……一雙環眼大得不合比例，雙眼突出，抿著翅膀，是從前站在門頭上的木雕的鳥。

甚至邵之雍描述被狐狸精附身病死的第一任妻子的言詞，讓九莉覺得「整個的中原隔在他們之間」，遠得使她心悸，她感覺：

木雕的鳥仍舊站在門頭上。[40]

木雕鳥除了隱喻張內心有翅難飛，也有觀察戒訓的意味，（它在看著她）以及張也提到的「遠祖祀奉的偶像？」語氣雖帶著質疑，但「偶像」說在中國是很普遍的信仰，質疑歸質疑，卻是民族集體意識的一部分，這個偶像，除了胡蘭成還會是誰？張愛玲對偶像是有意識的，譬如她眼中的胡適是一座有「黏土腳」的古銅半身雕像，[41]而宋淇曾反過來提醒她「現在是偶像」，[42]諷刺的是，胡蘭成小說裡無所不在，甚至千里迢迢追到美國，神祇般監控九

40. 以上有關木雕的鳥的引文分別出自張愛玲：《小團圓》，頁177、180、188。

莉。一段難堪的過去，張愛玲不僅詳實記錄，並拿來與「心懷鬼胎」的胡蘭成聯結。這就不難理解張愛玲處理《小團圓》的內在思維，推論到底，《小團圓》題材反覆、擱置、得失……全繫於胡蘭成，有張愛玲給宋淇信件爲證：

> 趕寫《小團圓》的動機之一是朱西甯來信說他根據胡蘭成的話動手寫我的傳記，……[43]

> 《小團圓》是寫過去的事，雖然是我一直要寫的，胡蘭成現在台灣，讓他更得了意，實在不犯著，所以矛盾的厲害，一面補寫，別的事上還是心神不屬。[44]

其時胡蘭成在台灣，他筆下的「我妻張愛玲」[45]標記了兩人的關係，擊中了張「心神不屬」的要害，張「矛盾的厲害」之餘，偏偏繫於「《小團圓》因爲情節上的需要，無法改頭換面」，於是「以後再考慮一下，稿子擱在你們（宋淇）這裡好了。」出版便「延異」（différer）了下來。嚴格說來《小團圓》的內容多是老梗，但它最出人意表的地方，是對角色的大翻案，這也透露了《小團圓》再生產的玄機是人物，簡單說，主要集中在姑姑、母親、柯靈、桑弧、胡蘭成身上，以往讀者學者著墨甚深的母女姑侄之情，是張比較浪漫的書寫，幾乎全被《小團圓》推翻，小說描述的母不母女不女父不父夫不夫友不友，簡直無父母見佛滅佛，[46]一般作家避之不及的「黑幕」，張是直說不諱，〈私語〉裡張自揭家庭醜陋面，那次她對自己有多殘酷，《小團圓》以倍數不斷複製分裂這份殘酷。[47]人物是推動情節的要素，張人物先行的意圖十分明顯，於是胡蘭成有了另一種面貌：「裡面對胡蘭成的憎笑也沒有像後來那樣。」也就是說張合盤托出人物的底蘊成為組構小說的磚面，張也才掌握舊

41. 張愛玲：〈憶胡適之〉，《張看》，頁150。
42. 宋以朗：〈《小團圓》前言〉，頁10。
43. 此信寫於一九七五年十月十六日，見宋以朗：〈《小團圓》前言〉，頁5～8。
44. 此信寫於一九七五年十一月六日，見宋以朗：〈《小團圓》前言〉，頁5～6。
45. 不說胡蘭成的《今生今世》有張愛玲，那些年他寫張愛玲的文章發表不少，如胡蘭成：〈胡蘭成筆下的「我妻張愛玲」〉，《春秋雜誌》，二一卷三期，（一九七三年二月），頁20～28。胡蘭成：〈民國女子張愛玲〉，《大成雜誌》，第九四期，（一九八一年四月），頁50～57。不僅於此，張愛玲去世，《傳記文學》更重刊胡蘭成：〈胡蘭成筆下的「張愛玲記」〉，《傳記文學》總四〇一期，（一九九五年十月），頁71～80。
46. 大陸學者金宏達評論《小團圓》，指張愛玲處理書中人物讓人看到「她六親不認，無父無母」，直如「黑幕小說」的「假小說以施誣衊」、「醜詆私敵，等於謗書」。見金宏達：〈《小團圓》與真實人生：張愛玲「自跳脫衣舞」〉，《北京晚報》，二〇一〇年三月十二日。
47. 小說家袁瓊瓊指出《小團圓》裡的張愛玲（九莉）多心多疑，姑姑、母親，甚至炎櫻都另有面貌，認為張愛玲「書寫時的殘酷，在《小團圓》裡，針對了她自己。」見袁瓊瓊：〈多少恨：張愛玲未完〉，〈讀書人〉，《聯合報》，二〇〇九年三月八日。

材料寫出了新意，張愛玲立意非常清楚：

我寫《小團圓》並不是為了發泄出氣，我一直認為最好的材料是你最深知的材料。[48]

《小團圓》是張最深知的材料，《小團圓》裡盤根錯節的人物關係宛如家族複調大合唱，譜寫張人生／著作的奇觀，我以為她奉行的是舊小說鋪開來平面發展的筆法：

深入淺出，是中國古典小說的好處。舊小說也是這樣鋪開來平面發展，人多，分散，只看見表面的言行，沒有內心的描寫，與西方小說的縱深成對比。[49]

從篇幅分析，小說自一百六十三頁邵之雍首度登場到三百二十五頁終篇，一半篇幅寫他，因此「索隱的最終意義，當然是在邵之雍出場後才呈現的」，[50]說明了邵之雍才是調度大批人馬後的領銜男主角與書寫對象。胡蘭成情路左右逢源，《今生今世》裡早不避諱，《小團圓》表面上透過楚娣、蕊秋的觀感呈現胡的樣貌，但小說的延遲出版，才眞正說明最終的意義根本在「張愛玲怎麼看胡蘭成，《小團圓》裡盛九莉就怎麼看邵之雍！」怎麼看呢？張坦言：「《小團圓》是個愛情故事，不是打筆墨官司的白皮書。」愛情是最古老的黏著劑，九莉一副小兒女純情與無措狀：「寫愛情故事，但從來沒戀愛過，給人知道不好。」[51]

黃錦樹指出：「這論證了何以不惜一切愛上顯然不該愛的人。」《小團圓》稱得上是張集所有記憶的合媒與頡抗之大成，之前作品都沒有《小團圓》如此直白具體，尤其對胡蘭成愛的初始對象與性的啓蒙的著墨，完全「平面發展」毫無隱喻，此手法，黃錦樹評價：「對於《今生今世》的虛無縹緲，毋寧是一大嘲諷。」基於這樣的「平面」組構，張才有機會把神祇胡蘭成拉下成爲俗世男女，俗世男女才有的糾葛不堪，袁瓊瓊說的好：「相對《今生今世》裡胡的普世留情，張的深情成爲對她自己的污辱。」指出張愛玲「讓他更得了意」的說法，「是不願讓胡知道他在自己心中的印記多深」，[52]這一次，張不僅超越傳奇與傷害，也回歸她之前對胡蘭成的心事：「見了他，她變得很低很低，低到塵埃裡，但她心裡是歡喜的，從塵埃裡開出花來。」[53]是在這個基礎上，符合了黃錦樹「《小團圓》不是一本怨毒之書」的析論，也見出比較完整的張愛玲的世界，浮現張逆時光而行的冷酷成長小說，「比所有違反她意願出土的少作更有價值。」[54]推遲了四十餘年的創作，倒映著「慢速張愛玲時

---

48. 宋以朗：〈《小團圓》前言〉，頁8。
49. 張愛玲：〈談看書〉，頁194～195。
50. 毛尖：〈所有能發生的關係〉，〈開卷周報〉，《中國時報》，二〇〇九年三月二十二日。
51. 張愛玲：《小團圓》，頁162。
52. 袁瓊瓊：〈多少恨：張愛玲未完〉。
53. 胡蘭成：〈民國女子〉，《今生今世（上）》（台北：三三書坊，一九九〇年版），頁277。

間」，[55]從另一個角度看，延異涉及了書寫的目的，德希達（Jacques Derrida）論書寫的目的在超越書寫，超越書寫的關鍵是作者無限性撕裂自己，通過自身進行多重修改、消耗、遺忘，德希達解釋此爲「延遲自己」（sediffère），[56]其結果是，「延遲是推遲一個行動、暫緩一種已有的、現在的知覺。」[57]《小團圓》的延遲開啓《小團圓》得以完整的、文學的方式逆反出版。

《小團圓》傳記自白體「平面發展」手法，還可聯想羅蘭・巴特（Roland Barthes, 1915-1980）的反對方法主義的寫作立場：

> 未來眞正會引誘我的，將是寫作我所謂的「不成其爲小說的傳奇記載」，沒有人物的傳奇：一種生命的書寫。[58]

張愛玲不加編造的故事文本，選擇勇敢的與自己生命的角色相遇，張愛玲全不逃避：「《小團圓》裡講到自己也很不客氣，這種地方總是自己來揭發的好。」[59]墮胎，楚娣（姑姑）、蕊秋（母親）、留學生簡煒的三角同性/異性戀情及蕊秋和楚娣與侄輩的戀情、九莉跡近變態收藏邵之雍抽過的菸屁股等情節令人目眩神搖，這裡頭沒有「傳奇」，有的是「生命」的書寫，如此赤裸裸的書寫，當年宋淇認爲「大多數的讀者不會同情她（張愛玲）」，[60]新一代讀者毛尖反駁道：「我挺感動的，我覺得讀者能接受這樣的愛情。」她讚揚張愛玲：「至終不出惡聲，非常了不起。」[61]張的著作中，不乏狀寫父母家族的缺點，這「不出惡聲」，打開《小團圓》，恐怕是獨厚胡蘭成，以往胡蘭成在張小說中是缺席的，人們雖臆測〈色，戒〉的男主人公易先生是胡蘭成，畢竟沒有直接的證據，這回《小團圓》裡胡蘭成其人其事成了小說版，而張愛玲在逝後仍在生產作品並且迎來另一時代的讀者，借《小團圓》裡九莉的話：「時間是站在她這邊的。」[62]《小團圓》不寫「傳奇」，弔詭的

---

54. 以上黃錦樹評論見黃錦樹：〈家的崩解〉，〈讀書人〉，《聯合報》，二〇〇九年三月八日。
55. 駱以軍：〈脈脈搖曳的張愛玲時間〉，〈讀書人〉，《聯合報》，二〇〇九年三月八日。
56. 德希達（Jacques Derrida）著，張寧譯：〈愛德蒙・雅貝斯與書的問題〉，《書寫與差異》（台北：麥田出版，二〇〇四年版），頁164～168。
57. 德希達：〈佛洛伊德與書寫舞台〉，《書寫與差異》，頁409。
58. 林志明：〈書寫・想像・自我〉，羅蘭・巴特（Roland Barthes）著，劉森堯譯：《羅蘭巴特訪談錄》（台北：桂冠圖書出版公司，二〇〇二年版），頁1。
59. 宋以朗：〈《小團圓》前言〉，頁6。
60. 關於點名人物頗值得玩味，張愛玲與宋淇爲胡蘭成取了「無賴人」代號，但有時又沒察覺的直呼胡蘭成。宋以朗拿這些信用來佐證《小團圓》出版的正當性，一方面等於直接告訴讀者邵之雍就是胡蘭成，不必猜了，舉例以下這段：「在讀完前三分之一時，我有個感覺，就是第一、二章太亂，……及至看到胡蘭成的那一段，前面兩章所pose的問題反而變成微不足道了。見宋以朗：〈《小團圓》前言〉，頁11。
61. 毛尖：〈所有能發生的關係〉。

是，這回反倒把自己站成門頭上的木雕鳥。

三、多重互涉：以同樣的手法處理不同的題材

接著本節擬從張愛玲一九九五年逝世後出土的著作探究張人生/書寫的美學，以〈一九八八～?〉、〈同學少年都不賤〉、〈鬱金香〉、〈重訪邊城〉爲主。《小團圓》出土，宋以朗積極排定張的著作出版流程，其中最讓人期待的應該是張愛玲、宋淇、鄺文美三人書信集，另外就是張愛玲未發表的三萬字的遊記《異鄉記》，內容爲張愛玲一九四六年溫州探望胡蘭成之紀實，這段旅程片刻已寫進〈華麗緣〉，又幾乎一字不易挪移到《小團圓》第九章，張著文本互涉早有論者專文研究，在互文的基礎上，本節有意聚焦張反覆處理同一素材的寶石切割美學，形成折射與反覆，此藉由不同文本的媒合手法，張愛玲〈寫什麼〉早有昭告：

> 以不同的手法處理同樣的題材既然辦不到，只能以同樣的手法適用於不同的題材上——然而這在實際上是不可能的，因爲經驗上不可避免的限制。有幾個人能夠像高爾基像石揮那樣到處流浪，哪一行都混過？其實這一切的顧慮都是多餘的吧？只要題材不太專門性，像戀愛結婚，生老病死，這一類頗爲普遍的現象，都可以從無數各各不同的觀點來

寫，一輩子也寫不完。[63]

學者王德威曾精闢地指出張愛玲創作中原就生成「踵事增華」的衝動，[64]契合了張愛玲「先後參看或有獵奇的興趣」[65]之言。《小團圓》迴旋出張愛玲生前逝後的出版風格，若再加上其間出土的〈一九八八～？〉、〈同學少年都不賤〉、〈鬱金香〉、〈重訪邊城〉等，有助於印證張創作原初的「連環套」本質，亦說明了張如何遠兜遠轉與讀者形成對話。張在〈自己的文章〉裡曾強調：

> **……讓故事自身給它所能給的，而讓讀者取得他所能取得的。〈連環套〉就是這樣子寫下來的，現在也還在繼續寫下去。……**[66]

---

62. 蕊秋因諸多不名譽的情史，以為九莉知道了並在道德上裁判她，兩人因錢事交手，蕊秋哭而九莉因一味在時間中沉默算是勝家，才有「時間是站在她這邊的」感慨。見張愛玲：《小團圓》，頁11。
63. 張愛玲：〈寫什麼〉，《流言》，頁125。
64. 王德威：〈張愛玲再生緣——重複、迴旋與衍生的敘事學〉，劉紹銘、梁秉鈞、許子東編：《再讀張愛玲》，頁7。
65. 夏志清：〈張愛玲給我的信件〉，《聯合文學》，頁58。

換言之，〈連環套〉雖未完成，從出土著作不斷的角度看，她的確「還在繼續寫下去」。和〈連環套〉一樣，二〇〇五年九月出土的〈鬱金香〉也有個丫頭難以扶正的角色鬱金香，[67]的確鬱金香係阮公館老爺原配的丫頭，原配過世，阮老爺的塡房太太兩個弟弟寶餘、寶初和鬱金香都有牽扯，但終究彼此身分是難以跨越的，阮太太罵寶餘：

阮太太道：「你就是這麼沒長進！人家好好的小姐你就挑精揀肥的，成天的跟丫頭們打打鬧鬧，我的臉都給你丟盡了！」[68]

日後金香嫁了人，丈夫待她不好，生了兩孩子，仍出來做佣人。陳子善指文中對寶初雖然著墨不多，卻有著張愛玲一九五一年離開上海前發表的《十八春》中主人公沈世鈞的雛形，事實上〈鬱金香〉的悵惘之情，更與《半生緣》改寫連載時易名《悃然記》所體現的「只是當時已惘然」互涉。[69]但以角色爲小說命名、婢女身分、少爺老爺調情情節，張愛玲的讀者料必眼熟，〈小艾〉就是現成的例子，出土時張愛玲曾以書面交待〈小艾〉故事原委：

婢女（寵妾的）被姦污懷孕，被妾發現後毒打囚禁，生下孩子撫爲己出，將她賣到妓院，不知所終。妾失寵後，兒子歸五太太帶大，但是他憎恨她，因爲她對妾不記仇，還對她很好。70

這裡又和《小團圓》連結了上，〈小艾〉裡寵妾的婢女生下的兒子，就是《小團圓》裡和蕊秋、楚娣三角暗通款曲的晚輩姪子緒哥哥：

「緒哥哥是三姨奶奶的丫頭生的，」楚娣說，「生了下來三姨奶奶就把她賣到外埠去了，不知道賣到哪裡去了，孩子留下來自己帶，所以緒哥哥恨她。」71

66. 張愛玲：〈自己的文章〉，頁22。

67. 〈鬱金香〉為北京中國現代文學館的學者吳福輝與他指導的博士生李楠的共同發現。一九八四年《中國現代文學三十年》中，論及「孤島」與淪陷區文學，約八百字描述張愛玲，將張愛玲首次寫入大陸文學史，編寫者為溫儒敏、錢理群以及吳福輝。李楠二〇〇三年為其博士論文海派文化研究，翻閱了上海圖書館和國家圖書館館藏六百多種上海小報，是在《小日報》發現署名「張愛玲」的連載小說〈鬱金香〉。

68. 張愛玲：〈鬱金香〉，《重訪邊城》（台北：皇冠出版公司，二〇〇八年版），頁108。

69. 張殿報導：〈張愛玲一九四七年小說大發現張愛玲散佚小說〈鬱金香〉出土〉，〈讀書人周報〉，《聯合報》，二〇〇五年九月二十五日。

70. 皇冠出版編輯部：〈代序〉，張愛玲《餘韻》，頁5。

但〈鬱金香〉出土時《小團圓》尚未面世，故事背景缺乏可徵信的佐證，難免招徠「造假」的批判，事實上用最簡單的邏輯推論，〈鬱金香〉一九四七年五月十六日至三十一日在《小日報》連載，其時張愛玲正在上海，若被冒名，張愛玲豈會不理！此作淹沒於世比較合理的說法是《小日報》的銷量沒打開，連帶《海光》周刊一九四八年十一月三日重刊〈鬱金香〉也沒引起注目。[72]究竟〈鬱金香〉是不是張愛玲作品，不妨就文字、敘述手法分析，前文談到〈小艾〉與〈鬱金香〉都有主子調戲佣人的戲碼，〈鬱金香〉有一段家人都外出應酬了，之後少爺寶餘先回家的描述，充滿了互文性：

寶餘洗了個澡上樓來，穿堂裡靜悄悄黑魆魆的，下房裡卻有燈。他心裡想可會是金香一個人在裡面。……當下把門一推，原來金香……在黯淡的燈光下傴僂著對準窗台上的一面小鏡子，……剛把她的臉全部嵌在那鵝蛋形的鏡子裡，忽然被寶餘在後面抓住她兩隻手，……她也不做聲，只是掙扎著，寶餘的襯衫上早著了嫣紅的一大塊。寶餘哪裡顧得到那些，只看見她手臂上勒著根髮絲一般細的暗紫賽璐珞鐲子，雪白滾圓的胳膊彷彿截掉一段又安上去了，有一種魅麗的感覺，彷彿《聊齋》裡的。寶餘伏在她臂彎裡一陣嗅，被她拚命一推，跌到了一個老媽子的床上去，鋪板都差一點打翻了，他一只白皮鞋帶子沒繫好，咕咚一聲滑落到地下去。[73]

再看〈小艾〉裡小艾與老爺景藩的一段，妻妾皆去看戲，老爺應酬完先回家：

走進院門，走廊上點著燈，一看上房卻是漆黑的，……有一間房裡窗紙上卻透出黃黃的燈光，景藩便踱了過來，把那棉門簾一掀，小艾吃了一驚，聲音很低微地說了聲：「老爺回來了。」……景藩望著她卻笑了，然後忽然換了一種聲氣很沉重地說道：「去給我倒杯茶來！」小艾站住了腳，但是並沒有掉過身來，自走到五斗櫥前面，在托盤裡拿起一隻茶杯，對上一些茶鹵，再沖上開水送了過來，擱在床前的一張茶几上。景藩卻伸著手道：「咦？拿來給我！」小艾只得送到他跟前，他不去接茶，倒把她的手一拉，茶都潑在褥子上了。74

參照以上原型人物的折射、文本互涉，學者鄭樹森說得貞切：「小說出土後其實也不用

71. 張愛玲：《小團圓》，頁158。
72. 張殿報導：〈張愛玲一九四七年小說大發現張愛玲散佚小說〈鬱金香〉出土〉。
73. 張愛玲：〈鬱金香〉，頁100～102。
74. 張愛玲：〈小艾〉，《餘韻》，頁135～137。

找『專家』驗證，不是『祖師奶奶』，還有哪一位呢？」[75]

同樣引發考據熱的還有二〇〇四年二月張愛玲未刊舊作〈同學少年都不賤〉，此作刊登前經我告知皇冠出版社，〈同學少年都不賤〉早在一九七八年八月二十日張愛玲給夏志清信中提及：「〈同學少年都不賤〉這篇小說除了外界的阻力，我一寄出也就發現它本身毛病很大，已經擱開了。」[76]且先不論何種外界的阻力讓張愛玲「擱開」〈同學少年都不賤〉，同封信中張愛玲對夏志清幾篇自傳體散文展示了高度的興趣，「印象最深的是上學沿途家家刷馬桶，看電影廣告多於看電影……」張進一步演繹「我是愛看人生，而對文藝往往過苛」，[77]張愛玲勾聯人生/文學，不同載體的「合媒與頡抗」，張的關注與文本異變功力不容小覷。

〈同學少年都不賤〉集中寫上海時期同窗好友恩娟、趙玨美國異鄉重逢的女性情誼。恩娟早在上海時便嫁給猶太裔汴・李外，新中國成立前移民美國，多年後亦在美的趙玨看到報導，汴・李外成為第一位入內閣的移民，趙玨內心頗不是滋味，但她的丈夫要「回歸大陸」，她必須謀職生活，於是寫信託恩娟找事。隔些時日，恩娟拜訪趙玨，兩人各懷心事敘舊，兩人從中學一路到聖芳濟大學都讀女校，女校同性戀風氣盛，趙玨當年癡戀的對象是赫素容：

> 有一天她看見那件咖啡色的絨線衫高掛在宿舍走廊上曬太陽，認得那針織的纍纍的小

葡萄花樣。四顧無人，她輕輕的拉著一隻袖口，貼在面頰上，依戀了一會兒。

有目的愛都不是眞愛，她想。那些到了戀愛結婚的年齡，爲自己著想，或是爲了家庭社會傳宗接代，那不是愛情。

終因赫素容是左傾職業學生，親近趙玨是有計畫的招兵買馬，讓她很灰心，反觀恩娟就屬於「爲自己著想而結婚」的現實派，姻緣路上恩娟丈夫入了閣，趙玨丈夫放棄教職嚮往社會主義決心回去「建國」，情感上是早已出軌多次，趙玨對恩娟一陣冷嘲熱諷：

現在美國左派時髦，學生老是問他中共的事，他爲自己打算，至少要中立客觀。也許是「行爲論」的心理，裝什麼就是什麼，總有一天相信了自己的話。

「他回大陸大概也是贖罪。因爲那陣子生活太糜爛了，想回去吃苦『建國』。」過飽之後感到幻滅是眞的，連帶的看不起美國。[78]

---

75. 鄭樹森、蘇偉貞對談：〈淒迷魅麗與傾心吐膽〉，〈聯合副刊〉，《聯合報》，二〇〇五年十一月七日八日。
76. 參見《同學少年都不賤》編者的話，張愛玲：《同學少年都不賤》（台北：皇冠出版公司，二〇〇四年版），頁3～5。
77. 夏志清：〈張愛玲給我的信件（十）〉，《聯合文學》一六四期（一九九八年七月），頁140。

比較整篇小說的肌理，張愛玲結合政治與刻畫性愛、寫於同年的〈色，戒〉、〈浮花浪蕊〉都有類似的素材，只是「外界的阻力」究竟何指，這得等到宋以朗公布宋淇與張愛玲的通信，才眞相大白，原來跟《小團圓》一樣，仍是「政治」考量：

> 「同學少年都不賤」一篇請不要發表。現在台灣心中嚮往大陸的知識份子很多，雖不敢明目張膽公開表態，但對反共作家的攻擊，無所不用其極，極盡各種方法打擊。你是自由中國第一位反共作家，自然成爲對象，……同時，它又不比前兩篇好多少，發表之後，你的撐腰人都很爲難。最近一本雜誌公開說McCarthy、Iowa的作家訓練班的學生如余光中、白先勇、王文興等都是特務。所以妳千萬不必提起McCarthy和赤地那段往事。[79]

McCarthy即前香港美國新聞處長麥卡錫（Richard McCarthy），一九五二年張愛玲由滬赴港，《赤地之戀》即由新聞處授權寫作，但《赤地之戀》對當時兩岸政治都有著墨，不爲台灣當權所喜，「赤地那段往事」即指此。[80]張愛玲這才憶起一九五二抵港之初，有名女舍監常跟她攀談，就因：「我有共諜嫌疑。」[81]至於〈同學少年都不賤〉不比前兩篇好多少，當指發表於同時的〈色，戒〉（一九七八年十月一日登於《中國時報》）、〈浮花浪蕊〉

（一九七八年七月登於《皇冠雜誌》）。或者受到《赤地之戀》影響，〈色，戒〉、〈浮花浪蕊〉、〈同學少年都不賤〉都有相同的政治習題，始作俑者，正是胡蘭成。可以這麼說，《小團圓》是直描，〈色，戒〉則曲筆寫胡蘭成，都與胡蘭成斯人斯情有關，發不發表關乎的是張的個人感受，前文所說「讓他更得了意」即指此，作品/出版的做張做致，不意成爲對兩人感情及胡蘭成的最佳定位。[82]反觀〈同學少年都不賤〉則涉及美政府，美國是張愛玲最後居留之地，豈能沒有顧忌，這也加重了張逝後小說才重見天日的命運。

從「自述」的角度，〈同學少年都不賤〉其實可以放在《小團圓》書寫的脈絡來檢視，

---

78. 分別引自張愛玲：〈同學少年都不賤〉，《同學少年都不賤》（台北：皇冠出版公司，二〇〇四年版），頁19、41、46～47。
79. 載自http://zonaeuropa.com/culture/index.htm。
80. 七〇年代《赤地之戀》有政治考量未出版，胡蘭成那時正仕台灣，出版胡蘭成《今生今世》（內收以張爲底本的〈民國女子〉）的出版社找上張愛玲要書，謂胡蘭成可以寫序示好，惹惱張愛玲遂交給同樣積極爭取的慧龍出版社，慧龍刪去敏感段落竄改後於一九七八年出版，成爲張愛玲在台除皇冠出版公司外唯一授權的書。皇冠日後解決法律糾紛收回版權，一九九一年出版。見彭樹君：〈瑰美的傳奇．永恆的停格——訪平鑫濤談張愛玲著作出版〉，蔡鳳儀編：《華麗與蒼涼》，頁179～180。
81. 載自http://zonaeuropa.com/culture/index.htm。
82. 袁瓊瓊：〈多少恨：張愛玲未完〉。

張愛玲坦承《小團圓》裡的自我揭發「並不是否定自己」，我以爲張雖不否定，卻有著「放棄自己」的意味，她把未經編造的原料重現，小說中母親、姑姑、家族堂表視亂倫糜爛價值觀爲常態，現實中男女、女女放蕩駭人的人際倫常，父母親自私扭曲與嚴酷考驗兒女的行徑，不僅少見更毫無人性可言。這就讓人想起同樣以家族故事爲本的*Pink Tears*（一九五七）招致出版社的評語：「所有的人物都令人起反感，如果過去的中國是這樣的，豈不連共產黨都成了救星」、「他們所喜歡的往往正是我想拆穿的。」[83]*Pink Tears*可以說因爲時空距離讓外國出版人排斥，但世間存有一種普世價值，也就是說，*Pink Tears*即〈金鎖記〉與《怨女》，《小團圓》不脫這些人物故事，只是整合了胡蘭成這一段，我們也才能明白對*Pink Tears*的反感何來，半個世紀後，張愛玲「想拆穿」的世界，終於現出原形，總算我們這才懂得了一點她的委曲，也更讓我們回頭想起，原來〈同學少年都不賤〉並非唯一政治考量未出版的小說，張對夏志清所提到的「毛病很大」恐怕就指政治元素滲入，這篇小說的書寫目的不明，寫來綁手綁腳，讀來也霧裡看花，少了張一貫綿密與機誚，研究者各自表述，目前有的論文如周芬伶〈芳香的祕教——張愛玲與女同書寫〉、張小虹〈女女相見歡：歪讀張愛玲的幾種方式〉多關注在女同議題，夏志清〈泛論張愛玲的最後遺作〉亦聚焦於此，夏志清不斷張愛玲的知音，旁徵博引〈同學少年都不賤〉趙玨、赫素容、恩娟種種恩怨與時代背景、氛圍，足證張寫〈同學少年都不賤〉是想留下一個眞實的記錄最耐人尋味，當友誼已盡，趙玨辣手絕交，是個「斷情的大題目」，說來說去，是過去友誼的實錄，果然

「一切好的文藝都是傳記性的」，這又扣緊張愛玲「偏嗜原料特有的一種韻味，其實也就是人生味」的書寫本位，但她也告訴我們對原料愛好，「並不是尊重事實」。[84]可惜的是夏志清談述點到爲止，文章留下「以後有機會再暢談」的伏筆。[85]幸好《小團圓》出版，印證夏志清的看法，張的小說一切都指向「眞實的記錄」，這本「眞實的記錄」幾乎破解了張所有作品的謎底，《小團圓》的出版意義也在這裡，《小團圓》因此成爲了一本索隱之書。當年朱西甯有意根據胡蘭成之言爲張愛玲寫傳未果，卻逼出了《小團圓》，也算功德一件了。

如果〈鬱金香〉、〈同學少年都不賤〉是張記錄舊家族小說，那麼〈一九八八～？〉（發表於一九九六年十月《皇冠雜誌》）、〈重訪邊城〉則可視爲回望與回返之作。〈一九八八～？〉發表於張去世周年，並未引發太多關注，題目「一九八八」時間點，有助我們了解文章背景，一九八八年三月張愛玲結束近三年半遷徙流離的汽車旅館生涯暫時安定下來。[86]移動路線有了改變，張因看病得經常搭乘公車。[87]早年的張愛玲是個老記不住家裡

---

83. 夏志清：〈張愛玲給我的信件（五）〉，《聯合文學》第一五五期（一九九七年九月），頁69～70。
84. 張愛玲：〈談看書〉，頁189。
85. 夏志清：〈泛論張愛玲的最後遺作〉，陳子善編：《重讀張愛玲》（上海：上海世紀出版社，二〇〇八年版），頁166～171。
86. 林式同：〈有緣得識張愛玲〉，蔡鳳儀編：《華麗與蒼涼——張愛玲紀念文集》，頁25。

汽車號碼的人，每每「像巡捕房招領的孩子，立在街沿上，等候家裡的汽車夫把我認回去，」[88]時空置換，張愛玲早非當年「天天乘黃包車上醫院去打針，接連三個月，仍然不認識那條路」、「從雙層公共汽車上伸出手摘樹巔的綠葉」[89]的少女。或因如此，以一名等候公車的乘客視角為主題的〈一九八八～？〉顯得與張在美國寫的文章不太一樣，一部分來自張對地理時空的描述，華人同胞的他鄉心事告白少見的成為她「張看」的風景，候車站在洛杉磯市郊衛星城的山谷社區裡：

公車站牌下有只長凳，椅背的綠漆板上白粉筆大書：

Wee and Dee

1988～？

這裡的「狄」與魏或衛並列，該是中國人的姓。在這百無聊賴的時候忽然看見中國人的筆跡，分外眼明。……大概也是等車等得實在不耐煩了，……雖說山城風景好，久看也單調乏味，加上異鄉特有的一種枯淡，……久候只感到時間的重壓，一切都視而不見，聽而不聞，更沉悶的要發瘋。

華人的姓，熟人一望而知是誰，不怕同鄉笑話！這小城鎮地方小，同鄉又特別多。但是他這時候什麼都不管了。一絲尖銳的痛苦在惘惘中迅速消失。……一個割裂銀幕的彩色旅遊默片，也沒配音，在一個蝕本的博覽會的一角悄沒聲地放映，也沒人看。[90]

綠漆板上的粉筆書寫，「君自故鄉來，應知故鄉事」，但這裡留下了一道難解的時間習題，〈一九八八～？〉一九八八跟著未知的破折號加問號，標示了狄與魏或衛猶疑的命運，這對同樣「華僑」身世的張愛玲，是「惘惘的威脅」了。她形容客居異鄉歲月是永無聲息的「旅遊默片」，人生即題材，本文探究張愛玲轉化人生／書寫，關鍵詞之一是「距離」，前文已指出張的作品「既近且遠」的創作姿態，正是運用俄國形式主義「陌生化」（defamiliarization）手法，布萊希特（Bertolt Brecht）在陌生化手法的基礎上，進一步發展戲劇的間離理論，間離的目的阻隔觀眾過於沒入角色，才會對戲中角色所處的環境、事物驚訝，具有帶來陌生化效果的效用，布萊希特重視的是揭示現實而非再現現實，梁慕靈論證張愛玲作品不少有著陌生化手法痕跡而流露了間離意識，[91]提供了我們一個思考角度，說來張

---

87. 張愛玲一九八八年五月八日寫給聯副主編瘂弦的信上提到：「搬到這裡一住定下來就忙著看牙醫，這兩年一直在郊區居無定所，找醫生不太方便。」此處爲參考一九八八年五月八日張愛玲致瘂弦信。
88. 張愛玲：〈童言無忌〉，《流言》，頁7。
89. 張愛玲：〈天才夢〉，《張看》，頁242。
90. 張愛玲：〈一九八八～？〉，《同學少年都不賤》，頁67～69。
91. 梁慕靈：〈「反媚俗」：論張愛玲電影劇作對通俗劇模式的超越〉，《中央大學人文學報》第四〇期（二〇〇九年十月），頁197。

文章中有不少便流露出間離手法，〈洋人看京戲及其他〉裡她採取洋人看京戲的眼光談京戲，「有了驚訝與眩異」，進一步雙重指涉這樣的距離就像華僑「安全地隔著適當的距離崇拜著神聖的祖國」，[92]張愛玲還說，有驚訝與眩異才有明瞭，有趣的是，有一天張愛玲成了她筆下的華僑，這一次是另一層文字與地理的雙重距離書寫浮現了，異鄉情調（exoticism）不再是一個辭語，而是現身說法（lay bare），[93]無怪她捕捉到的是「異鄉特有的一種枯淡」鏡頭，張愛玲凝思異地生活是如此的幽微困乏，〈桂花蒸阿小悲秋〉有著類似的失落：

丁阿小手牽著兒子百順，一層一層樓爬上來。高樓的後陽台上望出去，城市成了曠野，蒼蒼的無數的紅的灰的屋脊，都是些後院子，後窗，後衖堂，連天也背過臉去了。[94]

阿小由鄉下到都市在洋人家幫傭，外國曾經是美好的代名詞：

「謝謝你密西。……不要提，再會密西。」她迫尖了嗓子，發出一連串火熾的聒噪，外國話的世界永遠是歡暢、富裕、架空的。[95]

地理位置上，〈桂花蒸阿小悲秋〉一串關於後院、後窗、後衖堂、天也背過臉去的形容，提供了界線，劃出一個困難的生存空間，說明了阿小的處境。巴克（J.J. Van Baak）把空間分爲三種類型：靜態、動態、虛構，蔣翔華〈張愛玲小說中的表現手法——試析空間〉，將阿小所處時空，歸納爲「靜態空間」（static variant），由人物與空間的互動，探討小人物的都市境遇。96

此處旁及〈桂花蒸阿小悲秋〉，主要比對兩篇小說都顯現了人人都困在一個空間裡，這個空間有時候是異鄉市鎮，有時是異國城邦。阿小到都市謀生，東家的屋子就是外國：

> 這時候出來一點太陽，照在房裡，像紙烟的烟迷迷的藍。榻床上有散亂的彩綢墊子，床頭有無線電，畫報雜誌，床前有拖鞋，北京紅藍小地毯，宮燈式的字紙簍。大小紅木雕花几，一個套著一個。牆角掛一隻京戲的鬼臉子。桌上一對錫蠟臺。房間裡充塞著小趣

---

92. 張愛玲：〈洋人看京戲及其他〉，《流言》，頁107。
93. 這裡借用王德威論「張派作家」蘇童有關鄉愁的句式，見王德威：〈南方的墮落——與誘惑——小說蘇童〉，蘇童：《天使的糧食》（台北：麥田出版，一九九七年版），頁18。
94. 張愛玲：〈桂花蒸阿小悲秋〉，《回顧展I——張愛玲短篇小說集之一》，頁116。
95. 張愛玲：〈桂花蒸阿小悲秋〉，頁121。
96. 蔣翔華：〈張愛玲小說中的表現手法——試析空間〉，《聯合文學》第一一五期（一九九四年五月），頁149～155。

味，有點像個上等白俄妓女的妝閣，把中國一些枝枝葉葉啣了來築成她的一個安樂窩。[97]

張愛玲擅於經營異國情調，但對故鄉的眞實記憶很難捉摸，她曾經如此眷戀家園：「活在中國就有這樣可愛：髒與亂與憂傷之中，到處會發現珍貴的東西，使人高興一上午，一天，一生一世。……我就捨不得中國——還沒離開家已經想家了。」[98]但她離開上海之後，以英文版"A Return To The Frontier"爲底本改寫的〈重訪邊城〉描述了一九六一年秋重臨香港心情，這是她一九五二年離開中國後最接近故土的一次，夜色中「地平線外似有山外山遙遙起伏，大陸橫躺在那裡，聽得見它的呼吸。」談起港報十三妹的專欄有名十九歲讀者和父親從華北逃出，父親遭中共射擊身亡，女孩在香港工作所得只夠租一個床位勉強存活，女孩寫信給十三妹：「請告訴我我是不是應當回大陸去。」應不應當回大陸呢？張愛玲的回答有點火氣：「我的反應是漫畫上的火星直爆，加上許多『！』與『#』。」[99]而〈一九八八～？〉裡毫不帶感情的形容異國生活：單調乏味、枯淡、重壓、沉悶的要發瘋……，張以間離筆觸畫出了一個「安全地隔著適當的距離」，看來「斷情」眞是理解此時期出土作品的主要角度。

但張愛玲並非一向「斷情」如此，她也有浪漫感傷的時候，《小團圓》裡九莉千里溫州探之雍，水陸路長途跋涉，一日投宿某小城：

她從樓窗口看見石庫門天井裡一角斜陽，一個豆腐擔子挑進來。裡面出來一個年青的職員，穿長袍，手裡拿著個小秤，掀開豆腐上蓋的布，秤起豆腐來，一副當家度日子的樣子。

他鄉，他的鄉土，也是異鄉。[100]

這不是胡蘭成的家鄉是哪裡？[101]但此時她筆下的男主人公正亡命天涯，有家難歸，家鄉成了異鄉，接下去的發展世所眾知，張愛玲在溫州見到了秀美，親自見證胡的又一次濫情，

---

97. 張愛玲：〈桂花蒸阿小悲秋〉，頁123。
98. 張愛玲：〈詩與胡說〉，《流言》，頁149。
99. 張愛玲：〈重訪邊城〉，《重訪邊城》，頁36、44～45。
100. 張愛玲：《小團圓》，頁267。
101. 根據胡蘭成記錄張愛玲往溫州探望他，句中有：「愛玲去溫州看我，路過諸暨斯宅祠堂裡演嵊縣戲，她也去看了，寫信給我說：『戲台下那麼多鄉下人，他們坐著站著或往來走動，好像他們的人是不占地方的，如同數學的線，只有長而無闊與厚……。』」見胡蘭成：《山河歲月》（台北：遠流出版公司，一九九〇年版），頁101。看戲這段前文提及張愛玲也寫進〈華麗緣──這題目譯成白話是「一個行頭考究的愛情故事」〉可見這段旅程對張是一個很重要的經驗。

此愛的路線成了斷情路線，回到上海張愛玲下定決心離開胡蘭成，[102]情感的斷情延伸至時空地理的斷裂，從這個角度解讀〈一九八八～？〉文中流露出的荒涼意況，對位的是張眞實的感知，不免令人低迴，這是她將此文默片般埋在故紙堆中的原由？這篇散文雖短，內容卻很緊密，若與〈重訪邊城〉[103]合併著看，字裡行間連貫的異鄉／故鄉的時空思考，對了解張晚期書寫與生活的互動與看待事物的眼光，無疑是很重要的線索。

四、結論：一連串蒙太奇，淡入淡出

有些事是知道得太晚了，彷彿有關的人都已經死了。九莉竟一點也不覺得什麼——知道自己不對，但是事實是毫無感覺，就像簡直沒有分別。感情用盡了就是沒有了。[104]

考據《紅樓夢魘》、國語本及英譯《海上花》、圖文輯錄《對照記》、編寫舞台劇電影劇本《傾城之戀》、《太太萬歲》、《不了情》，張愛玲進出各文類媒材、挪用文學手法焊接各類文本，可謂華文文壇的先驅，前文已有初步描述，以〈鬱金香〉爲例，鄭樹森便有獨到的文本互涉見解，[105]將〈鬱金香〉與書裡出現的三本文學著作《兒女英雄傳》、《雷雨》、《聊齋》文本互爲指涉，點出封建家庭生活的陰暗面；說來《聊齋》的「鬼氣」與張派的聯結，王德威〈女作家的現代鬼話——從張愛玲到蘇偉貞〉早已全面剖析；〈小艾〉裡的老爺景藩不分太太姨太太，讓下人一概稱「東屋太太」、「西屋太太」，典故出自《兒女英雄傳》，也是一種互文。

茱莉亞・克莉斯蒂娃（Julia Kristeva）從巴赫汀（Bakhtin, Mikhail, 1895-1975）理論提領出來的「對話性」（dialogisme）和「互文性」（intertextualité）概念，簡單說，亦即所有的文本皆會與其他文本進行對話，以及如果不設法讓「文本的相互關係」（intertexte）在某個作品中產生迴響，就不可能理解這部作品本身。「『文本的相互關係』指的就是作者所指涉的其他文本，包括明確方式（因爲一位作家涌常會援引許多資料來源），或不言明的方式及不自覺的情況。（某些文本確實與之進行迴響，但作者本人並未予以提及。）」[106]作品又是對話主體，張愛玲小說的重複（reiteration）特質，可說是文本不斷與其他文本互涉與對話。當代最具原創性與論辯能力的哲學家齊澤克（Slavoj Žižek, 1949-）談論文本與其他文

---

102. 張愛玲在給胡蘭成的信中寫道：「你不要來尋我，即或寫信來，我亦是不看了的。」她宣示「我倘使不得不離開你，亦不致尋短見，亦不能再愛別人，我將只是萎謝了。」見胡蘭成：《今生今世》，頁473。

103. 宋以朗推論〈重訪邊城〉是"A Return To The Frontier"（一九六三）的中文還原稿，至少是一九八二年以後開始撰寫，因爲文中引用一九八二年十一月《光華雜誌》中關於鹿港龍山寺的部分。見宋以朗：〈發掘〈重訪邊城〉的過程〉，張愛玲：《重訪邊城》，頁81～85。

104. 張愛玲：《小團圓》，頁194。

105. 鄭樹森、蘇偉貞對談：〈淒迷魅麗與傾心吐膽〉。

本進行對話而衍生出來書寫內容的「重複」，他本身的書寫就是一個現成的例子，齊澤克自言他的《意識形態的客體》（*The Sublime Object of Ideology*, 1989）有三分之二是重複前書，他表示：「我第一次使用一個例子，往往不能完全說透，只有到下一本書，或者更晚，當我再一次用這例證，我才能發掘它潛在的含意。」[107]齊澤克對某一觀點或事件的重複書寫，他說明是受到拉康（Jacques Lacan, 1901-1981）的影響，在拉康有名的邏輯時間的論述中，他已經注意到「重複機制」（Wiederholungszwang）的概念在文學作品中的重要，這個概念是結合並演繹佛洛伊德（Sigmund Freud, 1856-1939）人的無意識（主體位置）是如何通過一個仲介使象徵具有必要性，此處所說的仲介，是事件也是小說情節，亦即前文所談到的事件、情節、人物都是組構的「磚面」，重複機制即通過「重複」組構這些「磚面」而不斷「回返」同一主體，運動中包括了「暫停舉動」，這使得書寫的邏輯辯證分離出三個時間調節：看的一剎那、理解的時刻、結論的時刻，而每一個時間都必須沒入前一個時刻才能存在。[108]齊澤克深受拉康啓發，來自拉康的〈關於《被竊的信》的研討會〉（"Seminar on The Purloined Letter"）的研討會論文，論文中拉康分析愛倫・坡（Edgar Allan Poe, 1809-1849）〈被竊的信〉（"The Purloined Letter"），提出〈被竊的信〉的信件成爲被接近、竊取、轉置、改寫、重複的象徵物。

〈被竊的信〉的關鍵物是一封信，這封信被送到王后手中，內容無人知曉，作者也沒透露，王后正看信時，國王進來，王后顯然不欲國王知道信件內容，便若無其事置於桌上，一旁大臣察言觀色，猜測此信必有內情，於是伺機用另一信調了包，王后眼見大臣明目張膽竊走信件卻無法張聲，她若張聲國王一定會看信，只好事後令警長去偷回信件，警長在大臣家翻遍可能藏匿地方就是找不到信件，無計可施請出私家偵探去找，偵探推理國王來時王后佯裝信件沒什麼而潛意識隨手放置，但王后處心積慮找回信件可見信件不平常，一般人會認為重要的物件一定會藏匿在很隱密的地方，不會注意表面，大臣深諳宮廷行事思唯奧妙，肯定放出人意表處，偵探果然一眼就在壁爐檔案架裡找到，又「竊回」王后的信，也依樣畫葫蘆學大臣自擬一信以為調包。[109]小說除了信件所有樺與隱藏過程情節的重複，拉康還用了一個「letter」的雙關詞，「letter」既指信件又具有「書寫或印刷的字母」意涵，信件的一再被重寫、被竊、被發現的過程，猶如再傳播（re-transmission），符和了創作散布的特性，這個案例結合了文學和精神分析的敘事模式，靠的正是重複的結構、重複行動塑造的主體及體

---

106. 關於「對話性」，克莉斯蒂娃強調的是符號學對話關係的「主體性」，同時又是具有傳達性的作品。見茱莉亞・克莉斯蒂娃（Julia Kristeva）著，吳錫德譯：《思考之危境》（台北：麥田出版，二〇〇五年版），頁50～51。
107. Slavoj Žižek and glyn Daly, *Conversation with Žižek*.London: Polity Press, 2004. p.44
108. 拉康（Jacques Lacan）著，褚孝泉譯：〈邏輯時間及預期定性的肯定〉，《拉康選集》（上海：上海三聯書店，二〇〇〇年版），頁203～220。
109. 拉康（Jacques Lacan）著，褚孝泉譯：〈關於《被竊的信》的研討會〉，《拉康選集》，頁1～56。

察過程。而張愛玲寫作、出版、出土分離出複寫、互文、讀者閱讀的時刻、人們評論的時刻調節，亦證成張愛玲書寫運動獨有的時間節奏，並以此與讀者展開綿延的對話。

巧合的是張對失去信件是有感的，一九八三年她改編自電影《不了情》的小說〈多少恨〉出土，出書時張愛玲透露了一些玄機：

離開大陸的時候，文字不便帶出來，都是一點一滴的普通信件的長度郵寄出來的，有些就涮下來了。[110]

拉康解析〈被竊的信〉後，日後發表〈邏輯時間及預期確定性的肯定——一種新的詭辯〉（"Le Temps Logique et L' assertion de Certitude Anticipée：Un Nouveau Ssophisme"）是重複〈關於《被竊的信》的研討會〉的論述。關於重複理由？齊澤克的申論用了三分之一沒有重複的篇幅，以爲「思考補綴多數的三分之二篇幅」。大陸學者萬書輝指出，這是重返（return to）原初材料的不斷改寫（rewrite），齊澤克的文本中，「重返」爲表現某種形式的溯源，尋找「源頭」得通過重返方法來實現，換句話說，唯有通過「重複」材料，才能回到作品的「初始」（the beginning）。[111]從這個角度看，張愛玲曾寫"A Return To The Frontier"，多年後，她中譯改寫爲〈重訪邊城〉，可見張愛玲著作的重返初始與重複是如何的相因相襲，輾轉相成了。

談到作品的「初始」，就不能不回到《怨女》，《怨女》的再生產，卻是因為《雷峰塔坍下來了》，這裡頭也涉及了張愛玲其實了解人們對她筆下大家庭的黑暗小說的想法，《怨女》一九六六年一月至三月在《皇冠》連載，宋淇說明《怨女》的創作背景，解釋皇冠邀稿，張先寫《雷峰塔坍下來了》：

動手寫了一半以後，她覺得這題材不太合適，因為很容易引起讀者的現成聯想，以為這又是一本暴露大家庭的黑暗小說，然後她決定寫另一個題材。一面寫，一面修改，一共三易其稿，結果就是我們眼前的《怨女》。[112]

張愛玲對《怨女》初始材料的堅持，說到底就是「只想對得起原來的故事」。[113]一如《對照記》同樣說的家族故事，也只一個訴求：「亂紋中可以依稀看得出一個自畫像

110. 張愛玲：〈多少恨〉，《惘然記》，頁97。
111. 有關齊澤克對反覆、重返的論證，參見萬書輝著：〈從探源到悖論：書寫方法的互文性書寫：齊澤克對拉康理論的解釋〉《文化文本的互文性》（成都：巴蜀書社，二〇〇七年版），頁262～263、251～252。
112. 林以亮：〈談張愛玲的新作《怨女》〉，頁155。
113. 夏志清：〈張愛玲給我的信件〉，頁53。

來」，[114]綜合以上，即使她移居海外後個性冷淡孤絕，就作品論作品，她與讀者的對話是夠徹底了。細究她的作品充滿剪接、拼貼、對照的敘事表現，接近電影「蒙太奇」（Montage）手法，簡言之，電影畫面把兩個不相連的鏡頭組合在一起稱為蒙太奇，傅雷〈論張愛玲的小說〉亦指出張小說在結構、節奏、色彩上的成就，以〈金鎖記〉舉例說明張愛玲用的是電影手法：

> 風從窗子裡進來，對面掛著的回文雕漆長鏡被吹得搖搖晃晃。磕托磕托敲著牆。七巧雙手按住了鏡子。鏡子裡反映著翠竹簾和一幅金綠山水屏條依舊在風中來回盪漾著，望久了，便有一種暈船的感覺。再定睛看時，翠竹簾已經褪色了，金綠山水換了一張她丈夫的遺像，鏡子裡的也老了十年。[115]

這種畫面調度與不斷重組鏡頭手法，張愛玲著作處處可見，本文所規畫的兩條出土著作路線主要用意在此，從《小團圓》重返〈私語〉、〈華麗緣〉、《對照記》、《怨女》、《雷峰塔坍下來了》、從〈一九八八～？〉、〈重訪邊城〉比對〈桂花蒸阿小悲秋〉、"A Return To The Frontier"，從〈鬱金香〉回望〈小艾〉、從〈同學少年都不賤〉互文〈色，戒〉、〈浮花浪蕊〉、《赤地之戀》，作家藉著記憶/書寫重新捕捉過去，搶灘來的內在時間象徵了時間「懸置」（suspension）[116]，這是另一形式的「私語」了。

《小團圓》的出版，若自〈私語〉（原刊一九四四年七月《天地》月刊第一〇期）以降，延異了六十五年，傳達了「大家庭的黑暗」是她深知的題材，亦意味著離開家族故事是創作的初始，張愛玲再斷情，也只有重返初始：

> 然後崎嶇的成長期，也漫漫長途。看不見盡頭，滿目荒涼，只有我祖父母的姻緣色彩鮮明，給了很大的滿足。[117]

這是一次又一次的召魂會了：

> 我沒趕上看看見他們，所以跟他們的關係僅只是屬於彼此，……看似無用，無效，卻是我最需要的。他們只靜靜地躺在我的血液裡，等我死的時候再死一次。[118]

---

114. 張愛玲：《對照記——看老照相簿》，（台北：皇冠出版公司，一九九二年版），頁88。
115. 張愛玲：〈金鎖記〉，《回顧展I——張愛玲短篇小說集之一》，頁156。
116. Levinas, Emmanuel. "The Dwelling." Totality and Infinity. Trans. Alphonso Lingis. Pennsylvania: Duquesne UP, 1969. pp158.或參考岳宜欣：〈回家最好趕在天黑以前——蘇偉貞《離開同方》裡的空間、語言、與居家〉。
117. 張愛玲：《對照記——看老照相簿》，頁88。

她愛他們。他們不干涉她。只靜靜的躺在她血液裡，在她死的時候再死一次。[119]

透過兩條出土線索，本文梳理了《小團圓》及〈一九八八～？〉、〈鬱金香〉、〈同學少年都不賤〉、〈重訪邊城〉的組構及互文性，交織形構了張愛玲處理同一素材的反覆與折射手法，展現了張愛玲合媒與頡抗的出版美學，當張愛玲的舊作出土一次比一次更有可觀，某種程度印證了傅雷對〈連環套〉的直觀：

一套又一套的戲法，突兀之外還是突兀，刺激之外還是刺激，……像流行的劇本一樣，也像歌舞團的接一連二的節目一樣，教讀者眼光撩亂，應接不暇。[120]

〈論張愛玲的小說〉裡傅雷讚賞張愛玲行文巧妙的轉調技術如電影手法：「空間與時間，模模糊糊淡下去了，又隱隱約約浮上來了。」[121]張愛玲在《對照記》中又演繹了一次這樣的轉調技術：

然後時間加速，越來越快，越來越快，……一連串的蒙太奇，下接淡出。[122]

轉調技術寓知了張文字蒙太奇的能力，這廂本文才合流兩條出版線索，那廂張愛玲英文原著*The Fall of Pagoda*（二〇一〇年四月十五日）及宋以朗主編張愛玲、宋淇、鄺文美書信集《張愛玲私語錄》（二〇一〇年七月十九日）相繼出版，又一波懸置時間、雙重距離拉開序幕，張愛玲淡入淡出，蔚成出版奇觀。

118. 張愛玲：《對照記——看老照相簿》，頁52。
119. 張愛玲：《小團圓》，頁122。
120. 傅雷：〈論張愛玲的小說〉，頁130。
121. 傅雷：〈論張愛玲的小說〉，頁123。
122. 張愛玲：《對照記——看老照相簿》，頁88。

張愛玲著作在台初版年表

張愛玲：

《怨女》（台北：皇冠出版社，一九六六年版）。

《回顧展Ⅰ、Ⅱ——張愛玲短篇小說集》（台北：皇冠出版社，一九六八年版）。

《秧歌》（台北：皇冠出版社，一九六八年版）。

《流言》（台北：皇冠出版社，一九六八年版）。

《半生緣》（台北：皇冠出版社，一九六九年版）

《張看》（台北：皇冠出版社，一九七六年版）。

《紅樓夢魘》（台北：皇冠出版社，一九七七年版）。

《赤地之戀》（台北：慧龍文化公司，一九七八年版）。

《惘然記》（台北：皇冠出版社，一九八三年版）。

《海上花開——國語海上花列傳一》（台北：皇冠出版社，一九八三年版）。

《海上花落——國語海上花列傳二》（台北：皇冠出版社，一九八三年版）。

《餘韻》（台北：皇冠出版社，一九八七年版）。

《續集》（台北：皇冠出版社，一九八八年版）。

《赤地之戀》（台北：皇冠出版社，一九九一年版）。

《愛默森選集（譯作）》（台北：皇冠出版社，一九九一年版）。

《對照記》（台北：皇冠出版社，一九九四年版）。

《同學少年都不賤》（台北：皇冠出版社，二〇〇四年一月版）。

《沉香》（台北：皇冠出版社，二〇〇五年九月版）。

《色，戒【限量特別版】》（台北：皇冠出版社，二〇〇七年九月版）。

《重訪邊城》（台北：皇冠出版社，二〇〇八年九月版）。

《小團圓》（台北：皇冠出版社，二〇〇九年三月版）。

張愛玲、宋淇、宋鄺文美：

《張愛玲私語錄》（台北：皇冠出版社，二〇一〇年七月版）。

張愛玲作品在台發表一覽（一九五七～二〇一〇）

著作：

〈五四遺事〉，《文學雜誌》，一卷五期（一九五七年一月）。

〈私語〉，《自由談》，九卷七期（一九五八年七月）。

〈無頭騎士〉，《歐文小說選》，華盛頓．歐文Washington Irving著，張愛玲譯，（台北：今日世界出版社，一九六三年版）。

《怨女》，《皇冠雜誌》，第一五〇～一五二期（一九六六年一月～三月）。

〈憶胡適之〉，《皇冠雜誌》，第一七〇期（一九六八年四月）。

《惘然記》（出書後改名《半生緣》），《皇冠雜誌》，第一六九期～一七八期（一九六八年二月～十二月）。

〈《紅樓夢》未完〉，《皇冠雜誌》，第一七八期（一九六八年十二月）。

〈《紅樓夢》插曲之一：高鶚、襲人與畹君〉，《皇冠雜誌》，第一八一期（一九六九年三月）。

〈初詳《紅樓夢》——論全抄本〉，《幼獅文藝》，第二四三期（一九七四年三月）。

〈談看書〉，〈人間副刊〉，《中國時報》，一九七四年四月二十五日～五月三日，八版。

〈連環套〉，《幼獅文藝》，第二四六期（一九七四年六月）。

〈創世紀〉，《文季季刊》，第三期（一九七四年八月十日）。

〈姑姑語錄〉，《幼獅文藝》，第二五一期（一九七四年十一月）。

〈浪子與善女人〉，《幼獅文藝》，第二五一期（一九七四年十二月）。

〈論寫作〉，《幼獅文藝》，第二六〇期（一九七五年八月）。

〈天才夢〉，《皇冠雜誌》，第二五八期（一九七五年八月）。

〈二詳《紅樓夢》〉，《皇冠雜誌》，第二六二期～二六四期（一九七五年十二月～一九七六年二月）。

〈新散文集《張看》序〉，〈聯合副刊〉，《聯合報》，一九七六年二月十日，八版。

〈三詳紅樓夢是創作不是自傳〉，〈聯合副刊〉，《聯合報》，一九七六年八月二日～八月十九日，十二版。

〈三詳紅樓夢後記之二〉，〈聯合副刊〉，《聯合報》，一九七六年九月二日，八版。

〈關於《笑聲淚痕》〉，〈聯合副刊〉，《聯合報》，一九七六年十二月十五日，十二版。

〈四詳紅樓夢〉，《皇冠雜誌》，第二七九期～二八一期（一九七七年五月-七月）。

〈浮花浪蕊〉，《皇冠雜誌》，第二九三期（一九七八年七月）。

〈相見歡〉，《皇冠雜誌》，第二九八期（一九七八年十二月）。

〈對現代中文的一點小意見〉，〈人間副刊〉，《中國時報》，一九七八年三月十五日，八版。

〈色，戒〉，〈人間副刊〉，《中國時報》，一九七八年十月一日，八版。

〈羊毛出在羊身上——談〈色，戒〉〉，〈人間副刊〉，《中國時報》，一九七八年十一月二十七日，八版。
〈把我包括在外〉，〈聯合副刊〉，《聯合報》，一九七九年二月二十六日，八版。
〈表姨細姨及其他〉，〈聯合副刊〉，《聯合報》，一九七九年五月十一日，八版。
〈談吃與畫餅充饑〉，〈聯合副刊，《聯合報》，一九七九年七月三十一日～八月一日，八版。
〈華麗緣〉，〈聯合副刊〉，《聯合報》，一九八二年十一月十四日，八版。
《國語本《海上花》》，《皇冠雜誌》，第三三七期～三五五期（一九八二年三月～一九八三年九月）。
〈多少恨〉，〈聯合副刊〉，《聯合報》，一九八二年十一月二十二日～十二月四日，八版。
〈殷寶灩送花樓會——列女傳之一〉，〈聯合副刊〉，《聯合報》，一九八二年十一月十七日，八版。
〈中國人的宗教〉，〈聯合副刊〉，《聯合報》，一九八三年一月五、六日，八版。
〈殷寶灩送花樓會尾聲〉，〈聯合副刊〉，《聯合報》，一九八三年二月二十六日，八版。
〈亂世紀三三事〉（《惘然記》序），《皇冠雜誌》，第三四九期（一九八三年四月）。
〈惘然記〉，〈聯合副刊〉，《聯合報》，一九八三年五月二十六日，八版。
〈國語本《海上花》譯後記〉，〈聯合副刊〉，《聯合報》，一九八三年十月一～二日，八版。
〈信〉，《皇冠雜誌》，第三五七期（一九八三年十二月）。
〈《海上花》的幾個問題——英譯本序〉，〈聯合副刊〉，《聯合報》，一九八四年一月三十一日，四版。

〈不得不說的廢話〉，唐文標主編：《張愛玲資料大全集》（台北：時報文化出版公司，一九八四年版），頁260～261。

〈秘密・丈人的心〉，唐文標主編：《張愛玲資料大全集》（台北：時報文化出版公司，一九八四年版），頁366。

〈散戲〉，唐文標主編：《張愛玲資料大全集》（台北：時報文化出版公司，一九八四年版），頁112～114。

〈吉利〉，唐文標主編：《張愛玲資料大全集》（台北：時報文化出版公司，一九八四年版），頁142。

〈有幾句話同讀者說（部分）〉，唐文標主編：《張愛玲資料大全集》（台北：時報文化出版公司，一九八四年版），頁363。

〈小艾〉，〈聯合副刊〉，《聯合報》，一九八六年十二月二十七日～一九八七年一月十八日，八版。

《小兒女》，《聯合文學》，第二十九期（一九八七年三月）。

〈南北喜相逢・選段〉，《聯合文學》，第二十九期（一九八七年三月）。

〈婆媳之間〉，《聯合文學》，第二十九期（一九八七年三月）。

〈鴉片戰爭〉，《聯合文學》，第二十九期（一九八七年三月）。

〈《秋歌》和《烏雲蓋月》〉，《聯合文學》，第二十九期（一九八七年三月）。

〈《萬紫千紅》和《燕迎春》〉，《聯合文學》，第二十九期（一九八七年三月）。

〈借銀燈〉，《聯合文學》，第二十九期（一九八七年三月）。

〈更衣記〉，《聯合文學》，第二十九期（一九八七年三月）。

《魂歸離恨天》，〈聯合副刊〉，《聯合報》，一九八七年六月二十六日～三十日，八版。

〈書評四篇——〈評《煙水愁城錄》、《無軌列車》、《在黑暗中》、《若馨》〉，〈聯合副刊〉，《聯合報》，一九八八年十二月二十八日，二十一版。

〈《太太萬歲》題記〉，《女性人》，第一期（一九八九年二月）。

《太太萬歲》，〈聯合副刊〉，《聯合報》，一九八九年五月二十五～三十日，二十七版。

〈炒爐餅〉，〈聯合副刊〉，《聯合報》，一九八九年九月二十五日，二十九版。

〈炒爐餅後記〉，〈聯合副刊〉，《聯合報》，一九九〇年一月二十日，二十九版。

〈「嗄？」〉，〈聯合副刊〉，《聯合報》，一九九〇年二月九日，二十九版。

《哀樂中年》，〈聯合副刊〉，《聯合報》，一九九〇年九月三十日～十月二十四日，二十九版。

〈讀者作者編者——張愛玲來信〉，〈聯合副刊〉，《聯合報》，一九九〇年十一月二十八日，二十九版。

《一曲難忘》，《聯合文學》，第一〇二期（一九九三年四月）。

〈寫《傾城之戀》的老實話〉，〈聯合副刊〉，《聯合報》，一九九三年五月一日，三十七版。

〈羅蘭觀感〉，〈聯合副刊〉，《聯合報》，一九九三年五月一日，三十七版。

〈被窩〉，〈聯合副刊〉，《聯合報》，一九九三年五月一日，三十七版。

〈對照記——看老照相簿〉，《皇冠雜誌》，第四七七期～四七九期（一九九三年十一月～一九九四年一月）。

〈編輯之癢〉，〈聯合副刊〉，《聯合報》，一九九三年十二月二十八日，三十七版。

〈四十而不惑〉，《皇冠雜誌》，第四八〇期（一九九四年二月）。

〈憶西風——第十七屆時報文學獎特別成就獎得獎感言〉，〈人間副刊〉，《中國時報》，一九九四年十二月三日，三十四版。

〈不幸的她〉，〈聯合副刊〉，《聯合報》，一九九五年九月十日，二十八版。

〈一九八八至——？〉，《皇冠雜誌》，第五一二期（一九九六年十月）。

〈謔而虐〉，〈聯合副刊〉，《聯合報》，一九九八年九月十日，二十八版。

〈回顧傾城之戀〉，〈聯合副刊〉，《聯合報》，二〇〇二年四月九日，三十九版。

"A Return To The Frontier"〈回到前方〉，劉錚譯：〈人間副刊〉，《中國時報》，二〇〇二年十二月十四日～十七日，三十九版。

〈同學少年都不賤〉，《同學少年都不賤》，（台北：皇冠出版社，二〇〇四年版），頁7～60。

《南北喜相逢》，《印刻文學生活誌》，第二十五期（二〇〇五年九月號），頁156～190。

〈有幾句話同讀者說〉，《沉香》（台北：皇冠出版社，二〇〇五年版），頁6～7。

〈亦報的好文章〉，《沉香》（台北：皇冠出版社，二〇〇五年版），頁12～13。

《不了情・對話本》，《沉香》（台北：皇冠出版社，二〇〇五年版），頁66～127。

〈鬱金香〉，〈聯合副刊〉，《聯合報》，二〇〇五年十一月七～十日。

〈鬱金香〉，《皇冠雜誌》，第六二一期（二〇〇五年十一月號）。
〈重訪邊城〉，《皇冠雜誌》，第六五〇期（二〇〇八年四月號）。
〈異鄉記〉，《皇冠雜誌》，第六七四期（二〇一〇年四月號）。
〈張愛玲私語錄〉，《皇冠雜誌》，第六七九期（二〇一〇年九月號）。

肆

鴉片床與診療椅的心理治療檔案

以張愛玲〈金鎖記〉、歐文・亞隆《診療椅上的謊言》為例

西西莉：你要我們一起接受治療？
佛洛伊德：是的，而且要互相治療。[1]

一、諾亞方舟的衍異與變形：鴉片床與診療椅

二〇〇六年中華心理衛生協會在台北舉辦了一場「心理治療與心理衛生聯合年會論壇」，論壇主題爲探討西方心理治療大師歐文・亞隆（Irvin D. Yalom）的心理治療理論與其心理臨床成就，當時受邀評論歐文・亞隆的心理小說，我選擇了《診療椅上的謊言》作爲分析文本。歐文・亞隆心理治療小說素以結合理論與強烈的故事性被視爲跨心理科學領域很好的研究文本，他的《診療椅上的謊言》[2]是此類作品的代表。因歐文・亞隆小說主角以西方心理患者爲主，我不免聯想到擅於描寫東方舊時代人物心理的張愛玲。如果歐文・亞隆小說人物是西方心理分析醫學現代化的產物，那麼張愛玲筆下卻多是過去人物，其文學成就與

人物心理陰暗面刻畫早成典型：譬如〈傾城之戀〉的女主角白流蘇困在舊式家庭受盡兄長欺負，有一幕她恍如夢中哭跪母親床前，希望母親爲她做主，但母親並不在床上，甚至不在現實中：「她所祈求的母親與她眞正的母親根本是兩個人。」[3]張愛玲有意就白流蘇與母親似夢似眞的交流，營造「母親想像」，但母親的身影朝黑暗消退，白流蘇的「母親想像」畢竟落空了，兄長又不可靠。佛洛伊德（Sigmund Freud, 1856-1936）在〈論女性〉裡有云，女子對母親認同與依戀有兩個階段，一是以對母親依戀作爲基礎，稱之爲「前戀父情結」，當被母親拒絕，便終結了女子對母親的依戀轉入戀父情結衍生的階段，尋找父親位置，[4]這也成爲日後白流蘇對男主角范柳原如此依戀的原因之一。還有〈紅玫瑰與白玫瑰〉女主角王嬌蕊在雨天把男主角佟振保的大衣鉤在牆壁畫框上，如祭旗，癡心坐於大衣旁，讓衣服上的香菸味來籠罩著她；怕不夠看，索性點燃振保吸剩的香菸，通過一種戀物儀式形塑「嬰兒的頭腦與成熟的婦人的美，是最具誘惑性的聯合」[5]影像。除了進一步複雜深化嬌蕊心理內在，

---

1. Vicky Lebeau著，陳儒修、鄭玉菁譯：《佛洛伊德看電影》（台北：書林出版，二〇〇四年），頁103。
2. 歐文・亞隆（Irvin D. Yalom）著，魯宓譯：《診療椅上的謊言》*Lying on the Couch:A Novel*（台北：張老師文化出版社，二〇〇二年）。
3. 張愛玲：《傾城之戀》，《張愛玲篇小說集之一》（台北：皇冠出版社，一九九二年），頁193。
4. 佛洛伊德（Sigmund Freud）著，吳康譯：〈第二十三講女性論〉，《精神分析引論新講》（台北：桂冠圖書公司，一九九八年版），頁120～132。

亦暗指佟振保的被征服。但張愛玲筆下的人物與歐文．亞隆創造的角色，在時代背景上與社會結構相去甚遠，然就前文提到，角色的心理掌握兩者小說不乏交集。若以歐文．亞隆治療椅心理治療理論對照張愛玲小說封建時代人物心理發生，梳理那些後來躺在歐文．亞隆現代上的現代「患者」，是否亦躺在張愛玲小說具有治療與安慰功能的舊式道具上，進行不同的國民心理治療？這樣的思考，成爲本論文的緣起。

心理學運用診療椅從事心理分析治療是晚近的事，心理病症如憂鬱症、精神分裂等系統化療程的建構及病理人口的統計普遍化，某一程度反映了全球社會的現代臉容。也就是說，歐文．亞隆《診療椅上的謊言》裡診療椅代表的意義與發揮，不僅僅只具醫學功能，進一步尋求張愛玲文學上的聯結，當非其名作〈金鎖記〉[6]莫屬。〈金鎖記〉講的是清末民國初年老派家庭故事，中心角色是嫁入姜府大戶人家二房的曹七巧，微型人生發生的地點其實是鴉片烟榻。[7]若借《診療椅上的謊言》心理學臨床治療理論背景與故事型態，解讀〈金鎖記〉裡的鴉片烟榻，兩張床上，同樣躺著無處可去的心理病態患者，他們帶著如瘋子般的審愼與機制，一代代繁殖下去，說明了烟榻與診療椅是生命方舟的衍異與變形，形成一封閉的空間。在這個空間裡，他們彼此療癒。諾亞方舟維繫生命物種，卻也是限制生物行動的死域，但人總要回到人世，因此，如何離開，或者是否離得開這封閉之域，成爲小說重要的命題。

事實上，歐文．亞隆的《診療椅上的謊言》，原本很可能被視爲心理推理懸疑小說，小說的角色取向、事件豐富、心理學指涉等等題材都很吸引閱讀，層層疊疊剝落後，顯出的是年輕美女病人愛上老邁跛足的心理界長老級醫生（兩人都是外遇玩火）故事，以及兩人關係敗露後的醫療疏失所牽動的巨額賠償情節；不止於此，處處可見的性焦慮引發的人性掙扎，摻合了大眾小說元素，這點不僅與〈金鎖記〉某一部分合拍，也對上張愛玲對通俗小說愛好的心理。[8]通俗小說是人生的浮雕，那種浮面即能看見的人生脈動，與診療椅或鴉片床上發生不協調、遊走超現實邊緣、不同故事的交疊「結合」（conjunction）[9]，很清楚地傳達出在作者的意圖下，如何產生一種顛覆力量，造成「怪異係數」（coefficient of weirdness）的效果，[10]從而觸動了讀者內心底層的恐懼與好奇；「這是什麼時代、什麼人的故事？」亦就是，無論診療椅或鴉片烟榻上的故事，都告訴了我們一個事實與前提：小說反映人生，心理

---

5. 張愛玲：〈紅玫瑰與白玫瑰〉，《張愛玲篇小說集之一》，頁71。
6. 張愛玲：〈金鎖記〉，《張愛玲篇小說集之一》，頁139～186。
7. 〈金鎖記〉裡七巧嫁給的姜宅二爺因患骨癆靠抽鴉片止痛度日，七巧過門後跟著抽，因爲心態失衡，演變日後用鴉片控制自己的孩子，可簡化視爲鴉片家族的烟榻人生。
8. 張愛玲自言：「對於通俗小說一直有一種難言的愛好；那些不用多加解釋的人物，他們的悲歡離合，如果說是太淺薄，不夠深入，那麼浮雕也一樣是藝術啊。」見張愛玲：〈多少恨〉，《惘然記》（台北：皇冠出版社，一九九一年），頁97。
9. 這裡所說的結合（conjunction），是榮格「同時性」（synchronicity）心靈內部與外在世界在夢境中相遇現象理論，通常指涉治療關係中的治療者與被治療者。

疾病是我們這個時代的生命課題顯學。亞隆是心理治療大師，張愛玲是小說家，亞隆寫的心理小說，與張愛玲筆下的人物心理掌握，究竟有何不同？兩篇小說都既言情又心理，是從特定空間（療椅與鴉片烟榻）延展出一張非形式化的懲罰心理治療地圖及地圖繪製術，適用於傅柯建構的圖式（diagram）析論，[11]如何藉小說編織般的手法完成療椅與鴉片烟榻上同而不同的心理治療圖式，是本論文要探討與關注的重點。

二、暗花紋路編織的檔案：《診療椅上的謊言》之越界與救贖

亞隆《診療椅上的謊言》全篇藉由專研神經化學日後轉為心理治療師恩尼斯觀點展開敘述。故事開始，恩尼斯受命前往調查七十一歲心理治療界大師希摩．塔特，美國心理治療學會前主席，希摩被控與三十二歲女病人貝拉發生不正當性關係。貝拉是瑞士、義大利裔，向來在日內瓦、蘇黎世接受治療，在美國並沒有固定醫生，是個沒「案底」的病人；貝拉有著致命的心理病症，希摩強調他才是被貝拉選擇的人，兩人醫病關係為貝拉一手計畫，因貝拉沒有其他醫生，她的病歷只存在希摩檔案，但貝拉的治療檔案受到醫療法律保護，換言之，貝拉只存在希摩腦子、嘴中。因為希摩服膺榮格（Carl Gustav Jung, 1875-1961）「為每個病人創造一套新的治療語言」（《診療椅上的謊言》頁9）理論，能為每位病人創造獨特的「治療方式」，即創意治療法，這是兩人醫病關係的濫觴。

貝拉是這樣複雜，終於導致希摩走上逾越界限治療之路。偵訊過程，希摩逐步勾勒一張專業的治療圖式，希摩且行有餘力對偵訊他的恩尼斯交心，指出恩尼斯也具有如他的這種氣質，宣示那是「偉大心理醫生」才有的勇氣與胸襟。當然希摩是成竹在胸，有經驗的讀者一看便明白希摩正在逐步啓發恩尼斯，指引他成爲自己在現實世界的傳人。希摩介紹一本又一本「心理治療」聖經給恩尼斯，凱倫・荷內（Karen Horney）的《精神官能症與人性成

---

10. 怪異係數（coefficient of weirdness）是波蘭社會人類學家馬林諾夫斯基（Bronislaw Malinowski, 1884-1942）提出的論點，爲其建構民族誌田野調查研究中的創見，他認爲不同世界的人的特異性，因爲創作者描述重心不同，造成呈現與結論的扭曲，是爲「怪異係數」效果。民族誌影片導演大衛・馬杜格運用此理論，據以拍攝兩種不同的文化，既可解讀矛盾經驗的獨特性，又可產生新的視野。見大衛・馬杜格（David MacDougall）著，李惠芳、黃燕祺譯：《邁向跨文化電影：大衛・馬杜格的影像實踐》*Transcultural Cinema*（台北：麥田出版社，二〇〇六年），頁199。

11. 傅柯鎖定的特定空間是監獄，不同形式的監獄。見傅柯（Michel Foucault）著，劉北成、楊遠嬰譯：《規訓與懲罰——監獄的誕生》*Discipline and punish : the birth of prison*（台北：桂冠出版社，一九九二年），頁207。或參考德勒茲（Gilles Deleuze）著，楊凱麟譯：《德勒茲論傅柯》*Foucault*（台北：麥田出版社，二〇〇二年），頁92～93。類似的特定空間是家庭，家族系統理論及家族治療臨床經驗，多世代家族治療法的原創人Murray Bowen是這個領域的主要理論家，他使用家族圖式（genogram）描繪跨世代家庭關係系統，用來追蹤家庭中行爲模式。見Irene Goldenbery, Herbert Goldenbery著，翁樹澍、王大維譯：《家族治療理論與技術》*Family Therapy An overview*（台北：揚智文化出版社，一九九九年版），頁238、286。

長》、艾瑞・柏納（Eric Berne）的《人際遊戲》等；這是他的脫罪理論依據也是他尋求恩尼斯認同的聖經，恩尼斯若認同了他，兩人結盟，他對恩尼斯的「診療」便大功告成。希摩何其老於經驗，在與恩尼斯的對話過程，他深諳人性，適時拋出自己的弱點：譬如他也會犯醫病錯誤，他爲貝拉迷惑，必須受懲罰，這是他應得的，他拒絕接受幫助，因著承認錯誤，勇於接受懲罰。因此除了身體器官衰老，他內心平靜，沒有失眠、體重減輕等沮喪特徵出現，他對自己精神狀態稱之爲「正當的沮喪」，符合了人性表現。他是有人性的，偵訊過程裡，他不時要恩尼斯關掉錄音機私下交談：「別花時間訓練心理醫生，而應該花時間挑選適合的人」（《診療椅上的謊言》頁9）、「我們有某種東西相同」（《診療椅上的謊言》頁29），不必說給旁人聽的秘密話語，逐漸凝聚兩人盟友關係。恩尼斯一步步進入希摩爲他創造的病我關係渾不知覺，根本分不清究竟誰睡在診療椅上，到底誰的故事正在進行。希摩剖析深刻，面對前心理治療學會前主席，尚未加入此行列的恩尼斯如何逃脫得掉？

這就進入了另一進程：希摩的學說要在世上留下血脈。希摩看似隨機找到傳人恩尼斯，然誠如佛洛伊德沒有錯誤的事或說詞之理論，[12]一切早有準備，只欠對號入座的人。希摩的心理學修爲，無論來者是誰，他都能見招拆招，所以不是恩尼斯也會是任何一個人；唯一可能的變化，在於希摩能否說服對方，這便顯現了希摩的道行，看準恩尼斯血氣正盛，良知和好奇心忒強，於是他將與貝拉之間情慾最幽微的細節及如何應對，充滿戲劇張力兼有理論支撐，步步爲營地娓娓道來，帶著傾囊相授的深層意味。最經典的是希摩與貝拉的情慾性愛戲分，如一場又一場臨床心理治療例子的裂變完成，希摩最終轉移成為恩尼斯的個案。恩尼斯這下做了希摩的心理醫師，還能說出兩人之間的治療秘密嗎？經過如同祭典儀式，希摩得到完全掌握恩尼斯的權柄，恩尼斯則取得心理治療事業的神速成長之鑰。

至此，「診療椅」的祭典於焉完成。這場祭典，唯一的掌控者是希摩。不要忘了，從頭到尾，恩尼斯都沒有看見與取得貝拉的辯詞，貝拉透過律師交涉，相對希摩的語言敘述及故事架構形成的人物張力，貝拉簡直是個虛構的平面角色。他們之間一切，悉數由希摩代表發言，讀者/恩尼斯都只有希摩的說法。恩尼斯他強調貝拉不是標籤，是「有血有肉」的人，對一個男人來說，貝拉是位經典金髮美女；對一個心理醫師來說，她要什麼心理症狀，就有什麼心理症狀：吸毒、酗酒、厭食症、自毀性的性行為……；要什麼邊緣關係，就有什麼邊緣關係：幼兒期已過世的母親、細菌恐懼症的父親、糟糕的夫妻相處、對自我不感興趣……簡直是位經典病人。更迷人的是，貝拉有MBA學位，閱讀世界名著，她引喻自己是納博可夫筆下誘惑中年男子的小妖精羅麗塔（Lolita），不時與希摩擦出極刺激的對話，分明是個現代化世界公民。

---

12. 佛洛伊德式的錯誤（Freudian slip）亦是張愛玲認同的。一九五五年她進美國海關，身高曾被海關誤填為六呎六吋半（她是五呎六吋半）。她認為她瘦所以看著特別高，加上海關職員是個瘦小的日裔青年。她引申解釋：「心理分析宗師茀洛依德（原文）認為世上沒有筆誤或是偶爾說錯一個字的事，都是本來心裡就是這樣想，無意中透露的。」見張愛玲：《對照記——看老照相簿》（台北：皇冠出版社，一九九四年），頁81。

在那張診療椅上，貝拉和希摩關係起源是貝拉的「無父無母」。貝拉起初非常抗拒談論父親與以前生命中的男人，她引述希摩的治療理論：「碰觸過去只為了找藉口逃避責任。」（《診療椅上的謊言》頁13）她嘲笑希摩治療定義的狹窄：「我們親密地嬉戲碰觸，在你的躺（診療）椅上做愛，這才是治療。」（《診療椅上的謊言》頁38）貝拉的「逃避」說法，何其精微，整體而論，兩人配合宛如超完美醫療結盟。就「逃避」一詞切入，我們觀察兩人治療時之對位、辯證與架勢，像極西藏僧侶「辯經」儀式。「辯經」是藏教做經文功課的傳統方法，僧侶分為兩方以祭壇擂台進行，採激烈辯論攻防，在節節逼進一答一問間，力求逼出僧人內在堅定信仰以本能護法，直到有一方招架不住敗下陣來。除了無可逃避的即時質問，空間的局限，等同另一形式的試場。希摩與貝拉的治療對話進行豈不正像心理辯經陣仗？而診療室、診療椅的空間限制與寺院擂台性質吻合。唯院廟為僧侶信仰之依皈，診療椅是病人感覺安全之地，這樣的空間象徵了救贖。院廟有神引領靈魂，診療椅呢？顯然必須有層次更高的導師。

也就是說，希摩的「辯經」擂台賽需要精神導師，亞隆只是操練者，若有導師，站在他背後的正著心理學精神分析祖師爺佛洛伊德與榮格。貝拉的「無父無母」，符合了佛洛伊德與榮格學說，係一切病灶的源頭。希摩基於心理醫生立場和學養，做了兩人作「角色扮演」（《診療椅上的謊言》頁13）遊戲的建議，貝拉心防被攻破後，她陳述父親有瘋狂的潔癖，無時無刻戴著手套，從不直接觸摸她。她十四歲被送進寄宿學校，父親很快再婚，新妻子是美麗的、無數結交的妓女之一，典型精神／肉體、妓女／潔癖的矛盾與衝突，這是父親愛洗手且不肯觸碰她的主因，也是她痛苦的根源。（《診療椅上的謊言》頁28）如此父女關係，必須藉由象徵父親身分的希摩，重建貝拉是可碰觸、被愛的情境才能修復，希摩遂從貝拉八、九歲不斷重複的夢著手：

外面狂風暴雨，她又冷又濕的進入屋內，一個年紀很大的人在等她。他擁抱她，脫掉她的濕衣服，用一條又大又暖的毛巾擦乾她，給她喝熱巧克力。（《診療椅上的謊言》頁13）

雨天及孤苦結合成的圖組，張愛玲的讀者必不陌生，在〈我看蘇青〉裡有一段十分接近的摹寫，說明了張愛玲對「雨水」的感受力度與充滿文學語境：

我做了個夢，夢見我又到香港去了，船到的時候是深夜，而且下大雨。……管理宿舍的天主教尼僧，我不敢驚醒她們。……來了闊客，一個施主太太帶了女兒，……汽車夫砰砰拍門，宿舍裡頓時燈火輝煌，我趁亂向裡一鑽，看見舍監，我像見晚娘似的，陪笑向前……[13]

反觀亞隆，他讓希摩建議貝拉兩人做角色扮演，這是正宗心理治療。在這場裝扮裡，貝拉假裝淋雨進屋又濕又冷，希摩用大毛巾擦拭她，爲她泡熱巧克力：

貝拉無言地坐著，眼淚開始盈眶，然後她像個嬰兒一樣大哭。……她開始信任我，相信我們是同一邊。……之後她成爲一個眞正的病人。（《診療椅上的謊言》頁14）

通過心理治療，關於淚水、雨水的象徵，佛洛伊德在《夢的解析》裡提到水的相似圖像，在那個夢裡，充滿狂風暴雨、屋內滴水、濕透的床單，都是水，水淹蓋一切。佛洛伊德解析此夢水的象徵是「過剩」（superfluous）；[14]佛洛伊德曾對另一個有關「水」的夢進行解析，指那是對子宮內生活的幻想。但兩夢都充滿性暗示。「過剩」什麼呢？人生嗎？難怪貝拉厭世，這正是她心理生病的癥結與救贖，清楚架構出治療圖示。

心理醫師透過治療讓貝拉從病人回復爲正常的人。在這張治療圖式裡，希摩的專業訓練宛如貝拉的再造者，他進行角色扮演，引領貝拉回到嬰兒期，他餵貝拉吃東西、照顧她，如同父女，也像情人。貝拉開始對他產生移情，對每次診療都充滿期待，希摩扮演的角色越來越重，但他強調：「佛洛伊德都使用這個策略。」（《診療椅上的謊言》頁14）

如此費盡心力的醫病之路，貝拉象徵了一位經典案例裡的超完美病人。更令人驚奇的是，貝拉不僅超完美，還會進化。她像心理性阿米巴原蟲不斷分裂新生，設計了一個兩人

「合成一體」的提議，診療讓她擁有比較好的生活；但這些是不夠的，所謂更好的生活及感受畢竟太遙遠，她眼前面對的挑戰是隨時受不了誘惑再度吸毒、進行危險性交，她需要看得到的獎品。她提議如果一年半不割腕、嗑藥、不亂搞危險性關係，她要求希摩給她報償，帶她去旅行一周。他們住飯店、獨處，旅行的時候，他們是一對「弄假成眞」的夫妻。希摩根本不信貝拉能做到，於是經過商議，時間訂爲兩年，在這段時間內貝拉不犯錯，他們一起到外地渡周末，他若退縮，那是心理醫生實踐治療理論的難堪。

終於兩年期限到來，貝拉居然完成了這張治療契約，兩年間，貝拉運用各種方式豐富這張治療圖式，爲了轉移衝動，她參加前世治療團體、攻讀學位、匿名參加戒毒協會、玩安全的性遊戲……。面對結果，希摩唯有實踐承諾「還債給魔鬼」：「我從來沒有背叛我的職業，我絕不會背叛病人。」（《診療椅上的謊言》頁43）兩人異地出遊，他們關係有了重大改變，再也沒辦法只做醫生和病人，另一方面，貝拉的丈夫取得他們住進旅館及共遊的照片，寄給希摩太太外，另寄一份給醫學道德委員會。希摩太太要求離婚、二十四小時搬離，東窗事發後，醫學道德委員會介入調查，法庭更禁止希摩、貝拉見面。一方面貝拉從未現身

---

13. 張愛玲：〈我看蘇青〉，《餘韻》（台北：皇冠出版社，一九九一年），頁85。
14. 佛洛伊德（Sigmund Freud, 1856-1939）著，賴其萬、符傳孝譯：《夢的解析》*The Interpretation of Dreams*（台北：志文出版社，一九九五年），頁319～325。

的丈夫離婚後帶著財產離她而去，另一方面貝拉從未被法庭傳訊，一切都說明了她是受害者該被保護。最後這位隱匿的女主角透過律師以希摩醫療失當索賠二百萬美金，指向了貝拉是主導者。但這總總從未由貝拉親口、親身明證。反倒讀者一直看見希摩並不安於當個被迫害角色，他不斷逆轉身分越界再越界，跟恩尼斯大玩診療椅遊戲：從醫者、迫害者易位為治療者與被治療者，讓自己坐上了恩尼斯主持的診療椅，配合恩尼斯扮演「主導」角色，也讓恩尼斯躺上他的診療椅。導致不明就裡的恩尼斯，在民事訴訟庭上為希摩作證，律師引述他的證詞，聲明希摩才是真正的受害者，希摩得以全身而退。貝拉獲判兩百萬美元賠償，悉數由醫療保險給付，之後貝拉和希摩便雙雙消失了蹤影。

好戲還在後頭，審判結束，恩尼斯直接受教於希摩順利跨入心理治療行業，成為希摩「存在主義式震撼治療法」[15]的正宗追隨者與踐行者。（《診療椅上的謊言》頁16）一年後，他收到希摩寄來未署名地址的信件：

親愛的恩尼斯：

在那段醜惡的日子裡，只有你對我的情況表示過關切。謝謝你，那是令人非常感動的表示。我很好，不知身在何處，也不希望被人找到。我欠你很多——至少應該給你寫這封信，附上我與貝拉的合照。背景是她的屋子。順便一提：貝拉最近有一筆很好的進帳。

（《診療椅上的謊言》頁44）

信中附有照片，照片中貝拉站在希摩後頭，憔悴而消瘦，眼睛下望，看來十分憂鬱，希摩果然沒有背叛他的病人，也沒有背叛他的專業，他用專業綁架了他的病人，貝拉從檔案裡的完美病患，隱身成爲照片裡的幽靈，貝拉的「治療」有完成的可能嗎？這是一張心理治療的終極圖式。

這場精心設計的謊言，是以暗花十字紋路編織診療椅與治療檔案。那張診療椅被亞隆好好的寫了一番，通過診療椅象徵的治療尺規，救贖得以完成。而診療椅被賦予承載了性、人際關係，彷彿在說，沒有診療椅就沒有人生。美麗的貝拉需要躺在一張實體診療椅，而希摩則虛構了診療椅，要定義診療椅是救贖的十字架，還是性與謊言的溫床，顯然都是。

三、一級一級走進沒有光的所在：〈金鎖記〉的愛與嗜血

正是「貝拉需要一張診療椅」的想法，讓我想起充滿心理背景的張愛玲和她的〈金鎖記〉以及筆下的女主角七巧。〈金鎖記〉女主角曹七巧是痲油店出身的小家碧玉，做女孩子

---

15. 存在主義式震撼治療學派強調的是「把生命與行爲放在眞正重要的事物上」。早期歐洲存在主義治療學派的心理治療師有賓士汪格（Binswanger）及布斯（Bass）。在美國，則有羅洛・梅（Roll May）及歐文・亞隆。

的時候，總得應付一些上門「揩油」的街市男人，但那畢竟是充滿熱氣的生活，她嫁進深堂大院姜公館，也就結束了人味生活的可能。患軟骨症的丈夫哪兒都去不了，成日抽大烟在「紫楠大床上，寂寂弔著珠羅帳子。」（〈金鎖記〉頁153）七巧深陷下去跟著抽大烟解悶兒。女人家不好公然開抽卻又不眞的要瞞人，七巧的哥嫂來探親，嫂子順水推舟強調抽大烟的正當性：「鴉片烟，平肝導氣，比什麼藥都強。」（〈金鎖記〉頁155）做足道理給七巧台階下，烟榻遂成爲七巧身心施展與安頓的場域。如果七巧就此安於烟榻也好，偏偏病態臥榻之上豈容得下正常？生下一雙兒女長白、長安後，烟榻更是寄生之所在，那是人性幽暗的「民間診治所」。姜公館老太太知道七巧抽大烟，不時差使七巧離開烟榻，不肯讓她抽個痛快，削減了七巧烟榻上接受民俗診療法的機會。七巧慾望既得不到治療，只好另找出路，眼前像個男人的只有姜季澤，七巧把個女主角發揮淋漓盡致，前一分鐘還沒話找話說，轉個身就有了情慾戲碼新台詞：

「天哪，你沒挨著他的肉，你不知道沒病的身子是多好的……多好的……」她順著椅子溜下去，蹲在地上，臉枕著袖子，聽不見她哭，只看見髮髻上插的風涼針，針頭上的一粒鑽石的光，閃閃掣動著。（〈金鎖記〉頁150）

「你不知道沒病的身子是多好的！」七巧迸出的吶喊顯示了丈夫似近但遠、姜季澤似遠但近的關係，表達她渴望從陳舊的日常關係束縛中解放出來，重組異於尋常新人際關係。通過重組舊關係深化並延長感受的手法，予以奇異化，見出俄國形式主義批評家維・什克洛夫斯基（Виктор Борисович Шкловский, 1893-1984）陌生化手法（defamiliarization）痕跡，[16]當然此一手法並非本文重點，但七巧鴉片嗜癮舊習使得她脫離進步時代腳步，不僅製造出陌生化效應，是他們賴以生存下去的生命感知。姜家一門自我封鎖，在那個空間裡，他們是正常國民，當然這正常是奇異化的正常，譬如長安是尚未出閣的女孩家卻鴉片抽得凶，七巧便四兩撥千斤地正常化長安行爲：「怕什麼！莫說我們姜家還吃得起，就是我今天賣了兩頃地給他們姐兒倆抽烟，又有誰敢放半個屁？姑娘趕明兒聘了人家，少不得有她這一份嫁妝。她吃自己的，喝自己的，姑爺就是捨不得，也只好乾望著她罷了！」（〈金鎖記〉頁173）七巧熟稔地操縱那個空間，當然不想也不會離開烟榻。但七巧再終究還活在現實世界，少不得要接觸，七巧當然不會讓人輕易近身，好比與姜季澤關係，之前就因爲七巧貼了上去示好：「你就是鬧了虧空，押了房子賣了田，我若皺一皺眉頭，我也不是你的二嫂了。誰叫咱們是骨肉至親呢？我不過是要你當心你的身子，」（〈金鎖記〉頁149）招來日後姜季澤找上門來。

16. 維・什克洛夫斯基著，劉宗次譯：《散文理論》（南昌：百花洲文藝出版社，一九九四年），頁16、280、326。

所以烟榻成爲七巧人世著墨最深的拼圖，不是沒有原因。及至丈夫婆婆相繼過世，大家族分了家，七巧身心始終寄託烟榻生活。輪到民國更新，眞正的考驗來了，新社會抽大烟不僅有個道德批判，還容易招議跟不上時代。但現代人生與舊時程交接的缺口，對七巧一家是「既眞且假、既假且眞」，如果烟榻是七巧實踐生命美學的道場，七巧熟知與現實不接觸的舊世界法則，借「眞假互掩」的手法老戲翻新更有可觀，她也才好裡裡外外新舊虛實搬演個透徹。事實上，她曾有一次改寫情境的機會，之前她一個閃失對姜季澤動了情，家族分家旋不幾月，姜季澤人便上門，虛與委蛇一番後，述表心事，他躲她躲得好辛苦：

……這些年了，她跟他捉迷藏似的，只是近不得身，原來還有今天！可不是，這半輩子已經完了——花一般的年紀已經過去了。人生就是這樣的錯綜複雜，不講理。當初她爲什麼嫁到姜家來？爲了錢麼？不是的，爲了要遇見季澤，爲了命中註定她要和季澤相愛。（〈金鎖記〉頁161）

可不是「捉迷藏似的近不得身」，七巧正陷在情感距離的落差中，偏偏姜季澤欺身獻計，要七巧賣了田地拿錢買他的房子。七巧的安全感此時被威脅了，七巧已不是昔日的七巧，現下，她有了自己天地。當驚奇感消失，最可恨她有一瞬間當了眞而姜季澤卻演戲似訛詐她，如此明目張膽，把她的耽溺給切斷。七巧不免怒由心生發狂似打跑了他，姜季澤早成戲油子，他能帶戲上場就能快速抽身下台，放七巧一人晾在台上：

> 一陣熱風來了，把那簾子緊緊貼在她臉上，風去了，又把簾子吸了回去，氣還沒透過來，風又來了，沒頭沒臉包住她——一陣涼，一陣熱，她只是淌著眼淚。
>
> ……都是些鬼，多年前的鬼，多年後的沒投胎的鬼……什麼是眞的，什麼是假的？過了秋天又是冬天，七巧與現實失去了接觸。（〈金鎖記〉頁164）

姜季澤臨走落井下石扔下狠話：「等白哥兒下了學，叫他替他母親請個醫生來看看。」（〈金鎖記〉頁163）活活揭穿七巧是不在現實在戲裡的「瘋子」。失去了現實感的七巧，在她認知最接近現實的地是烟榻，那裡最安全，「屋裡暗昏昏的，拉上了絲絨窗簾。時而窗戶縫裡漏了風進來，簾子動了，方才在那墨綠小絨球底下毛茸茸地看見一點天色。」（〈金鎖記〉頁165、166）絲絨窗簾這下成了舞台大幕。

「是個故事，就得有點戲劇性。」[17]這是張愛玲奉行不諱的寫作宗旨。張愛玲還說，戲劇就是衝突，就是磨難，就是麻煩。〈金鎖記〉戲劇性衝突，張愛玲和姜季澤就是衝突，也是情感戲劇性之所繫。姜季澤去了，長白長大後以姜季澤化身重返七巧身邊，其中曲折很簡

17. 張愛玲：〈論寫作〉，《張看》（台北：皇冠出版社，一九九一年），頁237。

單，因著父親的缺席，長白轉而模仿家族長輩姜季澤的行爲。姜季澤成爲父親圖騰象徵，如果亞隆、希摩背後站著佛洛伊德，張愛玲、七巧背後也同樣站著佛洛伊德。但「長白在外面賭錢，捧女戲子，七巧還沒甚話說，後來漸漸跟著他三叔姜季澤逛起窯子來。」（〈金鎖記〉頁169）精神分析領域強調，圖騰是父親影像的替代與分身，換言之，姜季澤即圖騰，圖騰必須祭拜，祭拜得用祭品。對祭品的處理，古老的想法裡，藉由共享祭品表示彼此「休戚與共」關係。[18]七巧越畏懼姜季澤，他越是陰魂不散，七巧於是手忙腳亂幫他娶親，以外來祭品將長白送上祭台。

長白結了婚，七巧對姜季澤情思難消，移情兒子身上，「可是，因爲他是她的兒子，他一個人還抵不了半個……現在，就連這半個人她也保留不住──他娶了親。」（〈金鎖記〉頁170）張愛玲還說，「快樂這東西是缺乏興味的，──尤其是他人的快樂，所以沒有一齣戲能夠用快樂爲題材。」[19]七巧豈容媳婦稱心兒子背離，這是「共生」[20]了。她徹夜支使長白替她燒烟，母子烟榻上交心，演出的經典戲碼，既戀子又戀母情結，似夢似眞，宛如面對面與佛洛伊德交談：

> 七巧把一隻腳擱在他肩膀上，不住的輕輕踢著他的脖子，低聲道：「我把你這不孝的奴才！打幾時起變得這麼不孝了？」長白只是笑。七巧斜著眼看定了他，笑道：「你若還是我從前的白哥兒，你今兒替我燒一夜的烟！」（〈金鎖記〉頁170）

情人和兒子此刻合體完成，七巧面對的不再只是兒子，還是模仿「父親」姜季澤成分的男人。當年七巧單單面對姜季澤時，都止不住儀式似的操控場面兼調情：

> 七巧掀著簾子出來了，一眼看見了季澤，身不由主的就走了過來，繞到蘭仙椅子背後，……笑道：「這麼一個人才出眾的新娘了！三弟你還沒謝謝我哪！要不是我催著他們早早替你辦了這件事，這一耽擱，等打完了仗，指不定要十年八年呢！可不把你急壞了！」……季澤望了蘭仙一眼，微笑道：「二嫂，自古好心沒有好報，誰都不承你的情！」……七巧長長地吁了一口氣，……忽道：「總算你這一個來月沒出去胡鬧過。眞

---

18. 佛洛伊德（Sigmund Freud）著，楊庸一譯：《圖騰與禁忌》（台北：志文出版社，一九八六年），頁166～176。
19. 張愛玲：〈論寫作〉，《張看》，頁237。
20. Murray Bowen一九四〇年代末期嘗試用精神分析取向治療病患，他認爲母子之間的共生（symbiosis）關係的衝擊，造成精神分裂症的發展。他以精神臨床中心病患爲治療對象，進行析解，觀察到精神分裂起因於患者與母親未解決的共生依附，母親的不成熟，常要子女完成她的情緒需求，而強烈的依附可令雙方界限模糊，或者有相同的反應。見Irene Goldenbery、Herbert Goldenbery著，翁樹澍、王大維譯：《家族治療理論與技術》頁239及617頁「共生」詞條。

虧了新娘子留住了你。旁人跪下地來求你也留你不住！」季澤笑道：「是嗎？嫂子並沒有留過我，怎見得留不住？」……七巧笑得直不起腰……（〈金鎖記〉頁148）

如今面對混合體，七巧如何節制得了？於是姜季澤是不在場的參加者，恍若與母子仨笑過來笑過去，七巧從前如何操演，當下她就如法複製：

……「白哥兒你說，你媳婦兒好不好？」長白說道：「這有什麼可說的？」七巧道：「沒有可批評的，想必是好的了？」長白笑著不作聲，七巧道：「好，也有個怎麼個好啊！」長白道：「誰說她好來著？」七巧道：「哪一點不好？說給娘聽。」長白起初只是含糊對答，禁不起七巧再三盤問，只得吐露一二。旁邊遞茶遞水的老媽子們都背過臉去笑得格格的，丫頭們都掩著嘴忍著笑回避出去了。七巧又是咬牙，又是笑，又是喃喃咒罵，卸下烟斗來狠命磕裡面的灰，敲得托托一片響。（〈金鎖記〉頁171）

在現代心理治療醫病主從關係理論的加持下，聆聽與傾訴是很重要的方法。醫生對病人的台詞總不外：「告訴我經過！多說一些！試試看！就這樣？你說呢？發生了什麼事？你覺得如何？你願意我介紹一位婚姻治療師聆聽另外關於你婚姻的問題嗎？如果你這次會診後需要再談談，儘管打電話來……」病人多半回以：「你會幫我保守秘密吧？真不知從何說起！

說出來真會有幫助？這種說法有潛在意義嗎？有時候想起要告訴你什麼，現在又忘了！」烟榻之上，張愛玲套用了這一招。七巧主持技巧越發爐火純青，還加上中式演戲與看戲的角色扮演。古老祭祀裡全族人共享動物祭品血和肉，七巧豈能不嗜血？

七巧一夜沒睡，端的精神百倍，天亮後邀來親家母打牌，牌桌上不當回事地當眾宣佈兒子親口招供的秘密，親家母沒臉見女兒，丟牌走人。七巧就此建立病患檔案，成了掌控者，食髓知味、癮上加癮，一心想把兒子留在烟榻上，想方設法地連哄帶騙讓長白吃上烟癮，日日躺在她的那張烟榻上。媳婦芝壽雖生，但其實早被當祭品吃掉，深宵床上，「月亮比哪一天都好，高高的一輪滿月，萬里無雲，像是黑漆的天上一個白太陽，她的一雙腳在那死寂的影子裡。」（〈金鎖記〉頁172）多年前七巧曾住在相同況味的「寂寂弔著珠羅帳子的紫楠大床上」（〈金鎖記〉頁153），現在，芝壽代替七巧躺在那兒。

至於長白和患了骨癆症的父親最大不同，在七巧為他置了房姨太太。七巧自己原本說媒做姨奶奶的，就為教她死心塌地服伺二爺，才讓她做了正室，但七巧有一切做小伏低出身的姨太太手腕與心思，更深知姨太太的功能與用處。果然長白從此哪兒都不去了，過著和他父親一樣的殘廢人生。抽鴉片烟的人走不遠，什麼都圖個方便，長白從此在烟鋪上頭過日子。至於長安，十四歲時進了洋學堂住讀，常弄丟枕套手帕種種零件，七巧欲找去學校興師問罪，這情節與貝拉住讀背景何其相似？他們都有病態的父母，在貝拉埋下了關於狂風暴雨濕透的幻想，長安當晚哭了一夜，「半夜裡她爬下床來，伸手到窗外試試，漆黑的，是下雨了嗎？」（〈金鎖記〉頁168）她吹起口琴，曲名是*"Long Long Ago"*，成爲生命如夢如幻的情境與底蘊。如果貝拉的雨夜幻想是她病灶的源頭，長安十四歲這一幕，沒有理由不是。貝拉躺上了診療椅，而長安，一步步臥倒烟榻。

說來長安的烟榻人生開始得很晚，二十四歲那年，得了痢疾，七巧不去請醫生，反而勸她抽兩筒烟減輕病痛，果眞收到效果，從此把親生的女兒也留在了烟榻，完成兒女團圓的功業。他們是烟榻上的鴉片鬼全家福，長安更繼承了七巧的角色扮演：

> 她的言談舉止越來越像她母親了。每逢她單叉著袴子，揸開了兩腿坐著，兩隻手按在胯間露出的櫈子上，歪著頭，下巴擱在心口上淒淒慘慘瞅住了對面的人說道：「一家有一家的苦處呀，表嫂——一家有一家的苦處！」——誰都説她是活脱的一個七巧。（〈金鎖記〉頁169）

但在現代醫學進步的氛圍裡，貝拉有機會投入治療，時代不同，但長安有類似的治療機會，是透過愛來治療。堂妹長馨（姜季澤女兒）年少好事，同情長安處境，介紹同學長輩國外留學回來的童世舫給長安。童世舫在自由戀愛嘗過苦頭，深信妻子還是舊式的好。七巧出身眞是再舊式沒有了，兩下一見彼此都有了意。蘭仙請客會親，七巧初初倒也欣然，但她正患病，就沒出場，由蘭仙代行家長職，長安這才順利訂了婚。眞實人生浮現，長安明白離烟榻歲月越遠，就離現實、正常婚姻越近，遂痛下決心走下烟鋪，努力戒癮。雖苦，但人生首次有希望轉變，不想失去，身體忍著，心情化爲臉上神秘安靜的笑容。這對七巧形成了威脅，促發七巧重回戰場，而第一要務就是取回話語權力。她冷言冷語：

這些年來，多多怠慢了姑娘，不怪姑娘難得開個笑臉。這下子跳出了姜家的門，趁了心願了，再快活些，可也別這麼擺在臉上呀——叫人寒心！（〈金鎖記〉頁178）

又因爲蘭仙介入，跟姜季澤就有關，這又連上了長白、長白的父/母親模仿。在長安這裡，七巧硬給她編派了角色：「你三嬸替你尋了漢子來，就是你的重生父母，再養爹娘！」（〈金鎖記〉頁179）七巧自己內心有鬼才一再糾纏上姜季澤，但長安無意以三嬸爲母親模仿對象，全心執迷沉浸於情感，沒空迎戰言語的挑釁；加上童世舫也對「思想的交流根本抱著懷疑的態度」，是「言語究竟沒有用」（〈金鎖記〉頁177）的信徒，七巧的語言法度一時竟無處施展。等到童家託蘭仙上門議定婚期，七巧第二回合逮到了對話者。說來，兜來轉去蘭仙與七巧一直切割不掉，無非因爲七巧潛意識裡與姜季澤牽扯難分。此外，長白父親沒有的姨太太，七巧可以做主，置一房給兒子，但女兒長白擁有她沒有的愛情，還是透過她的假想敵蘭仙，她孰可忍孰不可忍！蘭仙上門，七巧是對著童世舫也是姜季澤，是對著長安也是蘭仙，聲嘶力竭破口大罵：

火燒眉毛，等不及的要過門！……你就拿準了他是圖你的人？你好不自量。你有哪一點叫人看得上眼？趁早別自騙自了！姓童的還不是看中了姜家的門第！別瞧你們家轟轟烈烈，公侯將相的，其實全不是那麼回事！……我娘家當初千不該萬不該跟姜家結了親，坑了我一世，我待要告訴姓童的趁早別像我似的上了當。（〈金鎖記〉頁180）

此番告白，簡直是自況心事遭遇，好不淒然。但此時此刻，七巧非主角，童家媒說的對象不是她，她完全時地不宜的表錯情。蘭仙受此一吵乾脆放手不管，長安不明就裡，但深諳母親爲人知道情事遲早會決裂，要保住這完美的一段，就只有回絕童世舫。兩人約在公園見，她褪下戒指還給他。"*Long Long Ago*"的口琴聲悠忽傳來：

長安著了魔似的，去找那吹口琴的人——去找她自己。……仰面看著，眼前一陣黑，像驟雨似的，淚珠一串串的披了一臉。（〈金鎖記〉頁182）

雨水象徵再度重演，一如貝拉的幻想不斷重複發生，那是長安不願接觸的過去。沒了婚約，兩人倒認眞沒目的做起朋友，甚至談起話來。風聲吹到七巧耳朵裡，女兒有愛情還能交談，她哪容得下如此雙重的打擊？背著長安，她下帖子請童世舫上家裡吃飯，長安訂親時七巧沒出場，這回在自己家裡（舞台），長白倒酒奉菜招待來客，照著精心設計的台詞與戲碼搬演，待場子暖熱了，七巧正式上場：

門口背著光立著一個小身材的老太太，臉看不清楚，穿一件青灰團龍宮織緞袍，雙手捧著大紅熱水袋，身旁夾峙著兩個高大的女僕。門外日色昏黃，樓梯上鋪著湖綠花格子漆布地衣，一級一級上去，通入沒有光的所在。世舫直覺地感到那是個瘋子。（〈金鎖記〉頁183）

長白介紹了母親，七巧款款走進餐室，客套了幾句，坐下來敬酒讓菜：

長白道：「妹妹呢？來了客，也不幫著張羅張羅。」七巧道：「她再抽兩筒就下來了。」世舫吃了一驚，睜眼望著她。七巧忙解釋道：「這孩子就苦在先天不足，下地就得給她噴烟。後來也是爲了病，抽上了這東西。小姐家，夠多不方便哪！也不是沒戒過，身子又嬌，又是由著性兒慣了的，說丟，哪兒丟得掉呢？戒戒抽抽，這也有十年了。」（〈金鎖記〉頁183）

童世舫不由臉色驚變，七巧就是七巧，三言兩語，砸碎了童世舫心目幽嫻貞靜的中國閨秀形象。我以爲在這裡更讓讀者毛骨悚然的，還在張愛玲複製「瘋子」的能力，後續七巧正在隻手揑造女兒形象之際，長安悄悄的走下樓來，見聞一切，在這場戲裡她的角色是女兒同時是母親的敵人；她曾做過母親的分身，非常清楚童世舫「不是她母親的兒女」，所以他不會懂得，這是長安在人世最後一次的澄明狀態。之後，長安轉身沒入母親同一條路線：

> 玄色花繡鞋與白絲襪停留在日色昏黃的樓梯上。停了一會，又上去了，一級一級，走進沒有光的所在。（〈金鎖記〉頁184）

循由母親下樓路線回游，長安與母親合體，七巧烟榻版圖上的「瘋子」功業於焉完成。以生物性來看，七巧活著但其實早死了，等到她眞正死亡那天，她的兒女已陪葬多年：

> 七巧的女兒是不難解決她自己的問題的。謠言說她和一個男子在街上一同走，停在攤子跟前，他爲她買了一雙吊襪帶。也許她用的是她自己的錢，可是無論如何是由男子的袋裡掏出來的。……當然這不過是謠言。（〈金鎖記〉頁186）

這裡頭因此沒有救贖，七巧若有愛，那也是帶著變態與嗜血性的愛。

四、黃金枷與拐杖：病態即藝術根源

說來，張愛玲〈金鎖記〉和亞隆《診療椅上的謊言》裡，烟榻、診療椅都具有虛擬現實的功能。七巧的烟榻是她逃離現實的所在，亞隆的診療椅何嘗不是？然而張愛玲畢竟不是心理醫師，她不必也不會說的話，亞隆讓他的角色希摩說了出來：

三年來我嘲笑貝拉生活在幻想中，並把我的現實強加在她身上。現在，……我進入她的世界，發現生活在幻想王國中並不算壞。（《診療椅上的謊言》頁37）

一旦現實生活的隔離線被抹掉，治療就結束了，再回不去烟榻、診療椅的幻想王國。爲履行和貝拉出遊的約定，他們將面對診療椅上現實與幻想的終極結合，這讓希摩方寸大亂，他認爲此行會讓貝拉大失所望，他告訴貝拉：「一切都被誇張，遠離現實。」（《診療椅上的謊言》頁35）七巧的烟榻何嘗不如此？這是七巧一直悍拒排斥現實世界的姿態與理由吧！但兩篇小說布局其實多所雷同，表面上希摩和貝拉回不去他作爲心理執業醫師的那張診療椅，但他在現實世界有一張看不見的診療椅，是他爲貝拉單獨訂做，其結果是他們並沒有走下診療椅。

因此，兩篇小說最大差別在「治療藥物」，七巧掌管的烟榻，治療藥物是鴉片，希摩控制的診療椅上，針對貝拉任何事都是賭的性格，希摩「以賭治賭」，他接受貝拉提出來的賭注：「不吸毒（包括酒），不割腕，不暴食暴瀉，不在酒吧或公路上勾引男人，不進行任何危險的性行爲。」（《診療椅上的謊言》頁27）以兩年爲期，貝拉如果做到，她贏，可以換取她要的償金——和希摩到外地共渡周末。貝拉要實踐的當然是性，這也是兩篇小說文本很重要的共同主題。鴉片治療和比較文明的治療，最後都朝向性，也皆存在強烈的性暗示。貝拉的母親在她是嬰兒時就過世了，她的父親有強烈的潔癖，她被冷漠的家庭教師扶養長大，她渴望身體的接觸，一再要求希摩擁抱作爲會診的結束：

但她總是不滿足，在擁抱時想吻我的臉頰。我總要求她尊重界線，而她總是要試探。貝拉像個躲在母親身體裡的小孩——一個非常迷人的母親身體。（《診療椅上的謊言》頁20）

如果說七巧以裹小腳搭在兒子長白肩膀上一幕，除了充滿了性暗示外，還有前文所提到的長白父親的角色一直是缺席的，而七巧是個不合格的母親，一步步把兒子帶到亂倫的邊緣；貝拉與希摩的角色扮演，亦顯示病態的一面，希摩（父親）的出現，她很自然扮演起母親及女兒的角色。透過了「性」強化角色的「極端病態」，張愛玲自言曹七巧是她小說裡的

「徹底」人物，不是沒有道理。

當然兩者皆使用治療藥物，這是把他們留了烟榻和診療椅的元素之一，但眞正把他們留在那裡的，是他們的病態。因著病態，七巧活在烟榻，也死在烟榻；貝拉亦如是，可貝拉的眼神「總是望向別處」，似乎以診療椅爲基地，她才好張望他方。

至於作者調度的人物、材料，明眼的讀者一看就明白，亞隆的心理治療師的身分，難免會有是否披露、延伸、轉化被治療者案例的質問，這裡頭存在亞隆治療個案與小說文本互涉的疑義。至於在張愛玲，眾所周知自陳對原料極愛好，不止一次表白所寫的人物「皆有所本」。[21]譬如〈金鎖記〉裡人物、故事便脫胎自大伯、三伯的家庭，七巧甚至是她三表伯母、論親戚輩分張愛玲一直喊「三媽媽」的原型，三爺姜季澤原型人物，更收了張愛玲弟弟做乾兒子。也就是說張愛玲和亞隆是我們分析小說的副文本，張愛玲即言：「一切好的文藝都是傳記性的。」[22]她認爲虛構的小說跟不上事實。

回到亞里斯多德所言，小說人物、情節是否可以引發共鳴或恐懼，是進入這兩者小說雙文本的很不壞的線索。同理，希摩的祖師爺佛洛伊德也曾指出，罪惡感是構成焦慮（anxiety）的極大因素，是爲「良心的懼怕」。[23]作爲小說人物，七巧、希摩有焦慮及罪惡

---

21. 水晶：〈蟬——夜訪張愛玲〉，《張愛玲的小說藝術》（台北：大地出版社，一九九〇年），頁25。
22. 張愛玲：〈談看書〉，《張看》，頁189。

感衍生出的「良心的懼怕」嗎？而作者又有何種自我心理投射呢？

先看《診療椅上的謊言》裡希摩寄給恩尼斯的照片中，「希摩面露微笑——很頗皮的傻笑，他一隻手握著輪椅，另一隻手拿著拐杖，快活地指著天際。」反倒貝拉「看起來很憂慮，幾乎有點消沉。」（《診療椅上的謊言》頁44）要說「罪惡感」，彷彿貝拉才是，但貝拉的罪惡感從何而來？案件結束前與結束後，貝拉都只是檔案與照片中才存在的人，在檔案中她時而邪惡時而無助時而性感云云，那畢竟只存在文字中。進入可見的照片，希摩的視角與形容，提醒了我們，希摩高高在上操縱者（醫生）的角色，貝拉是被定義者（病人），貝拉的憂慮消沉若是病，她最後得到一個醫生。七巧搭在傭婦胳臂，被夾扶著由沒有光的所在現身固然使人「毛骨悚然」，希摩微笑扶輪椅拿拐杖「快活地指著天際」（《診療椅上的謊言》頁44），難道不會讓人泛起一陣陣恐怖嗎？作為一位心理治療界長老，希摩頗皮與傻笑，他不致如此，這才份外挑起人們的不安。這宛如祭典的文本，若進一步比照兩篇小說裡象徵祭典進行必有的法器「圖騰」，我們不難理出七巧的法器是黃金枷，希摩是拐杖，法器做為權力行使物，因此希摩離不開拐杖。小說開篇，拐杖形成的音軌圖騰就在與恩尼斯面談出現。當然，恩尼斯並未意識到：

> 他聽見走廊傳來一陣輕敲聲。……塔特醫生在走廊中跌跌撞撞地前進，用兩根拐杖不平衡地支撐著。他彎著腰。拐杖舉得很開。（《診療椅上的謊言》頁5）

至於七巧的法器——黃金枷，更是一再傳遞重要訊息：

去年她戴了丈夫的孝，今年婆婆又過世了。現在正式挽了叔公九老太爺出來為他們分家。今天是她嫁到姜家來之後一切幻想的集中點。這些年了，她戴著黃金的枷鎖，可是連金子的邊都啃不到，這以後就不同了。（〈金鎖記〉頁156）

七巧被張愛玲親自下了診斷：「有一個瘋子的審愼與機智。」（〈金鎖記〉頁184）要求一個活在陰暗面舊社會體制的瘋子，生出中國人向來服膺的「罪惡感」如何可能？這或才是小說眞正令人「毛骨悚然」而不可知？在希摩的診療椅世界裡，很明顯，沒有人眞正受傷害。七巧一生時光都在烟榻上消磨殆盡，如此情節，我們看來何其眼熟？張愛玲的鴉片心理學不是無師自通，她父親嗎啡鴉片都來：

我父親的家，那裡什麼我都看不起，鴉片，教我弟弟做「漢高祖論」的老先生，……我把世界強行分作兩半，光明與黑暗，善與惡，神與魔。

---

23. 佛洛伊德（Sigmund Freud）著，楊庸一譯：《圖騰與禁忌》，頁90。

……雖然有時候我也喜歡。我喜歡鴉片的雲霧，霧一樣的陽光……在那裡坐久了便覺得沉下去，沉下去。[24]

連後母也深好此物：

她父親孫寶琦以遺老在段祺瑞執政時出任總理，……妻女都染上阿芙蓉癖。我繼母是陸小曼的好友，兩人都是吞雲吐霧的芙蓉仙子。[25]

人生經驗投射於小說，我們因此看到七巧的烟榻王國內外，一路下來，死的死傷的傷，七巧的媳婦芝壽不堪折磨，拖了不少時日才閉眼，長白的姨太太絹姑娘扶正不久也吞鴉片自殺了。長白不敢再娶了，長安更是早斷了結婚的念頭。沒有別人，他們是彼此相守的自家血親，人生最後，七巧似睡非睡仍橫在最重要的烟鋪：

三十年來她戴著黃金的枷。她用那沉重的枷角劈殺了幾個人，沒死的也送了半條命。她知道她兒子女兒恨毒了她，她婆家的人恨她，她娘家的人恨她。……喜歡她的有肉店裡的朝祿，她哥哥的結拜弟兄丁玉根，張少泉，還有沈裁縫的兒子。……如果她挑中了他們之中的一個，往後日子久了，生了孩子，男人多少對她有點眞心。七巧挪了挪頭底下的荷葉邊小洋枕，湊上臉去揉擦了一下，那一面的一滴眼淚她就懶怠去揩拭，由它掛在腮上，漸漸自己乾了。（〈金鎖記〉頁185、186）

一滴眼淚，她連揩拭都懶怠。沒有罪惡感，就算有，也只靈光一現，勾不起任何漣漪。一切都是一場遊戲，而戲劇起源於遊戲，張愛玲熟諳箇中虛實，難怪晚年等於從現實世界自我放逐，與「正常」世界決絕。但也爲她招來非議，這樣的人際關係與姿態，輾轉附會，從她的作爲延伸至小說女性角色，或反向操縱，於是有些批評者不時以此臧否，把她「病態化」，[26]甚而祭出心理分析伺候。要知道張愛玲是熟悉榮格的，她曾就榮格的民族潛意識論證，引喻胡適倡導的五四運動經驗於中國人「無論湮沒多久也還在思想背景裡」，[27]肯定胡適的影響力。同理，張愛玲〈金鎖記〉被夏志清譽爲「中國從古以來最偉大的中篇小說」[28]，曹七巧作爲張筆下唯一「徹底」的極端病態、瘋狂女性，病態的完成在七巧「迸得

24. 張愛玲：〈私語〉，《流言》（台北：皇冠出版社，一九九一年），頁162。
25. 張愛玲：《對照記》，頁30。
26. 水晶：〈張愛玲病了〉，〈人間副刊〉，《中國時報》，一九八五年九月二十一日，八版。
27. 張愛玲：〈憶胡適之〉，《張看》（台北：皇冠出版社，一九九一年），頁148。
28. 夏志清著，夏濟安譯：〈第十五章張愛玲〉，《中國現代小說史》（香港：友聯出版社，一九七九年），頁343。

全身的筋骨與牙根都酸楚」（〈金鎖記〉頁164、165）達於極致，她筆下的七巧要說沒有心理層面很難信服人；同樣，亞隆將希摩人生建立在診療椅王國，診療椅便有了文學的象徵與文學意味，作者的角色扮演，小說中藉希摩的話說了出來：「與病人的接觸滿足了我一切需要。」（《診療椅上的謊言》頁40）張愛玲以文學美學建構曹七巧心理狀況，使之與現實拉出距離，眞正說來，我們對她的眞實面所知有限，但如果她清明的操縱型塑七巧做絕了的性格，前文提過張愛玲親自診斷七巧「有一個瘋子的審愼與機智」，七巧可以活在她分配的家產後頭。現世中，張愛玲依她的本性行世，堅持獨活，她有資格拒絕世人的窺探：「看什麼看？有啥好看！」有鑑於此，學者周蕾歸納總總現象，一是棒喝好貼張愛玲病態標籤者不思反省何謂「正常」或「病態」，另是她提出張愛玲通過種種斷裂形式，將自己生命進行「封鎖」，實踐獨身生活達於純粹自力自主之境，一直以來彷彿在說：「病態就是藝術根源。」[29]此言說的深刻，而回到本文的探討與連結，這正是〈金鎖記〉與《診療椅上的謊言》的核心圖示。

29. 周蕾：〈技巧、美學時空、女性作家——從張愛玲的〈封鎖〉談起〉，楊澤編：《閱讀張愛玲》（台北：麥田出版公司，一九九九年），頁172。

2

遊牧路線

壹

重回前方，台灣行

記張愛玲「悄然來台」

一九六一年十月，張愛玲展開自一九五五年秋離開香港後首次東方行，十三日搭機「悄然來台」，踏上畢生唯一一次造訪的台灣土地。[1]

這位滿清北洋大臣李鴻章的外曾孫女，踏上甲午戰敗李鴻章代表清廷簽署馬關條約割與日本的台灣，確有身世錯置之感。「宰相有權能割地，孤臣無力可回天。扁舟去作鴟夷子，迴首河山意黯然。」當年台灣先賢丘逢甲所賦〈離台詩〉，充滿憤懣之情，記的正是這段歷史中被祖國遺棄的感受。

相對一九五五年秋坐郵輪離港赴美的待遇，這次，張愛玲是搭乘較好的交通工具「重返前方」。她且將台港見聞，寫成〈重返前方〉（"A Return to the Frontier"），發表在一九六三年三月*The Reporter* 雜誌上。[2]

張愛玲在台灣約停留一週，便轉赴香港爲電懋公司編劇，直待她離台赴港後，才有一九六一年十月二十六日《民族晚報》記者吳漢發了條充滿人情味的短稿，登在三版影劇版：

女作家張愛玲，曾經替電懋影業公司寫過一部《情場如戰場》的電影劇本。這部戲由林黛所主演，那時候的林黛比現在紅得多。擔任導演的好像是岳楓，老導演的手法亦不平凡，出品的公司是像樣的公司，主演的人是如日中天的紅角，在片場上發號司令的又是比陶秦有本領的「岳老爺」，於是張愛玲的心血沒有白花，在各方面的湊合之下，編

---

1. 吳漢：〈張愛玲悄然來台——忽聞丈夫得病，又將摒擋返美〉，《民族晚報》，一九六一年十月二十六日，三版。
2. *A Return to the Frontier*發表在一九六三年三月二十八日《記者》（*The Reporter*）雜誌上，見張愛玲著，劉錚譯：〈回到前方〉，《人間副刊》，《中國時報》，二〇〇二年十二月十四～十七日，三十九版。關於Frontier一詞，不無象徵地理的概念。鄭樹森譯爲〈重回前方〉，見鄭樹森：〈張愛玲・賴雅・布萊希特〉，《聯合文學》，二十九期，一九八七年三月，頁81。譯爲〈重回前方〉見蔡鳳儀編輯：《華麗與蒼涼・附錄》，《華麗與蒼涼》（台北：皇冠出版公司，一九九六年版），頁291。李應平：〈張愛玲生平・作品年表〉，張子靜：《我的姊姊張愛玲》（台北：時報文化出版公司，一九九七年版），頁332。司馬新則譯爲〈重回前線〉，見司馬新：《張愛玲與賴雅・第八章》（台北・大地出版社，一九九六年版），頁166～167。本文引用的是劉錚譯〈回到前方〉內容。本文發表時張愛玲以"A Return to the Frontier"爲文本改寫爲〈重訪邊城〉尚未出土，二〇〇八年才經張愛玲著作執行人宋以朗授權出版，世人才得以知道張愛玲早將"A Return to the Frontier"自譯爲〈重訪邊城〉，本文重點爲梳理張愛玲台灣行歷史情境，仍以撰文時有的材料作客觀呈現。

劇的人乃亦非常受人注意。張愛玲替電懋編劇。性質與秦羽有些不同，秦羽像汪榴照一樣，算是電懋的基本編劇的，至於張愛玲，則屬特約，所以沒有一定的規定，她有時間才替電懋寫。她是住在美國的，電懋同她談公事，靠信札通聲氣。

這一位有聲於文壇，善於寫小說又長於編劇的女作家，頃從美國到了台灣此刻躭在花蓮一個親戚的家裡，以張愛玲和這一份親戚，已久遠不曾晤面，是故她一到祖國，在台北稍作勾留之後，即赴花蓮探親。

據說張愛玲的打算本來是這樣：她在祖國躭過一些日子之後，就到香港去作一短時期的旅居，在這短時期的旅居裡，替電懋寫些劇本。由於張愛玲未到台灣之前，電懋已經得到消息，知道她不久即將到祖國觀光與探親，順便要轉道香港，同一些文化上的老兵敘一敘闊別之情，因此電懋寫信到美國去，希望張愛玲在香港的旅居時期裡，再爲電懋花一些心血。張愛玲原本亦已答應電懋的要求了，故她準備從台灣去香港之後，了此一筆人情上的「文債」。但不幸得很，她從美國飛遠東之後的不久，她的丈夫在紐約患了中風毛病，於是有電報打到香港朋友的家裡，找尋張愛玲，要張愛玲立刻回美國，去照顧她丈夫的病。香港方面的朋友因認茲事體大，乃急將這一壞消息，用電報轉給近在花蓮的張愛玲知道。張愛玲接到從香港方面轉來的這一個壞消息之後預備作何打算，不清楚，意料起來她必已方寸大亂，茶飯無味了。

聽說張愛玲和她的丈夫的感情是非常之好的，他們在美國頗得唱隨之樂，因之張愛玲有心思到祖國來探親及觀光，並又答應了電懋到了香港之後再替他們寫一些劇本。不圖遊興未盡已歸心如箭，張愛玲的丈夫之病不但使張愛玲本人非常焦急，即就電懋而言，亦必認爲是不幸之至。

這則消息釋放出當年普遍的認定——台灣位屬中國地理血緣上的「祖國」。但在張愛玲，這趟旅次表面爲應老友美新處處長理查德‧麥卡錫（Richard M. McCarthy）邀訪，趁赴港寫劇本開發更多經濟來源之便，順道繞個彎，[3]但我們有理由相信，張愛玲不無觀望台灣出版市場私衷，方埋下一九六六年台灣首次出版她的長篇小說集《怨女》種子。

而除了出版觀望，當時張愛玲正著手蒐集《少帥》（*Young Marshal*）英文小說資料，仍不脫寫作打算。[4]眾所周知，少帥指東北王張作霖長子、一九三六年囚禁蔣介石引發「西安事變」的主角張學良，一九四六年以後張學良反被蔣介石軟禁在台北。張愛玲有意訪問少

---

3. 張愛玲在港從一九六一年十月二十日左右停留，至一九六二年三月十六日返美，這次台灣、香港行，成爲張愛玲最後一次亞洲行。近半年時間內，她共完成劇本《南北一家親》、《一曲難忘》及部分《南北喜相逢》。見林以亮：〈文學與電影中間的補白〉，陳子善編：《私語張愛玲》（杭州：浙江文藝出版社，一九九五年版，頁66～67。
4. 司馬新：《張愛玲與賴雅》（台北：大地出版社，一九九六年版），頁142。

帥，以張愛玲寫《赤地之戀》前例，她確實「愛好眞實到了迷信的程度」。[5]遺憾的是與張學良面談的要求未被接受。但無可否認，應是以上幾項因素促成了張愛玲此行。吳漢的報導則爲張愛玲台灣行留下唯一的文字記錄。

吳漢在字裡行間突出了台灣作爲張愛玲「祖國」的身世。實情是，雖自一九六一年三月夏志清在美出版英文版《中國現代小說史》，便將張愛玲推上了西方文壇，但張愛玲也認清赴美後，以英文創作「在美國不吃香」的事實。[6]賴以維生的文學商機，此時看來，大陸可謂一片沉寂，香港市場太小，剩下就是台灣了。「祖國」你在何方？對張愛玲來說，這預言了台灣日後將成爲她的全集出版母地。

〈重返前方〉"A Return to the Frontier"文內，張愛玲提及來接機的人，用一種官方語言問她：「回來感覺如何？」張愛玲環視人頭鑽動的機場，聽著故國鄉音：「做夢一樣，可惜不是眞的。」她熟悉和懷念的那個中國是永遠消失了。

一九四一年珍珠港事件爆發，張愛玲就讀的港大停課，她在同年五月搭船返上海途中遠望到台灣，後來將這印象寫入〈雙聲〉：

> 回上海的船上，路過台灣，台灣的秀麗的山，浮在海上，像中國的青綠山水畫裡的，那樣的山，想不到，眞的有！

從這個角度觀看，斯時斯地斯人，張愛玲但覺陌生，遑論高蹈的「祖國」政治符號。心境上，她已然失去早年遠望這片「浮在海上，像中國的青綠山水畫」[7]般飄渺之島的閒情。對她，因爲語言的斷裂，〈重返前方〉與吳漢的報導對照，愈發襯托是張愛玲台灣行默片般的場外配音，一次雙聲的演出。[8]

5. 張愛玲：〈赤地之戀．自序〉，《赤地之戀》（台北：皇冠出版公司，一九九一年版），頁3。
6. 夏志清：〈張愛玲給我的信件（五）〉，《聯合文學》，第一五五期（一九九七年九月），頁69。
7. 張愛玲：〈雙聲〉，《餘韻》（台北：皇冠出版公司，一九九一年版），頁58。
8. 陪張愛玲訪花蓮途中，王禎和問張愛玲，要不要以台灣爲背景寫小說？她說因爲語言的隔閡，台灣對她是Silent Movie（默片）。見王禎和口述，丘彥明訪問：〈張愛玲在台灣〉，鄭樹森編：《張愛玲的世界》（台北：允晨文化出版公司，一九八九年版），頁23～24。

貳

張愛玲的「名詞荒年」

一個關於〈文革的結束〉及〈知青下放〉的故事

一九七〇年九月，水晶「一到柏城，手裡還提著兩件行李，便忙著問路，找到張愛玲女士住所。」[1]登門掀鈴拜訪遭拒，之後試著不時打電話求見，亦無下文。

彷彿神蹟顯靈，一九七一年六月三日張愛玲寫信給水晶，「哪天晚上請過來一趟」，[2]約在她公寓晤談。一九六一年十月十三日張愛玲曾抵台訪問，水晶當時無緣得見。對這位超級張迷而言，這天，他等了十年。事後水晶快筆寫就〈蟬——夜訪張愛玲〉，刊布後，驚動華文文壇。人們當時所不知道的背景故事，影影綽綽上演著張愛玲寫作生涯最大挫折的內情。

之前張愛玲受聘美柏克萊加大中國研究中心專研中共新名詞，主事者陳世驤（一九一二～一九七一），正是夏志清好友。

要解釋這場晤談，同年六月十日張愛玲寫給夏志清的長信，最能帶我們進入故事現場：

我剛來的時候就是叫我寫glossary，解釋名詞，……剛巧這兩年情形特殊，是眞的沒有新名詞。就名詞上做文章，又沒有中心點。唯一的中心點是名詞荒的原因。所以結果寫了篇講文革定義的改變，……最後附兩頁名詞。世驤也許因爲這工作劃歸東方語文系，不能承認名詞會有荒年，我覺得從semantics出發，也是廣義的語文研究。……我知道他沒再給人看，就說：「要是找人看，我覺得還是找Johnson，因爲Ctr.就這一個專家。」他又好氣又好笑地說：「我就是專家！」……我是眞用全副精力在做，實在來不及。Johnson這人又Abrasive，……弔喪回來，他們夫婦用車子送我，我還是託了他看文章，因爲我對自己寫的東西總是盡到最後一分力。但是無論如何不讓它影響情緒，健康很受影響。預備找水晶來……[3]

張愛玲一九六九年七月一日到職研究中心，兩年後交出「講文革定義改變」文章及兩頁新名詞。張愛玲的研究成績顯然讓陳世驤極爲不悅，又遭張愛玲一陣搶白，約談後「隨即解僱」。

遺憾的是，兩人談後，陳世驤旋於一九七一年五月二十三日心臟病猝逝，「現在世驤新故，我不應當說這些，不說，另找得體的話，又講不清楚。」張愛玲頓失反證機會，工作沒

1. 水晶：〈尋張愛玲不遇〉，《張愛玲的小說藝術》（台北：大地出版社，一九七三年版），頁11～15。
2. 水晶：〈蟬——夜訪張愛玲〉，《張愛玲的小說藝術》（台北：大地出版社，一九七三年版），頁17～41。
3. 夏志清：〈張愛玲給我的信件（六）60〉，《聯合文學》，第一五六期（一九九七年十二月），頁99～103。

了，判斷力受到質疑；更尷尬的是，落入「一旦解僱，消息傳遍美國，對她極爲不利，好像大作家連一篇普通學術報告都不會」境地。張愛玲遭逢「赴美奮鬥十六年來最大的打擊」，她再強調「無論如何不讓它影響情緒」。怎麼可能？這或使她想起以另一種方式講清楚，「她想起了名作家、張迷水晶。」（夏志清按語）

張愛玲的直覺是對的，台灣讀者對她一直充滿高度興趣。但距她上一次文章發表，改寫《十八春》爲《惘然記》（日後出書改名《半生緣》）在《皇冠》連載，已是一九六八年的事。我們有理由相信，她是爲了正名，正她了解中共歷史及名詞之名。所以談話進入正題後，便首先告訴水晶，她曾以筆名梁京在中共政府治下發表《十八春》，《十八春》故事最後收梢於人民如何迎上中共改造運動。這等於是雙重宣示了。一來藉水晶之筆，釋放「我對自己寫的東西/中共名詞，總是盡到最後一分力」的內行與態度；當然，更不無試測讀者對她喜歡的程度。

層層疊疊推演，在她給夏志清同封信可找到佐證：

哈佛有人在寫本書關於Brecht（即德國劇作家布萊希特Bertolt Brecht, 1898-1956），發現Ferd（張愛玲先生賴雅）是他唯一的好朋友，於我也沒有益處。

寫Brecht哈佛人即詹姆士・萊昂（James K. Lyon），一九七一年二月二日，萊昂陰誤打誤撞訪問到張愛玲，事後萊昂因與香港旅美學者鄭樹森同校任教，經說明後了解張愛玲之重要、訪問之稀罕，逐召喚記憶將過程寫成〈善隱世的張愛玲與不知情的美國客〉，[4]成爲張愛玲唯一接受西方文化界採訪的文獻。但論張愛玲當時處境，她一言中的：於我也沒有益處。

張愛玲是否因此回頭訴諸華文文化界未可知。這次見面，是張愛玲正式加持了水晶正牌張迷頭銜。〈蟬——夜訪張愛玲〉，成爲研究張愛玲極重要第一手中文文獻。

但是事情並未結束，訪談過後，張愛玲定下決心，「還我欠下自己的債」。[5]她花了一年時間，依據〈講文革定義改變〉及兩頁新名詞，先在一九七二年五月修改成英文長文〈文革的結束〉及短文〈知青下放〉（"Reeducational Residential Hsia-fang"）；九月又增補添寫，「明知這是浪費時間，不做完它也定不下心來做別的。研究中共當然到此爲止。」[6]這兩篇英文論文，下場並未像"A Return to the Frontier"及"Stale Mates"順利發表在

4. 詹姆士・萊昂（James K., Lyon）著，葉美瑤譯：〈善隱世的張愛玲與不知情的美國客〉，《聯合文學》，第一五〇期（一九九七年四月），頁59～65。
5. 水晶夜訪，張愛玲表示現在寫東西，完全是還債——還我欠下自己的債。見水晶：〈蟬——夜訪張愛玲〉，《張愛玲的小說藝術》（台北：大地出版社，一九七三年版），頁31。
6. 夏志清：〈張愛玲給我的信件（七）54、56〉，《聯合文學》，第一五九期（一九九八年一月），頁108、110。

*The Reporter*雜誌。以張愛玲奇異的自尊心，她先於一九七二年九月將初步整理好的文章，寄給對陳世驤提過的專家Johnson，並在十一月打電話給Johnson，得到「那篇東西非常好，他們預備出版，想登在*Asian Survey*上。」[7]證詞。

相似的故事，張愛玲的讀者應當並不陌生。一九三七年淞滬會戰爆發，張愛玲爲方便參加倫敦大學會考住到母親那兒。考完回家，被繼母「挑唆我父親打了一頓禁閉起來」。[8]逃出後，因爲她父親訂英文《大美晚報》，她找到機會將這段「驚險的經驗實錄」寫了生平第一篇英文散文"What a Life! What a Girl's Life!"，投給《大美晚報》昭告天下。[9]一九四四年寫〈私語〉，又將這件事重覆了一次。

〈文革的結束〉及〈知青下放〉依循既往，張愛玲亦寄夏志清處理，過程一如張氏重複、迴旋與衍生的敘事學風格，充滿周折。

先是一九七二年六月九日張愛玲既有副本遺失，寫信請夏志清轉寄他手上的〈知青下放〉"Reeducational Residential Hsia-fang"給經紀人Maria Rodell：

> 〈文革的結束〉的性質正如你所說，我也告訴Maria Rodell內容不適於普通讀者。她因爲這題材許多人有興趣，願意試試。我因爲很少希望，這類文章又有時間性，預備另寄一份給*China Quarterly*。那篇講下放的（麻煩你轉寄給Rodell眞不過意）那篇僅剩的一個副本上次*Esquire*（《老爺雜誌》）要看，寄給他們——我誤以爲還有，找不到——現

在催他們還我，要等收到後多印兩份，一併寄給*China Quarterly*……[10]

九月又追一信：

「文革」等你有空的時候請寄還給我，我下月底搬家，來不及以後再寄也是一樣。*Esquire*根本沒有興趣，誤以爲早已還了我。

夏志清日後回憶不無感慨：

她聽從了經紀人的話，希望那篇論「文革的結束」之長文可當本專書出版，那篇講「知

---

7. 夏志清：〈張愛玲給我的信件（七）51〉，《聯合文學》，第一五九期（一九九八年一月），頁106。
8. 張愛玲：《對照記》（台北：皇冠出版公司，一九九四年版），頁53。
9. 張愛玲在場座談會上表示，第一次作品是一篇散文，是自己的一點驚險的經驗實錄，登在一九三八年的英文《大美晚報》上。見魯風、吳江楓：〈女作家聚談會〉，唐文標：《張愛玲資料大全集》（台北：時報文化出版公司，一九八四年版），頁237～245。
10. 夏志清：〈張愛玲給我的信件（七）56〉，《聯合文學》，第一五九期（一九九八年一月），頁109。

青下放」的短文可在《老爺》這樣的暢銷雜誌上刊出。11

夏志清認爲張愛玲既非著名中共專家，又非擁有英語讀者的小說家，「寫了兩篇冷門題目的文章，實在幫不了她一點忙的。」但如今看來，文革結束於一九七七年，張愛玲一九七二年即打出「文革結束」名詞。

這兩篇足以觀察張愛玲政治嗅覺的文章下落如何?研究張愛玲的高全之曾在美「到圖書館查了一九五五至一九九五期刊文目（*Reader's Guide*），確定這四十年，至少以這套文目所包羅的期刊而言，張愛玲只有登在*The Reporter*上的"Stale Mates"（〈五四遺事〉）及"A Return to the Frontier"（〈回到前方〉）兩篇。」（高全之給蘇偉貞信，二〇〇三年五月四日）遑論*Esquire*或任何雜誌曾出現這兩篇文章。

夏志清亦在給蘇偉貞信中回覆：

> 愛玲一九七二年六月九日信上提到「講下放的那篇」短文，我一定遵囑寄給她的經紀人Maria Rodell，我手邊不再有此稿。講「文革的結束」那篇長文，愛玲自己找Rodell去處理，想來我未必看過。後來因「蟲患」不時搬家，把我給她的信件都丟了（以減輕搬家時手攜物件之重量）。假如我在寫信前，把每封信都影印一份，就一封信都不會遺失了。（夏志清給蘇偉貞信，二〇〇三年三月三十日。）

稍了解張愛玲，必十分熟悉她處理稿件的患得患失。譬如大陸改革開放後，她曾授權姑丈李開弟處理大陸版權事宜，「但有一度盜版猖獗，張愛玲作品版本竟達三十幾種，張愛玲在海外得知，頗爲不悅，李開弟乃以年老請辭。」[12]

一九九五年張愛玲平靜逝去，遺囑執行人林式同，將張愛玲遺物分裝十餘個中型紙箱運交香港給繼承者宋淇。一九九六年二月，長年出版張愛玲著作的皇冠出版集團平鑫濤與平雲專程前往香港，拜訪宋淇商議張愛玲遺物處理事宜。宋淇考量張愛玲在台灣有許多讀者，決定「選擇台灣爲張愛玲遺物最後的居所」、「除了張愛玲部分私人書信和衣物予以保留」，其餘遺物於二月底運到台灣，交給皇冠。

一九九六年十一月二十六日，皇冠出版在台北舉辦「張愛玲紀念首展」，張愛玲生前物品，包括從未發表的張學良傳英文小說*The Young Marshal*與「在美早期所寫的有關下放的研究論文」。[13]

---

11. 夏志清：〈張愛玲給我的信件（七）58〉，《聯合文學》，第一五九期（一九九八年一月），頁110～111。
12. 陳怡眞：〈傳奇未完〉，〈人間副刊〉，《中國時報》，一九九五年九月十七日，三十九版。
13. 《聯合報》一九九六年十一月二十六日第三十五版〈文化廣場〉報導：〈揭開張愛玲神秘面紗皇冠雜誌辦紀念首展〉。

一九九七年三月一日，再度於皇冠藝文中心舉行長達一個月的張愛玲紀念展。加上新整理的張愛玲遺物，「下放的研究論文原稿」仍在展出之列。[14]兩次紀念展都證明了「下放」研究論文並未失蹤。

但皇冠所擁有的「下放」研究論文，係指〈知青下放〉。當時宋淇夫婦依張愛玲遺囑及他們了解的張愛玲作出幾項較大決定：

一，將張愛玲已完成的《小團圓》文稿銷毀。根據平雲表示，張愛玲曾以小說體寫完《小團圓》，因不滿意而未曾發表。後來以散文重寫，可是只完成部分。平雲稱張愛玲生前特別寫信給宋淇，叮囑在其死後「銷毀」未完成的《小團圓》。因此《小團圓》沒有以小說或散文形式發表的可能了。

二，未完成的文稿不得發表。

三，已完成的〈知青下放〉（"Reeducational Residential Hsia-fang"），僅供保存。

依據以上大原則，陸續整理出的張愛玲文稿中，一九九六年十月號《皇冠》刊登了張愛玲寫於一九八八年未曾發表的散文〈一九八八～?〉、一九九八年九月十日〈聯合副刊〉刊登了陳子善鉤沉張愛玲的舊作〈謔而虐〉及二〇〇二年四月九日〈回顧傾城之戀〉。〈人間副刊〉二〇〇二年十二月十四日刊登了劉錚譯的〈回到前方〉（"A Return to the Frontier"）。二〇〇四年二月皇冠五十周年社慶，更驚人地出版了張愛玲二萬多字遺稿《同學少年都不賤》。

但〈文革的結束〉到底在哪裡？

無論如何，我們試著解讀張愛玲給夏志清信件內容，不難發現她一直亟欲發表〈文革的結束〉及〈知青下放〉以明證其做人處事；相對重要的，是〈文革的結束〉及〈知青下放〉不但可視爲延續張愛玲《秧歌》、《赤地之戀》的論述依據，更可觀察張愛玲政治思維及離開新中國的眞正原因。

可以這麼說，張愛玲對政治並非無感，一九六六年大陸文革爆發，《新聞週刊》上有專文報導，張愛玲便推薦給終生信仰共產主義的賴雅，反而賴雅怕是負面報導拒看。[15]張愛玲擅寫也長於閱讀夾縫文章，[16]她對政治的思考與立場，其中微妙，正宜透過張愛玲論文專論

---

14. 江中明：〈華麗與蒼涼：張愛玲遺物完整展示〉，〈文化廣場〉，《聯合報》，一九九七年二月二十八日，三十五版。

15. 相關說法見詹姆士·萊昂（James K. Lyon）著，葉美瑤譯：〈善隱世的張愛玲與不知情的美國客〉，《聯合文學》，第一五〇期（一九九七年四月），頁59～65，及鄭樹森：〈張愛玲·賴雅·布萊希特〉，《聯合文學》，二十九期，一九八七年三月，頁78～81。

16. 張愛玲：〈表姨細姨及其他〉，《續集》（台北：皇冠出版公司，一九八八年版），頁31～36。張愛玲在回答林佩芬〈看張——《相見歡的探討》〉，談及親戚稱謂及人情描述寫道：我這不過是個拙劣的嘗試，但是「意在言外」、「一說便俗」的傳統也是失傳了，我們不習慣看字裡行間的夾縫文章。而從另一方面說來，夾縫文章並不打謎。

角度及解釋名詞拿捏解讀。而不該讓張愛玲永遠埋在這個事件的傳言後場。

誠如坊間長久以來聽聞，夏志清敘述，張愛玲在中國研究中心供職，晝伏夜出，與同事鮮少來往，早遭非議，「寫了篇講文革定義的改變論文，最後附了兩頁新名詞」，但落到得強調「就名詞上做文章，又沒有中心點，唯一的中心點是名詞荒的原因」的地步，卻是生平少見。[17]

以一九七〇年為時間點，一九七〇年八月二十三日，中共九屆二中全會在盧山召開，是文化大革命重要轉折，其間林彪與毛澤東衝突未決，林彪一心謀取相稱的國家主席職位，刻意編選「稱天才」材料，為林彪宣傳，並成立「上海小組」及「聯合艦隊」，搞「武裝起義五七一工程」及一九七〇年底開始的「批陳（伯達）整風」。[18]張愛玲一九六九年七月一日到職，躬逢其盛。中共是搞名詞的專家，就轉換「中國新文學運動從來就和政治浪潮配合在一起」（柯靈語）的傳統來看，這是深刻的體會了！換句話說，中共的政治名詞絕對伴隨運動而生，林彪事件應是創造名詞的溫床。

走出打擊，張愛玲不會只做浮面文章，她在給夏志清信中強調「我覺得從semantics出發，也是廣義的語文研究。」意思很清楚，「無論從語義學或符號學出發，也是廣義的語文研究。」這是創作了。於是，極具層次的，她一步一步把這些過程作為視角，將解釋名詞擴大鋪衍成文章，翻轉了這件「美國奮鬥十六年來最大的打擊」事件。一九七二年九月張愛玲終於完成了心願：

本來也是個one-shot business，只有這麼點材料。今年只有七月熱過幾星期，我感冒沒發過，一交八月又常發，剩下的時間拼命趕，一切別的事都擱了下來，也還到今天才趕完。……我下月底搬家。[19]

功課完成，失去了停留的理由，張愛玲搬家走人。我們或可想像，她的改寫絕對用力且嚴肅專業。也因此我們不能不懷疑，當一九八五年張愛玲以〈傾城之戀〉重返大陸文壇，等於文革後張愛玲作品首次在大陸面世，接著一九八六年，人民文學收載了《傳奇》。[20]從而帶動了「讀張」的風氣。但我們不要忽略，寫反共的《秧歌》、《赤地之戀》在大陸一直以來就被列爲禁書，不必節外生枝，這會是〈文革的結束〉及〈知青下放〉難以「出土」的原因嗎？

---

17. 夏志清：〈張愛玲給我的信件（六）50〉，《聯合文學》，第一五八期（一九九七年十二月），頁99～103。
18. 有關一九七〇年代中共大事紀，主要集中參考嚴家其、高皋：〈第七章盧山會議〉，《文化大革命十年史》（台北：遠流出版公司，一九九〇年版），頁479～491。
19. 夏志清：〈張愛玲給我的信件（七）58〉，《聯合文學》，第一五九期（一九九八年一月），頁110。
20. 大陸真正對張愛玲有公開的評論與研究，是一九八一年後的事。當年十一月，張葆莘在《文匯月刊》發表〈張愛玲傳奇〉，這是大陸開放後，最早論及張愛玲的一篇文章。見溫儒敏：〈近二十年來張愛玲在大陸的「接受史」〉，劉紹銘、梁秉鈞、許子東：《再讀張愛玲》（香港：牛津大學出版社，二〇〇二年版），頁19～29。

換句話說，一九九五年張愛玲去世，大陸的廣大讀者群及商業沃土意義，復出之路，顯然不可大意。皇冠作爲張愛玲全集的承載者，這就極可能改變〈文革的結束〉及〈知青下放〉面世的係數。

但反向來看，若非此一事件，張愛玲不必遷居洛杉磯，若繼續待在安定獨立的環境，有一份來去自如的工作，當可避掉日後洛杉磯長期流徙生活的磨難，更不必爲尋找研究計畫謀生耗盡心力。

如果〈知青下放〉與〈文革的結束〉永不見天日，張愛玲增補添改「名詞」用心，眞的就白白浪費掉了。這麼說好了，張愛玲因爲離開大陸，無法印證「曾經運動成風的年代，到文化大革命而達到頂點，張愛玲留在大陸肯定逃不了」[21]的臨場發生，當人們再度失去了她獨有的詮釋與創作，我們是眞將永遠不知道她的眼光注視所在。

作爲「還沒有過何種感覺或意態形制，是她所不能描寫的，唯要存在心裡過一過，總可以說得明白。」的張愛玲，名詞功力胡蘭成亦描摹：「她是使萬物自語，恰如將軍的戰馬識得吉凶，還有寶刀亦中夜會自己鳴躍。」[22]

所以，怎麼能讓她栽在中共的名詞荒裡？

---

21. 柯靈：〈遙寄張愛玲〉，《讀書》，（一九八五年四月號）。
22. 胡蘭成：《今生今世》（台北：三三書坊，一九九〇年版），頁298。

參

張愛玲的書信演出

自誇與自鄙

書信，是張愛玲的另一個舞台，另一形式的演出。

情節大約要從青少年時期被父親囚禁的那場風暴開始。之後，張愛玲正式建立起她的後場演出模式。是的，如果和她對戲的角兒在前台，那麼，張愛玲總盤踞在後場。戲碼終於貼了出來，宜乎是：自誇與自鄙。

從那天開始，戲碼與角色演出性格一直維持這樣的狀態。這齣戲的背景與底蘊，眾所周知，出自她的散文〈私語〉，她據以父女一場衝突的描述，算是眞人實事版，毫不保留的內容等於把自己亮/晾在眾人眼前。她對自己有多殘忍，對別人就有多保留。文章裡一個橋段這麼寫著，預言了她後半生的姿態：

在父親家裡孤獨慣了，驟然想做人，而且是在窘境中做淑女，非常感到困難。同時看得出我母親是爲我犧牲了許多，而且一直懷疑著我是否値得這些犧牲。我也懷疑著。常常我一個人在公寓屋頂陽台上轉來轉去，西班牙式的白牆在藍天上割出斷然的條與塊。仰臉向著當頭的烈日，我覺得我是赤裸裸的站在天底下了，被裁判著像一切的惶惑的未成年的人，困於過度的自誇與自鄙。[1]

終其一生張愛玲都在自誇與自鄙的劇場上擺盪，換個角度，那也是一種拒絕與放棄的姿態，在後場演出的模式裡，她的信件則是最微觀的劇本。尤其她過世後，生前來往信件陸續面世，數量之多，不僅透露她「後場觀察」興趣的廣角，也看出信件作爲她主要的「發聲」與「創作性」的事實，更顛覆一般人以爲她惜信如金的印象。這裡，不妨從信件開始一步步進到她的後場。

張愛玲書信往返之戲碼，首席對戲角兒當然是宋淇夫婦，對戲首要條件，一般而言，必須得有旗鼓相當的效果，於張愛玲，宋淇夫婦顯然正是。宋淇在一九七六年寫的〈私語張愛玲〉，提及一九五五年送別張愛玲搭船赴美，船才到日本，張愛玲六頁長信已經寄到香港，信上言記：「別後我一路哭回房中，……現在寫到這裡也還是眼淚汪汪起來。」[2]

這段情節看著何其眼熟，能讓張愛玲掉淚，應該沒幾個吧？先說張愛玲的前夫胡蘭成這

---

1. 張愛玲：〈私語〉，《流言》（台北：皇冠出版社，一九八六年版），頁155。
2. 林式同：〈有緣得識張愛玲〉，蔡鳳儀編：《華麗與蒼涼：張愛玲紀念文集》（台北：皇冠出版社，一九九六年版），頁52。

廂。一九四七年六月張愛玲去溫州探逃亡中的胡蘭成，回上海後給胡蘭成信上說：「那天船將開時，你回岸上去了，我一人雨中撐傘在船舷邊，對著滔滔黃浪，佇立涕泣久之。」[3]還有就是青春期母親出國母女道別，「在寒風中大聲抽噎著，哭給自己看」，這幕戲，可謂此兩場演出的源頭。

張愛玲面對世俗評價不過一般的情誼耽溺不已，意味著這是她的罩門與弱點，暴露了她之前拙於應對淺淡的情感，至於更進一步的情慾，她端得是異常生疏，缺乏演練，因此，上了台，聲音表情哪能不失控？加上生活中正常角色成分的男性長年缺席，所以一旦有了情況，只好「擬態」，意思是頂多「像眞的」的，她的演出於是有些誇張。離別，占著人生重要情感的開始與結束位置，但對張愛玲就不止於此，之前的胡蘭成，現下的出走異國，相乘相加的結果，代表了她的童女期在此段航程後，將宣告正式結束。她一定意識到了，那種「一個人在公寓屋頂陽台上轉來轉去」的感覺趁回頭找上她，她從此又演一齣獨角戲了。蒼涼的是，其時，張愛玲已三十五歲。

一齣獨角戲，這才能解釋何以張愛玲對宋淇夫婦的信任與情感投射接近任性的程度，那是強加於家人父兄式的任性，人子最初的情感。譬如說，一九六六年張愛玲一月給宋淇兩封信都丟了，到了八月，夏志清有機會亞洲行，提到抵港與宋淇聯繫《怨女》連載與出書事，張愛玲對夏志清抱怨：「如果你怕再鬧雙包案的話，就等到香港看見他的時候，確實知道沒人出書，再替我進行也好。我過兩天再給他們寫封信去，但是當然又是白寫，實在莫名其妙。」[4]

但又因宋淇是「自己人」，張愛玲緊接著追加一信在接洽出書上不能讓宋淇爲難。因宋淇在香港電懋公司擔任製片經理時期，曾找張愛玲寫劇本落得公司和張愛玲兩面「夾在中間受委曲」在前，後又爲電懋其他人與張愛玲接觸劇本事而「生了氣」在後。張愛玲不願宋淇再受委曲，此番叮囑夏志清：「這事不能找宋淇。」[5]

抓住最後的家人，她老寫信絮絮訴說不休，也希望宋淇夫婦「一有空就寫信」。可以這麼說，張愛玲這「一有空就寫信」就是個小女孩的「自鄙」表現，沒信心。宋淇嘗說：「她認爲世事千變萬化，甚麼都靠不住，唯一可信任的是極少數的幾個人。」張愛玲的另一面，這樣的信任一個人，還不像個既任性又自鄙的小孩嗎？

我們再看第二位與張愛玲通信的重要人物——夏志清教授。根據張愛玲寫給他已披露的一百多封信裡，婚姻、創作、居所、工作……狀況接踵而至，她顯現的焦慮與不安。幸而有這位文學知己，張愛玲才能掏心掏肺，等於是家人了。信中，他們交換夏志清兄長夏濟安生死事、妻女、母親、彼此健康近況等等，兩人生活有很大部分是並軌的，她是夏志清隱形的

3. 胡蘭成：〈民國女子〉，《今生今世》（台北：三三書坊，一九九〇年版），頁437。
4. 夏志清：〈張愛玲給我的信件（二）〉，《聯合文學》，一九九七年五月號，頁57。
5. 夏志清：〈張愛玲給我的信件（三）〉，《聯合文學》，一九九七年六月號，頁53。

家人。張愛玲給夏志清信件裡最讓人感喟等同家人印記的一封信裡，有如是的流露：

> 目前生活無問題，我最不會撐場面，朋友面前更可以不必。……我這些年來只對看得起我的人負疚，覺得太對不起人，這種痛苦在我是友誼的代價，也還是覺得值得。6

不是親人，姿態無法如此低。無怪她信中最常用的句子，不脫「請不要特爲抽空給我寫信」、「你這向忙，不要寫信來」、「這些囉唆的事不提了」、「請千萬不要特爲回信」、「在你百忙中又給添出事來，實在抱歉」、「非常慚愧累你費心」、「眞說不出口」、「使你爲難，我已經抱歉與窘」、「紹銘他們對我熱心，是我受濟安之賜，如果不努力，遲早對我失望。」而最具代表性的話語是關於小說改編電影無進展，夏志清表示會進言，於是張愛玲拒絕夏志清去說項，她掙扎著，一切指向自誇又自鄙：「我不是不願意求人，但是總要有點可能性。」

張愛玲當然不願求人，除了內心認定的至親，所以才在離婚十二年後，張愛玲去了封明信片，向最有可能成爲眞正親人的胡蘭成商借其《戰難和亦不易》、《文明的傳統》二書，這在張愛玲恐怕是極限的極限了，我以爲理由無他，只因他曾是親人。

偏偏胡蘭成弄擰了，回信撩撥一番不算，另附近照：

「戰難和亦不易」與「文明的傳統」二書手邊沒有，惟「今生今世」大約於下月底可以付印，出版後寄你。今生今世是來日後所寫，收到你的信已旬日，我把「山河歲月」與「赤地之戀」來比著又看了一遍，所以回信遲了。[7]（注：原信書名號用的是引號，此處援用信中標點符號，餘信同。）

張愛玲那自誇又自鄙的演出又來了，回信：

你的信和書都收到了，非常感謝。我不想寫信，請你原諒。我因爲實在無法找到你的舊著作參考，所以冒失地向你借，如果使你誤會，我是眞的覺得抱歉。「今生今世」下卷出版的時候，你若是不感到不快，請寄一本給我。我在這裡預先道謝，不另寫信了。[8]

說高手過招也好，說犯戲癮也好，我們很難猜測張愛玲會以借書之名落得「冒失」的口實，但不眞爲借書難道還是感情？我們不妨參考對等事件，一九六七年張愛玲在紐約暫住兩

---

6. 夏志清：〈張愛玲給我的信件〉，《聯合文學》，一九九七年四月號，頁57。
7. 胡蘭成：〈民國女子〉，頁643。
8. 胡蘭成：〈民國女子〉，頁645。

個月，寫信給也住紐約的夏志清：「你已經給了我這麼，我對不知己的朋友總是千恩萬謝，對你就不提了，因爲你知道我多麼感激。」[9]

一切都值得了，非常清楚是拿夏志清當親人，否則以她行事風格，如何寫得出這樣的句子，就因爲是親人，在張愛玲幾乎不存在的語詞，史無前例被從生命中挖掘了出來。

亦即，要張愛玲直挺挺站在那裡說台詞，對她必然極度尷尬，於是，她以信件建構她的「小舞台」，這樣的舞台形式，除了可與角色（受信者）們保持距離，演員的表演方法我以爲俄國史坦尼斯拉夫斯基表演體系正可作爲說明，亦即此體系強調演員本人和觀眾沒有直接的溝通，且由角色控制表演，那是一種嚴格的訓練，沒有直覺，沒有即興，一切都在控制中。張愛玲或許不知道這種表演方法，但多年來與角色互動，終於有機會翻轉畏縮的「自鄙」爲主動出擊，就在這一封信，張愛玲擺脫了「惶惑」及自恃且「自誇」起來。豈知一九七四年胡蘭成赴台任教，小說家朱西甯夜訪後傾慕胡蘭成的「純眞」，意圖出面當調人，爲此寫了一篇〈遲覆已夠無理——致張愛玲先生〉發表在報刊，說服張愛玲「不著痕跡，也不一定是不著在決絕的捨與離，也是要不著在取與合……與蘭成先生可聚不可聚，所有這些都不必刻意。」[10]文章見報，張愛玲結束了之前與朱西甯長年通信，且訴說原委與夏志清：「三十年不見，大家都老了——胡蘭成會把我說成他的妾之一，大概是報復，因爲寫過許多信來我沒回信。」[11]

如此演出，設若控制力強，必然不成問題，如果控制力不好呢？我們不妨仍觀察夏志清與張愛玲的信件「舞台」，兩人長達二十年以上的對話，來到八〇年代，一九八八年四月張愛玲寫信給夏志清，是在二、三年沒音訊之後的長信，提到忙搬家、看牙，「剩下的時間只夠吃睡，才有收信不拆看的荒唐行徑。直到昨天才看了你八五年以來的信。」[12]八八年才看八五的信，張愛玲怎麼了？我認爲，她其實重返那個「常常我一個人在公寓屋頂陽台上轉來轉去」的舞台，等待幫助，但她偏偏不擅長求助。

如同一九九一年五月張愛玲把美國公民證丟了，流離不定如她，申請表上永遠地址做主塡了林式同家，遺囑書塡的也是林式同當執行人。張愛玲表現一如前仍：「前兩天因爲託我在上海的姑丈代理版權，授權書要公證，在書店買表格就順便買了張遺囑書，免得有餘剩下來就會充公，……就塡了你的名字，……也沒先問一聲，眞對不起，……有難處不便擔任，再立一份，這一張就失效了。」[13]顯現張愛玲分明不知如何是好行徑。

---

9. 夏志清：〈張愛玲給我的信件（三）〉，頁59。
10. 朱西甯：〈遲覆已夠無理——致張愛玲先生〉，蘇偉貞主編：《魚往雁返——張愛玲的書信因緣》（台北：允晨文化出版公司，二〇〇七年版），頁65。此文寫於民國六十三年十月三十日，最早收於三三集刊版《日月長新花長生》（一九七八）。
11. 夏志清：〈張愛玲給我的信件（八）〉，《聯合文學》，一九九八年四月號，頁150。
12. 夏志清：〈超人才華，絕世凄涼〉，〈人間副刊〉，《中國時報》，一九九五年九月十三～十四日，39版。
13. 林式同：〈有緣得識張愛玲〉，頁52。

也就是說，八〇年代末、九〇年代初，張愛玲的身體急遽衰退，九五年五月，給夏志清最後一封信裡，自言爲各種疾病所苦，說這些病「都是不致命而要費時間精力在上面的」，僅僅四個月後，她脫離了塵世。回頭看，她拒絕求助，然後，放棄了自己。

據此，我想談談我個人與張愛玲通信的機緣。

我於一九八五年底進入聯合報副刊工作，瘂弦擔任主編。在那個還堅持重視「重量級作家」的年代，我有一個很大的「志願」，就是約到張愛玲的稿子。我開始不斷寫些「無中生有」的信，企圖打動她，如果你問今天的我對這事比較了解，還會有這樣無止境的行爲嗎？

事後先見吧！其實當年我比較痛苦，覺得自己根本在爲難人；現在的我，反而釋然多了，檢視她給我的信，我寧願想像我們在以信件爲文本合演一齣戲。一開始我能做的是重複的寫信、寄書、寄稿紙、寄《紅樓夢》新出土的考據、她的同學、友人轉信等等，如是寫了一年多，我空洞的做著，對自己說：「不要光當這是工作。」但事實是，面對這個始無前例的「虛擬」對象，除了「工作」理由驅策來，我無法想像自己有那麼強烈的使命感，總之，我像個寫信機器，寫給虛擬的親人，規律且持續。

直到有天我走進辦公室，瘂弦先生手裡拿著封信踱到我桌邊：「張愛玲來信了。」我沒反應過來，只淡淡地「哦」了一聲。他詫笑道：「張愛玲啊！」他們通過信加上信封上有張愛玲英文落款所以認出來了，但在我是頭一遭，我被點醒般腦門「轟」地一聲，那個使命之秘密通道被打開。我接過信急於拆封，瘂弦提醒道：「仔細點，連信封都得保持完整，這値得收藏的。」裡頭裝了兩封信，一封給瘂弦，一封給我。瘂弦在老編位置上積了多年給張愛玲寫信經歷，我進了副刊也讓我寫，我倆簡直就像寫信機器，打算轟得張愛玲招架不住給稿子爲止。瘂弦因是我大學老師，所以我們這是師徒二人組了。此信寫於一九八八年五月八日：

多謝來信，又屢次給我書。您第一封信上自我介紹，我看了不禁笑了，任何看國內報刊的人還有不知道蘇偉貞的？以前沒讀過的全都拜讀了，最近收到四本有一本沒看過，也看了，都覺得非常充沛有實質，是眞是言之有物，現在報禁開放，您在最吃緊的時期編聯副，一定更忙累，希望還有時間寫作。

十年通信，我總共收到她十餘封信，最大的收穫，當然是能與她對話，也在對話的歷程裡，不僅親身參與某些她「出土舊作」正名工作，還有像她生日求證之類的經歷，但我們仍處在是並時又不並時的狀態。例如一九九〇年九月三十日聯副要刊《哀樂中年》劇作，祝賀她的七十大壽。根據坊間資料，她的生日有一說爲一九二〇年舊曆九月三十日。瘂弦先生拿到出土稿子是一九八九年底。他交待我先寫信徵求張愛玲同意刊登，更進一步邀請她爲《哀樂中年》刊登寫篇文章，除此我還附帶爲她上海聖瑪利亞女校同學張懷素帶話。張懷素的出現緣由張愛玲早期一九三七年刊於聖瑪利亞女校校刊《國光》上的書評〈《若馨》評〉出土後，重刊在聯副一九八八年十二月二十八日，〈若馨〉作者便是張懷素，張懷素人在台灣，讀到書評非常激動，火速一通電話打到副刊，希望聯副幫忙傳訊息給張愛玲，還寄了幾張她們學生時期的團體合照以資證明身分，然而年代久遠，照片沒保存好，模模糊糊只見一些女孩身影，也約略看得出哪個是張愛玲，但臉容五官花掉了，瘂弦說：「眞可惜，但完全無法拿來製版用。」我們一下掉進張愛玲的老日子，一下得出來以我們自己的時間節奏過日子，這是並時又不並時了。

一九九○年一月二日，張愛玲回信了：

> 「哀樂中年」（篇名、劇名用引號似乎是張愛玲的習慣。）影片是桑弧一直想拍的題材，雖然由我編寫，究竟隔了一層。四十年後只記得片中石揮演一個喪偶的中年人有兩個孩子，上墳（？）遇見一個少女，發生感情。導演擔心石揮剛演過「太太萬歲」，觀眾一看見他就笑，以及好的兒童演員實難找。此外完全忘得乾乾淨淨，不能臆造，無法應命，抱歉萬分。多謝話給我的老同班生。是眞很難受。原來瘂弦先生和你還有師生之誼，合作一定更有意義，也更愉快。這封信正趕上春節給二位拜年。
>
> 張愛玲　一月二日，一九九○

這封信，張愛玲少見的寫上年月日，是愼重嗎？除了這理由，我無法「臆造」其他。

與她通信，在我是細水長流，求的無非有來有往，見此當然又去了一信，借機追問她的生日，之前早有意由她那裡親自求證。一九九〇年三月十三日她的回信是這樣的：

> 您一定知道記憶是有選擇性的，印象不深就往往記不得。我其實從小出名的記性壞，一問什麼都「忘了！」陽歷（信上用字）生日只供填表用，陰歷也早已不去查是哪一天了。當然仍舊感謝聯副等九月再發表「哀樂中年」劇本的這份生日禮物，不過看了也不會勾起任何回憶來。寫這封信耽擱了這麼些時。賀年片沒來得及寄，只好春節拜年了，結果也沒趕上。就在這裡乘便祝瘂弦先生師徒檔九〇年間更成功，也更合作愉快。

日後張愛玲在港大的學生記錄曝光，記錄上她親塡的生日是一九二〇年九月十九日，即便如此，眞能確定嗎？

回過頭再說《哀樂中年》要壓到九月才登，得冒其他報刊中途攔截的險，就因爲她是張愛玲，聯副願意試試。終於熬到九月三十日，《哀樂中年》開始連載至十月二十三日刊畢，並由鄭樹森導讀。十一月六日張愛玲的信來了：

> 今年春天您來信說要刊載我的電影劇本「哀樂中年」。這張四十年前的影片我記不清楚了，見信以爲您手中的劇本封面上標明作者是我。我對它特別印象模糊，就也歸之於

故事題材來自導演桑弧，而且始終是我的成份最少的一部片子。

聯副刊出後您寄給我看，又值賊忙，擱到今天剛拆閱，看到篇首鄭樹森教授的評介，這才想起來這片子是桑弧編導，我雖然參預寫作過程，不過是顧問，拿了些劇本費，不具名。事隔多年完全忘了，以致有這誤會。稿費謹辭，如已發下也當璧還。希望這封信能在貴刊發表，好讓我向讀者道歉。

《哀樂中年》是不是張愛玲的作品，多年來一直撲朔迷離，只是令人好奇的是，如果張愛玲僅「參預寫作過程」，爲什麼在一九九〇年一月二日的信中，對片子的各項細節如此清楚？

但談到信中「稿費謹辭」一詞，不妨講件與稿費有關的趣事。一九九三年八月張愛玲的來信提到：

一個多月前收到聯副轉載「被窩」、「關於『傾城之戀』的幾句老實話」等三篇舊作散文稿費二百多美元，來不及存入銀行即患感冒數星期方愈。支票遍尋無著。臥病期間沒出去過，也沒人來，不會遺失，就是找不到，可否請另開一張支票。原件如須掛失，請扣除掛失費。收到後當立即寄收據來。又給貴社同仁添出許多麻煩，實在抱歉。

是了，人們一定非常好奇，三篇散文二百多美元稿費，張愛玲稿費到底什麼行情？張愛玲當時拿的是報社最高稿費，小說、新作一字五元台幣，出土重刊的散文、劇本則較低，一字三元。三篇舊作〈被窩〉、〈關於《傾城之戀》的幾句老實話〉、〈羅蘭觀感〉，登在一九九三年五月一日聯副，三篇加起來約三千字，核算起來，正好二百多美元。

雖然接到她十二封信，但多年通信我的想法是，張愛玲在情感上是拒絕編輯的，例如一九七四年張愛玲寫給夏志清的信上便提到「先寫一個很長的中篇或是短的長篇。請不要讓瘂弦他們知道，我投稿都是實際的打算，不注重拉稿信，寫信來反而得罪人。」讀來令人五味雜陳，但張愛玲有她的「演員」性格，這種性格，我們必須說，絕對是複雜的。

拒絕編輯的情形並沒有改變，我們通信的過程裡，前面提到她對我的善意已讓我「受寵若驚」，其他，張愛玲一路都在頑強清醒地行使拒絕權，以致我們除了她的文章，對她的私生活簡直邊都沾不上。當然我經試過以情感打動她，一九九〇年王禎和逝世，我們知道張愛玲在一九六一年唯一台灣行，曾赴花蓮住在王禎和老家，建立了難得的緣分。王禎和逝世，我當報信，且力邀她寫追念文章，張愛玲很快回信：

> 我知道王禎和久病，聽見噩耗也還是震動感傷。但是要想寫篇東西悼念，一時決寫不出來，反正絕對趕不上與別的紀念他的文字同時刊出。就連這封短信也耽擱了這些時才寫成，耽誤您的事，抱歉到極點。便中請把他令堂的姓名住址寫給我，至少可以弔唁，談

不上安慰——那該是多麼大的打擊，她不病也病了。

如果我的編輯事功建立在約到張愛玲新作，那麼，結論已經很清楚了——我被她拒絕了。

但也還有別的。一九九三年十二月，我休年假寫長篇小說《沉默之島》，期間讀到《皇冠》十二月號張愛玲的《對照記》，我雖在休假仍寫信希望也交聯副同時刊登，沒有回信。直到第二年的十一月九日，她的一封Fax傳到聯副辦公室：

前兩天剛發現舊通訊處僅有的一封信是您去年十二月五日的，不禁詫笑，因爲一再請您來信改寄郵局信箱。也許動身在即，忙亂中忘了。在九七前最富歷史性戲劇性的最後兩年去香港，眞好。我是連港報都看不下去，難受。很高興您看《對照記》上我週圍的人與您週圍的有許多相像的，不爲時代隔閡。

信中所寫「也許動身在即，忙亂中忘了。在九七前最富歷史性戲劇性的最後兩年去香港，眞好。」指的是我計畫去香港深造，有意以「張愛玲的香港時期」爲研究題目，徵詢她的意見。不過那又是另一個主題了。

總之不久，張愛玲以《對照記》得到一九九四年第十七屆時報文學獎特別成就獎，而我的《沉默之島》得到同年時報百萬小說評審團推薦獎，年底十二月三日贈獎典禮當天，我們的照片在台上並列，上台致詞時，我想，我和張愛玲終於同台了，這眞是最最弔詭的一次演出。當天，她發表了書面得獎感言，仍在後場沒有露面。但這次，她沒有辦法拒絕我們同台，人生也有翻轉的一次。我在編輯台上的失落得到了回報，這也成爲我距離她最近的一次。

而我並沒有寫信恭賀她，只趁機老調又重彈——寫信約稿。但我確定她知道我們同台！與她通信的過程我明白我們這些編者、讀者從沒放棄把她從後台拖到前台，我們各顯神通灌給她大量現實世界資訊，她不知道也難。我另外明白的是，這些年她不吝於回信，絕非我信寫得動人，有沒有一點可能，她視我爲值得尊敬的同業？因此，我才能意外入列「擁有張愛玲信件」隊伍一員。

至此，我想說的是，較之宋淇、夏志清、劉紹銘、莊信正、林式同諸位，我擁有的信件少得多，但相對絕大多數張迷，我有的，不算少。之前夏志清先生、林式同先生信件陸續面世，而莊信正先生「張愛玲八十四封信箋」已在二〇〇六年九月號《印刻文學生活誌》開始連載，我們多麼期待珍寶信箋，能引來張愛玲與宋淇先生往返信件面世。[14]

張愛玲以信件藏身後台，但她不同時期寫給不同對象的信件大量出爐後，感覺眞像一台弦外之音齊鳴的演出，沒有前後台之分。這就應了她在〈談看書〉裡所形容——「隱隱聽見許多弦外之音齊鳴，覺得裡面有深度闊度，覺得實在，我想這就是西諺所謂the ring of truth，事實的金石聲。」[15]

此刻，「事實的金石聲」彷彿隱隱傳來，一場張愛玲生命中，以信件上演的「自誇與自鄙」戲碼。

---

14. 張愛玲與宋淇夫婦通信業經宋淇先生公子宋以朗整理爲《張愛玲私語錄》於二〇一〇年出版，此處保留原文，紀念這樣的過程。
15. 張愛玲〈談看書〉，《張看》（台北：皇冠出版社，一九九一年版），頁189。

肆

不斷放棄，終於放棄

張愛玲奇異的自尊心

一九九五年九月八日（美國時間），張愛玲在洛杉磯西木區West Wood居住的公寓被發現已經去世。如同我們並不眞知道她的確實生辰，關於她的正確死亡時間，法醫給出的也只是推斷約在她被發現的六、七天前。作家神情安詳地躺在地板上，身上覆蓋毛毯，對照她生前絕少與人聯絡、堅決挺住了封鎖防線來看，這次她仍自行於生命象徵逸出。這樣的死，保持了她一貫的奇異的自尊心，不等人們或死神有機會拒絕她的那一天來臨。她選擇了長久以來「永遠在放棄」的方式，只是這一次，她放棄了時間，或者說，生命。（時間即生命這樣的結合，我們一點也不意外吧！張愛玲對時間的焦慮，根本像在與生命拔河。）之前，她先放棄了父親，之後是學業、校園生活、母愛、親戚、與胡蘭成的婚姻、情感、上海、生兒育女的權利……，最後是她自己。人可以自主放棄生命嗎？張愛玲準備好了似的平靜離世，已經是答案。

但是她是怎麼走到這一步的？以她「亮烈」（胡蘭成〈民國女子〉語）的個性，視「放棄」爲無物，當然並不意外，但是身爲一位作家，我們試著梳理她作品中關於「放棄」的書寫，進而連結她的人生，這或者是還原作家內在的方法。我一直那麼相信，創作者的歷史可以在其作品中找到藍本，回望張愛玲的一生，也有她自己小說的影子。

〈私語〉是張愛玲奇異的自尊心的第一個切入點。她童年時期父親吸鴉片、在外頭有了姨太太，是一名妓女，張父且要帶張愛玲去小公館玩，不從便打。四歲那年，母親藉口當張的姑姑的伴讀，一同去了英國；姨太太搬進了張家，住在一間陰暗雜亂的房間，除非立在煙炕前背書給父親聽，張難得進去。這畫面衍生出姨太太、鴉片、陰暗揉搓而成的記憶，但眞正考驗張之自尊心的，是〈童言無忌〉裡她寫到姨太太給她做了套雪青絲絨衣服，問她：「喜歡我還是母親？」張答：「喜歡你。」爲了一件衣服而放棄不快的記憶，因爲是眞話，更耿耿於心。這種種不堪的記憶終於撐起她龐大的自尊工程裡的兩個意象結：一個結是張的女傭張干買了柿子放抽屜裡，因爲生，擺著等熟，「隔兩天我就去去開抽屜看看，漸漸疑心張干是否忘了它的存在，然而不能問她。」爲什麼不問？理由正是——「由於一種奇異的自尊心」；另一個意象結是以自誇與自鄙顯示：張的父母離婚後，因和父親及繼母失和，她投靠母親，在母親的窘境中，她看出母親爲她犧牲了許多，且感覺母親一直懷疑她是否值得這些犧牲。這種考驗，讓張覺得自己「赤裸裸的站在天底下了，被裁判著像一切的惶惑的未成年的人，困於過度的自誇與自鄙。」（〈私語〉）

置外於人生的磨難，張於是選擇了以放棄來保有自尊。一點點事都會讓她回到那失去自尊的現場。譬如金錢，在〈童言無忌〉裡，她寫著：「我不能忘記小時候怎麼向父親要錢去付鋼琴教師的薪水。我立在煙舖跟前，許久，許久，得不到回答。」她從而體悟出：能夠愛一個人愛到問他拿零用錢的程度，那是嚴格的試驗。換句話說，不要歷練這樣的試驗，就放棄愛。

但來自衣服的試驗並未結束。她稍大後，進了中學，她母親再度赴歐洲，她孤獨地長大。繼母嫁進張家，帶了兩箱舊衣服給她：「穿不完的著，……是那樣的憎惡與羞恥。一大半是自慚形穢，……也很少交朋友。」一個青春正熾的女孩該有的嬌貴她完全沒有，甚且連結上沒有母親的灰撲撲童年。母親出國回來，她吵著穿上一件自認俏皮的小紅襖，但她母親第一句話就是：「怎麼給她穿這麼小的衣服。」漫長的被忽視與難堪，以衣服史呈現，張愛玲成名後發展出奇裝異服的穿衣美學，顯然其來有自。

她原有機會擺脫這些。一九三七年，母親安排她投考英國倫敦大學，她去母親家住了兩天，繼母質問外宿爲何沒先問過自己，打了張愛玲一耳光，又挑撥張父打她一頓禁閉了半年，期間張得了嚴重痢疾，張父不延醫治療。在這座張出生的房子裡，隱藏著靜靜的殺機，「忽然變成生疏」，且是癲狂的。在那段時間，張所想的是「我希望有個炸彈掉在我們家，就同他們死在一起我也願意。」是的！放棄生命。半年後，張逃了出去，繼母把她的所有東西分送給人，當她死了。對張而言：「這是我那個家的結束。」張愛玲放棄承了父親的家。日後她考取了倫敦大學，但命運弄人，因爲歐戰爆發，她無法去英國，就近選了香港大學。終究是放棄的不夠徹底。太平洋戰爭爆發，香港大學停課，張回到上海想轉聖約翰大學，但沒學費，只好求助於父親。她在新家客廳神色冷漠簡略說了轉學事，不到十分鐘即走人，那也是張愛玲最後一次走進家門，那次之後，自親情關係退席，張再沒有見過父親。

這樣一段過往，她日後不斷複製，「自慚形穢，也很少交朋友」成為她的生命基調，很清楚，不和人接觸，就不容易傷到自尊。於是，她成為慣性放棄者，她過世時住的空間，是一個小公寓，沒有家具、床、桌椅、書架，只有，台電視、收音機，用紙盤子吃飯。她甚至還認為「丟得不夠徹底」。（林式同〈有緣得識張愛玲〉）

既然先放棄了親情，再放棄愛情，似乎也只是遲早的宿命。如果以「放棄」理論來看，我以為她選擇胡蘭成，絕不是偶然。從被父親拒絕的經驗，要維持自尊，最保險的方法就是不要求，所以她對胡蘭成妥協：「只是我這裡來來去去亦可以。」胡蘭成〈民國女子〉裡描述兩人種種，胡蘭成先前看了張的〈封鎖〉，去信《天地月刊》主編蘇青讚好；胡因政治在南京下獄，張愛玲或聽蘇青提過，動了憐才之念，跟著蘇青去周佛海家求援，所以張在兩人互動上，是先採取過主動權的。胡出獄後去上海拜訪張愛玲，蘇青強調張愛玲不見人，胡蘭成門洞遞了字條，張愛玲隔天就去看胡蘭成。說是她選擇胡蘭成，應無疑問。至於為什麼選擇胡，胡也說是「憐才」。張在自己的象牙塔裡，不與人接觸，胡有妻室，但說到感情尊嚴，胡對張的了解與愛慕，那是最大的認同。兩人如此親近，已達「生得相親，死亦無憾」層次，這樣的情感為張所獨有，胡也說「兩人在的地方，他人只有一半到得去，還有一半到不去。」可見兩人情感存在狀態。後來胡離異，兩人才結婚，婚書上胡蘭成撰詞「願使歲月靜好，現世安穩」爲定，那是多麼篤定的關係才能如此寫？但胡終究還是情感出了軌，張愛玲讓胡選擇，胡不肯選，張做了唯一一次責問：「你不給我安穩？」胡的答案是沒有答案：「世景荒荒，你不問也罷。」張歎一氣：「你到底是不肯。」奠下離開胡蘭成的因。

可嘆的是，在胡蘭成這裡的狀態是「與愛玲一起，從來是在仙境，不可以有悲哀」，仙女下凡，如何能有凡人的七情六慾？胡將張愛玲編入仙班，不食人間煙火；而張渴望這回做一次眞正的人，有家有感情有歸屬；但一來受制於奇異的自尊心，她無法如一般女性起而捍衛身分，她沒爭取，也沒營造那樣的空間，二來，胡蘭成從沒把她視爲凡人的這層意識，擋住了她的路。如此，只有放棄了！張積極做的事，是去信要離開胡，胡評價如前，認爲張此反應是種「自衛」，因爲「她是不能忍受自己落到霧數」。什麼是霧數呢？照張愛玲在〈論寫作〉裡定義「霧數」是「雜亂不潔的、壅塞的憂傷」，這就很自然的與她奇異的自尊連上了，一如父親那個陰暗的家、婚姻、被監禁的空房。張哪容得下重複雜亂不潔、壅塞的人生？

胡蘭成把兩人的這段過往寫成〈民國女子〉，成爲自傳《今生今世》裡的一章。書裡不乏胡複雜的情史。可哀的是，張愛玲還是走上重複之路，也只能放棄。但這段放棄，也仍不徹底，她在分手信上要胡蘭成別寫信別尋她，她不會看。但在一九五〇年代末，張寫信給胡蘭成借他寫的書，破了功，惹來一九七四年胡蘭成抵台灣，引發兩人關係不少聯想與著墨，帶動閱讀〈民國女子〉潮，胡甚至自薦爲張的《赤地之戀》寫序。張愛玲去信夏志清：

「三十年不見，大家都老了——胡蘭成會把我說成他的妾之一，大概是報復。」張愛玲主動點出〈民國女子〉她的位置——「妾」，這又是自尊的折斷。她一定很後悔再寫信給胡蘭成。

更甚而，在張愛玲那是她的初戀。張「封鎖」起自己，胡蘭成對她的觀察、評價、情感關係，都成了難以否定的第一手資料，更是完全傾斜的張愛玲「情感檔案」。

所好是，在現實世界，張放棄不徹底、傷害她的人生，她在小說中有了「同伴」：《半生緣》裡的曼楨放棄了世鈞、《赤地之戀》裡的黃絹放棄了劉荃、《秧歌》中月香放棄了生命、《金鎖記》七巧放棄了季澤、《紅玫瑰與白玫瑰》嬌蕊放棄了振保……，這些小說中的女主角都放棄了表面可能給她們愛、實則讀者（張愛玲）很清楚，根本沒有可能。這書寫上情感的辨識能力，才或是張愛玲最大力量的來源吧？

但是，得等到她自行放棄生命這一刻來臨，才完整告訴了我們，她可以強大到什麼地步？她七十五歲了，長年受蚤害、皮膚病所苦，還有寫作的空白，這些都足以傷害她活著的姿態，她說沒作品，人們願意等，她無法求醫，人們會追著她跑，她如果走出門，她戴假髮、終日穿拖鞋、她的世界攤在陽光下。她再度縮進少女時期被囚禁在的空房間內。於是，重複機制啓動，她又面臨放棄的選擇。但這次，她放棄的夠徹底：她放棄了生命。換個角度來看這行爲，用她自己在《太太萬歲》題記中的話：死亡使一切平等。

不必再選擇，不必再放棄，不再被羞恥形穢所提醒。終於，她安全了。

文學叢書 300

長鏡頭下的張愛玲：影像・書信・出版

作　　者　蘇偉貞
總 編 輯　初安民
責任編輯　江秉憲
美術編輯　陳文德
校　　對　蘇偉貞　黃雅惠　江秉憲

發 行 人　張書銘
出　　版　INK印刻文學生活雜誌出版有限公司
新北市中和區中正路800號13樓之3
電話：02-22281626
傳真：02-22281598
e-mail : ink.book@msa.hinet.net
網　　址　舒讀網http : //www.sudu.cc

法律顧問　漢廷法律事務所
劉大正律師
總 代 理　成陽出版股份有限公司
電話：03-2717085（代表號）
傳真：03-3556521
郵政劃撥　19000691 成陽出版股份有限公司
印　　刷　海王印刷事業股份有限公司

出版日期　2011年 8 月 31日 初版
ISBN　978-986-6135-41-5

定　價　290元

國家圖書館出版品預行編目資料

長鏡頭下的張愛玲：
影像・書信・出版／蘇偉貞著 .--
初版 . --新北市中和區：
INK印刻文學 , 2011.08
面；　公分. --（文學叢書；300）
ISBN 978-986-6135-41-5（平裝）
1.張愛玲 2.學術思想 3.文學評論 4.藝術評論
848.6　　100012567